ADEUS, TÓQUIO!

Cecilia Vinesse

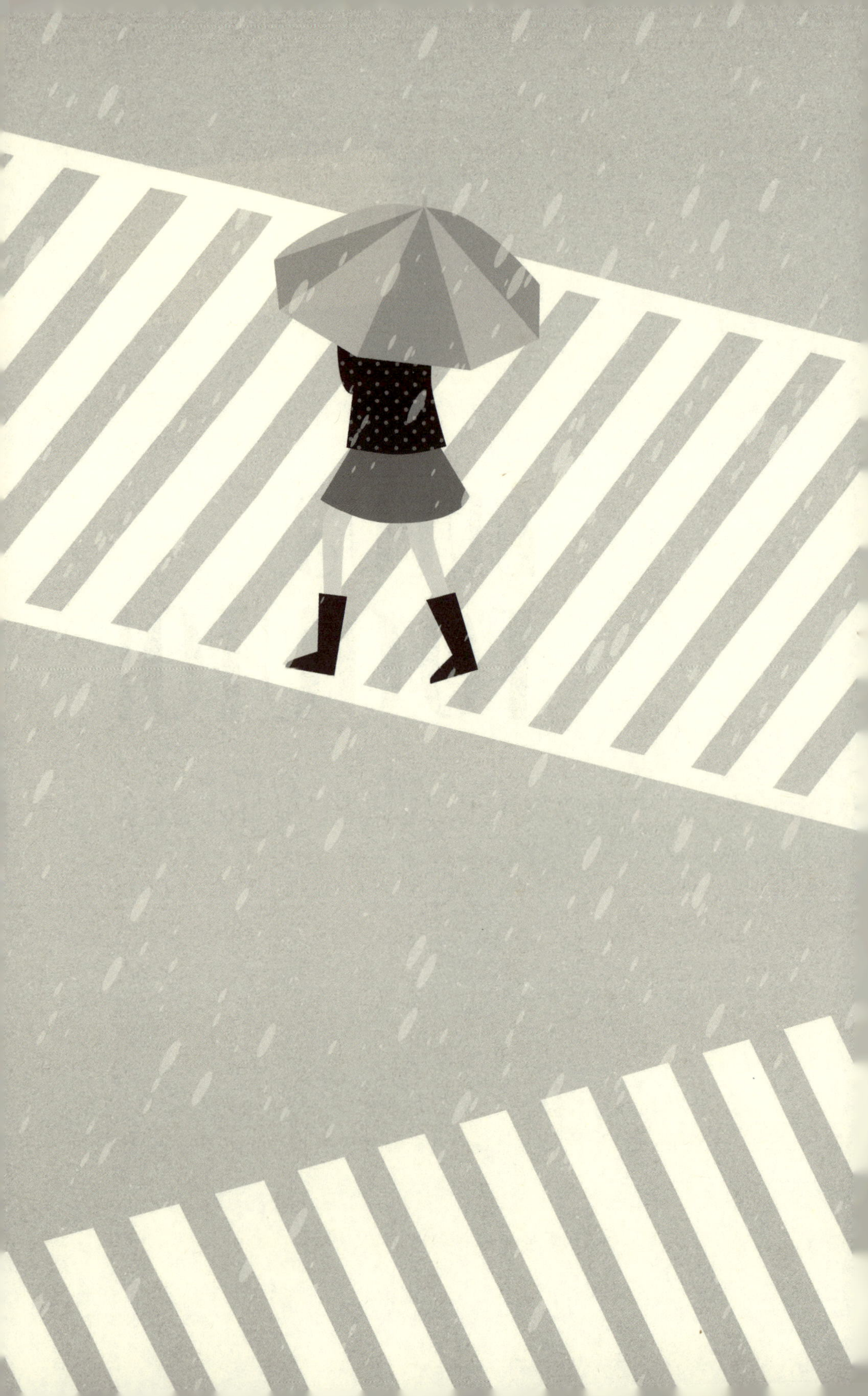

ADEUS, TÓQUIO!

Cecilia Vinesse

Tradução
Alice Klesck

GLOBO Alt

Copyright © 2017 by Cecilia Vinesse
Copyright da tradução © 2017 by Editora Globo S. A.

Todos os direitos reservados. Nenhuma parte desta edição pode ser utilizada ou reproduzida — em qualquer meio ou forma, seja mecânico ou eletrônico, fotocópia, gravação etc. — nem apropriada ou estocada em sistema de banco de dados sem a expressa autorização da editora.

Título original: *Seven Days of You*

Editora responsável **Sarah Czapski Simoni**
Capa **Renata Zucchini**
Diagramação **Diego Lima e Gisele Baptista de Oliveira**
Projeto gráfico original **Laboratório Secreto**
Preparação **Jane Pessoa**
Revisão **Tomoe Moroizumi, Laila Guilherme e Erika Nakahata**

Texto fixado conforme as regras do Acordo Ortográfico da Língua Portuguesa (Decreto Legislativo nº 54, de 1995).

CIP-BRASIL. CATALOGAÇÃO NA FONTE
SINDICATO NACIONAL DOS EDITORES DE LIVROS, RJ

V786s	Vinesse, Cecilia
Adeus, Tóquio! / Cecilia Vinesse ; tradução Alice Klesck. - 1. ed.- São Paulo : Globo Alt, 2017.
264 p. ; 23 cm.
Tradução de: Seven days of you
ISBN: 978-85-250-6220-8
1. Ficção infantojuvenil americana. I. Klesck, Alice. II. Título.
17-39280	CDD: 028.5
CDU: 087.5

1ª edição, 2017

Direitos de edição em língua portuguesa para o Brasil adquiridos por Editora Globo S. A.
Av. Nove de Julho, 5.229 — 01407-200 — São Paulo-SP
www.globolivros.com.br

*Para Rachel, minha estrela guia,
meu norte de volta para casa.*

No começo do verão, eu tentava me manter acima de toda aquela situação de mudar de continente, lembrando a mim mesma que ainda tinha tempo. Dias, horas e segundos iam se estendendo à minha frente, como uma vasta galáxia. E as coisas que não dava pra encarar — empacotar tudo do meu quarto, me despedir dos meus amigos e deixar Tóquio — pairavam em algum ponto vago, em um futuro vago.

Então eu ignorava. Toda manhã encontrava Mika e David em Shibuya, e passávamos o dia comendo lámen ou percorrendo lojinhas que cheiravam a incenso. Ou, quando chovia, a gente corria pelas ruas lotadas de guarda-chuvas e se acomodava no sofá de Mika para assistir a desenhos japoneses que eu não conseguia entender. Em algumas noites, saíamos para dançar em boates com luz estroboscópica e íamos ao caraoquê às quatro da manhã. Depois, no dia seguinte, ficávamos sentados na lojinha de donuts da estação de trem, horas a fio, tomando café com leite e vendo um mar de gente indo e vindo, e indo e vindo outra vez.

Um dia, fiquei em casa e tentei carregar caixas escada acima, mas aquilo me estressou tanto que tive que sair. Perambulei por Yoyogi-Uehara até que a visão das ruas superlotadas começou a me deixar tonta. Então precisei parar e me encolher num espaço entre prédios, tentando memorizar os *kanji* nas placas das ruas. Procurando controlar minha respiração ofegante.

Era 14 de agosto. E só me restava uma semana, fazia calor, e eu não estava nem perto de acabar de empacotar as minhas coisas. Mas é claro que eu deveria saber como fazer isso. Eu havia passado minha vida inteira saltitando pelo mundo, mudando para novas cidades, deixando pessoas e lugares à deriva.

Ainda assim, não conseguia me livrar da sensação de que *esse* adeus — a Tóquio, aos primeiros amigos que tive, à única vida que pareceu me pertencer — era de um tipo que me engoliria inteira. Que desmoronaria ao meu redor como a implosão de uma estrela.

E a única coisa que eu sabia fazer era me agarrar àquilo com toda a força e contar cada segundo, até chegar ao último. Aquele que mais me apavorava.

Súbito, violento, final.

O fim.

Capítulo 1
DOMINGO
06 : 19 : 04 : 25
DIAS HORAS MIN. S

Eu estava deitada no chão da sala, lendo *Morte no buraco negro e outros dilemas cósmicos*, quando nosso ar-condicionado fez um som convulsivo e morreu. Um calor de matar se espalhou pela sala enquanto eu mantinha a mão na frente da caixa do ar, ao lado da janela. Nada. Nem um sopro de ar frio. Apertei alguns botões, na torcida. Ainda nada.

— Mãe — eu disse. Ela estava sentada na entrada da cozinha, embrulhando as panelas em jornal. — Não quero te alarmar nem nada, mas o ar-condicionado acabou de pifar.

Ela largou umas folhas de jornal no chão e nossa gata — Dorothea Brooks — se aproximou para cheirá-las.

— Ele tem feito isso. É só apertar o botão grande, laranja, e segurar.

— Eu apertei. Acho que desta vez é sério. Acho que ele morreu mesmo...

Minha mãe abriu a traseira do ar-condicionado e começou a fuçar dentro.

— Droga. O senhorio disse que esse motor talvez pifasse. É tão velho. Eles terão que substituí-lo para o próximo inquilino.

Sempre fazia calor em Tóquio no mês de agosto, mas esse verão estava quase insuportável. Depois de cinco minutos inteiros sem ar, todos os fluidos do meu corpo estavam evaporando da minha pele. Minha mãe e eu abrimos algumas janelas, ligamos alguns ventiladores e ficamos em pé na frente da geladeira.

— A gente devia chamar alguém pra consertar — eu disse —, ou é capaz de morrermos aqui.

Minha mãe sacudiu a cabeça, assumindo sua total postura de professora Wachowski. Nós duas somos baixas, mas ela intimida bem mais que eu, com seu queixo quadrado e seus olhos sérios. Ela parece o tipo de pessoa que não perde numa discussão, que não aceita uma piada.

Eu pareço com meu pai.

— Não — disse minha mãe. — Não vou lidar com isso na semana em que vamos partir. O pessoal da mudança vem na sexta-feira. — Ela virou e se inclinou para dentro da geladeira. — Por que você não vai dar uma volta? Vá ver seus amigos. Volte à noite, quando já estará mais fresco.

Girei o relógio em volta do pulso.

— É... não, tudo bem.

— Você não quer? — perguntou ela. — Aconteceu alguma coisa com Mika e David?

— Claro que não — eu disse. — Só não estou com vontade de sair. Quero ficar em casa e ajudar, ser uma boa filha.

Meu Deus, isso soou suspeito até para mim.

Minha mãe não notou. Ela estendeu a mão com algumas moedas de cem ienes.

— Nesse caso, vá até a *konbini* e compre algumas daquelas toalhinhas que você põe no freezer e enrola no pescoço.

Fiquei olhando o dinheiro na mão dela, mas, em minha visão, o calor o fez ficar turvo. Sair significava caminhar no sol escaldante. Significava ter que caminhar pelas ruazinhas que eu conhecia tão bem, passar pelas máquinas de refrigerante e pelo ronco de seus motores, pelos gatos vadios espichados na entrada dos prédios. Toda vez que eu fazia isso, era como um lembrete das pequenas coisas que tanto adorava nesta cidade e como elas estavam prestes a sumir, para sempre. E, logo hoje, eu não precisava desse lembrete.

— Ou — eu disse, tentando parecer animada — eu poderia arrumar minhas malas.

Claro que fazer as malas foi uma péssima ideia.

Até pensar nisso era opressivo. Como se as paredes do quarto pudessem me esmagar, como um compressor de lixo, caso ficasse ali por muito tempo. Fiquei em pé no limiar da porta e me concentrei no quanto tudo aquilo era familiar. Nossa casa era pequena e meio desgastada, e, pra combinar, meu quarto era pequeno, só com uma cama, uma escrivaninha junto à janela e algumas prateleiras de livros vermelhas perfilando as paredes. Mas o problema não era o tamanho — eram as *tralhas*. Os livros de física que eu tinha comprado e os que meu pai me enviara entupiam as prateleiras, faixas de cabelo estampadas e colares emaranhados pendiam das paredes, montanhas de roupas limpas espalhadas pelo chão esperando para ser dobradas. Até o teto estava abarrotado de fios atravessados, cheios de pequenas luzes pisca-pisca em formato de estrelinhas.

Havia uma placa onde se lia TONTA FRESCA! (eu supunha se tratar de TINTA FRESCA!) encostada no meu armário, que Mika havia roubado de seu edifício; uma flâmula da Universidade Rutgers presa em minha cama; Totoros de pelúcia em meu travesseiro; e caixas e caixas de tinta louro platinado para cabelo. (Dessas, eu precisava me livrar. Eu tinha deixado de pintar o cabelo de louro desde o último retoque, quando ele adquiriu um tom atraente de Fanta laranja.) Era muita coisa — coisa *demais* pra encarar. E talvez eu tivesse ficado ali, paralisada na porta durante horas, se Alison não tivesse chegado por trás de mim.

— Já arrumou as coisas?

Eu virei. Minha irmã mais velha estava com a mesma roupa que passou o fim de semana inteiro — camiseta preta e legging preta — e segurava uma caneca de café vazia.

Cruzei os braços e tentei impedi-la de ver meu quarto.

— Estou chegando lá.

— Claramente.

— E você, o que anda fazendo? — perguntei. — Bico? Cara feia? *As duas coisas ao mesmo tempo?*

Ela estreitou os olhos, mas não disse nada. Alison viera passar o verão em Tóquio depois de seu primeiro ano no Sarah Lawrence College. Passou os últimos três meses acordada a noite toda, bebendo café e mal saindo do quarto durante o dia. O motivo tácito para isso era o rompimento com sua namorada no fim do último ano. Algo que ninguém tinha permissão para mencionar.

— Como você tem tralha! — disse Alison, passando por cima de uma pilha de vestidos de lojas baratinhas e sentando em minha cama desarrumada. Ela apoiou a caneca de café entre os joelhos. — Acho que você pode ser uma pessoa acumuladora.

— Não sou acumuladora! — rebati. — Isso não é acumulação.

Ela arqueou as sobrancelhas.

— Pra você não se esquecer, irmãzinha, eu estive ao seu lado em várias mudanças. Testemunhei a luta da acumuladora.

Era verdade. Minha irmã estivera *mesmo* ao meu lado na maioria de nossas mudanças, evitando arrumar as próprias coisas tanto quanto eu evitava arrumar as minhas. Mas, este ano, ela só tinha a mala que trouxera dos Estados Unidos — sem dúvida, cheia de livros tristes de poesia e echarpes mais tristes ainda.

— Olha quem fala. Você deve ter tido umas nove mil crises de manha quando estava empacotando suas coisas no verão passado.

— Eu estava indo pra faculdade. — Alison deu de ombros. — Sabia que seria uma droga.

— E olhe pra você — eu disse. — Você é a prova viva da experiência acadêmica.

Os cantos de seus lábios se curvaram como se estivesse decidindo se riria ou não. Mas ela decidiu não rir. (Claro que ela decidiu não rir.)

Subi em minha escrivaninha, empurrando para o lado um livro chamado *Desbloqueando o aplicativo* MW! e um coala com uma bandeirinha presa entre as patas. A janela atrás de mim dava direto para a sala de outra pessoa. Nossa casa não era apenas pequena — era cercada, em três lados, por outros prédios. Meio que uma versão menos interessante de *Janela indiscreta*.

Alison estendeu a mão e pegou uma pilha de fotos e cartões-postais em minha mesinha de cabeceira.

— Ei! Para de mexer nas minhas coisas.

Mas ela já estava olhando, examinando cada foto.

— Meu Deus! — disse ela. — Não posso acreditar que você guardou isto.

— Claro que guardei — eu disse, segurando meu relógio. — O papai que mandou pra mim. Ele também os enviou para você, caso tenha se esquecido.

Ela ergueu uma foto da Torre Eiffel com o papai na frente, com pinta de turista, para alguém que, na verdade, morava em Paris.

— Uma carta por ano não transforma alguém em pai.

— Você é tão injusta! Ele manda milhões de e-mails. Tipo, duas vezes por semana.

— Ai, meu Deus! — Ela acenou outra foto para mim; essa era de uma mulher sentada num sofá de armação de madeira, segurando bebês gêmeos. — A Esposa e os Filhos? Sério? *Por favor*, não vá me dizer que você ainda sonha em morar com eles.

— Você não está atrasada para ficar sentada no seu quarto o dia todo? — perguntei.

— Sério — disse ela. — É assustador, porque você está a um passo de usar o Photoshop para se incluir nesta foto.

Fiquei olhando meu relógio, coberto pela minha mão, torcendo para que ela não começasse a falar também sobre isso.

Ela não falou. Passou a outra foto: eu e Alison de capas de chuva verde e amarela numa varanda bagunçada, com floreiras de barro rachadas. Na imagem, estou atracada com uma *kokeshi* — uma bonequinha japonesa de madeira — e Alison está apontando para a câmera. Meu pai está ao seu lado, fazendo cara de pateta.

— Deus — ela murmurou. — Aquele velho apartamento de merda.

— Não era de merda. Era... suntuoso.

Talvez. Nós nos mudamos daquele apartamento quando eu tinha cinco anos, depois que meus pais se separaram. Portanto, honestamente, eu mal me lembrava. Embora ainda gostasse da ideia. De um país, de um lugar e uma família morando ali. De um lar.

Alison jogou as fotos de volta na mesinha de cabeceira e levantou, e sua cabeleira escura se espalhou pelos seus ombros.

— Tanto faz — disse ela. — Não tenho energia para discutir com você agora. Divirta-se com toda a sua... — ela fez um gesto, abarcando todo o quarto — *tralha*.

E então ela se foi, e eu joguei uma caneta na cama, zangada, porque Alison tinha acabado de confirmar tudo que ela pensava. Ela era a Adulta; eu ainda era a Criancinha.

Dorothea Brooks entrou devagarzinho no quarto e se aninhou numa pilha de roupa limpa, formando uma imensa bola cinzenta.

— Tudo bem. Pode me ignorar. Finja que nem estou aqui.

As orelhas dela nem tremularam.

Estendi a mão para abrir a janela, deixando que os sons de Tóquio entrassem: um trem apitando ao chegar à estação Yoyogi-Uehara, crianças gritando e correndo pelas vielas, cigarras cantando uma canção cansada, como um som vindo de uma caixa de música enferrujada.

Como nossa casa era cercada por prédios, eu tinha que esticar o pescoço para olhar acima deles, para a faixa de céu azul brilhante. Havia um objeto do tamanho de uma unha se deslocando através das nuvens, deixando um rastro branco atrás de si que ficava cada vez mais comprido.

Fiquei olhando o avião até não haver mais sinal dele. Então, ergui a mão para bloquear a parte do céu onde ele havia estado... mas não estava mais.

Capítulo 2
DOMINGO
06 : 18 : 34 : 27
DIAS HORAS MIN. S

Eu nasci no Japão, mas não sou japonesa. Tecnicamente sou francesa e polonesa (bem, meu pai é francês e minha mãe é polonesa, mas ela se mudou para Nova Jersey quando era bebê, portanto acho que ela é basicamente americana, sabe?). Alison disse que somos americanas por tabela, mas vivi no Japão mais tempo do que nos Estados Unidos e passo pelo menos um mês por ano em Paris, portanto... não tenho certeza.

Na primeira vez que deixei Tóquio eu tinha cinco anos, quando minha mãe, Alison e eu nos mudamos para Nova Jersey, para que ela lecionasse na Rutgers. Depois, quando eu estava com treze anos, minha mãe conseguiu uma bolsa de pesquisa que nos trouxe de volta a Tóquio, por mais quatro anos. Agora estou com dezessete e o tempo de concessão para a pesquisa terminou, e estamos fadadas a voltar para Nova Jersey. De novo.

Às vezes esse negócio todo de despedidas não é tão ruim. Tipo, eu não tive problemas em deixar a escola pública gigantesca que frequentava em Nova Jersey, ou os poucos nerds de matemática e ciências com quem eu me sentava de vez em quando. E as coisas que realmente me faziam falta — o molho apimentado da minha marca favorita e um jeans barato —, eu pedia pros meus avós me mandarem no meu aniversário.

Mas, em outras ocasiões, é horrível. Como foi mudar de Tóquio quando eu era pequenininha, sabendo que meu pai ficaria longe. Como ir para algum lugar novo e saber que, em algum momento, terei que deixá-lo. Como se eu estivesse sempre flutuando, naquele segundo que antecede o fim de um sonho, esperando que o mundo se evapore. Esperando que tudo que parece real subitamente suma.

Esta despedida seria assim.

Eu sabia.

Com a Alison seguramente abrigada em sua batcaverna de infelicidade, liguei meu laptop, coloquei pra tocar um som punk que o David tinha gravado para mim e decidi ir até a *konbini* para minha mãe. Enfiei a carteira na minha bolsa rosa do Musée d'Orsay e, como a minha roupa estava ficando mais suarenta a cada segundo, coloquei outra. Um vestido sem mangas da Laura Ashley que comprei num brechó em Paris e um par de sandálias de um tom azul "cheguei". Prendi o cabelo em duas tranças no alto da cabeça com fivelas de margaridas. Eu adorava isso — vasculhar meus vestidos, blusas e faixas de cabelo, encontrar coisas que eu nem lembrava que tinha e combiná-las de um jeito que nunca usei.

Que nem uma professora maluca de jardim de infância, como diria Mika.

Segui até a cozinha e vi... Mika. Sentada na bancada, comendo uma caixa de biscoitos em formato de coala.

— Aí está você! — ela disse, mastigando. Seu cabelo azul brilhante estava espetado com gel, e ela vestia um jeans largo masculino e uma camiseta rasgada, presa por alguns alfinetes. — Por que não atendeu o telefone? Sabia que está quente pra cacete aqui dentro? — Ela sacudiu a caixa de biscoitos para mim. — Eu posso comer isso, né?

Não tive chance de responder, porque David entrou, vindo da sala.

— Sofa! — disse ele. — Íamos procurar você, mas a Mika resolveu comer até entrar em coma, e eu fui dar uma olhada nos seus livros. Você tem um monte de livros excelentes. Este, por exemplo, é o meu favorito. — Ele jogou pro alto um volume da minha irmã, de poemas da Emily Dickinson, depois o pegou.

— Minha nossa! — Mika pôs a mão no peito e piscou forte. — Sua opinião sobre livros é tão... tipo, fascinante!

— Presta atenção — disse ele, folheando as páginas. — Você pode achar que a srta. Dickinson só tem a ver com uma gramática estranha e morte, mas tem uns troços seriamente sexy aqui. Espera aí. Vou ler um.

Mika o enxotou, e ele brincou com o cabelo espetado dela, remexendo-o. E eu continuei ali, em pé, tentando respirar, procurando não encarar seus lábios vermelhos, sua risadinha maliciosa e seu estiloso cabelo escuro.

Eu sempre levava alguns segundos para me acostumar à presença de David. Não só porque ele era deslumbrante — se bem que, só pra ficar registrado, ele realmente era deslumbrante. Alto, com músculos definidos, cabelos despenteados de propósito e roupas ridiculamente perfeitas. Ele também era filho do embaixador da Austrália, o que significava que tinha uma porcaria de um sotaque australiano. Pena que Mika o impediu de ler o poema.

— De qualquer jeito — disse David, abaixando o livro —, você precisa se mexer, Sofa. Vamos sair.

Minha atenção voltou, num estalo.

— Não posso. Tenho que arrumar minhas malas.

— Deixa essa merda pra lá — disse Mika, descartando essa possibilidade. — Você pode arrumar as coisas depois do meu aniversário.

— Seu aniversário é na sexta-feira. É o dia em que o pessoal da mudança vem.

— Não! — Ela arremessou um coala na minha direção, e o biscoito caiu no chão. — Não venha estragar a minha festa de aniversário e sua festa de despedida falando do pessoal da mudança. Shiuuu!

— Não é uma festa — eu disse. — Você só quer ir dançar em Roppongi.

— Óbvio. — Ela fungou. — Roppongi é a festa.

O piercing em sua sobrancelha direita reluziu com a luz que entrava pela janela. Ela o tinha colocado apenas algumas semanas antes, quando visitou a avó na Califórnia. Disse que só fez pelo puro prazer de ver a cara dos pais quando pousasse no aeroporto de Narita.

— Minha mãe sabe que vocês estão aqui? — perguntei, sentindo-me tão infantil quanto parecia.

David caiu na gargalhada.

— Quem você acha que nos pôs pra dentro? Mas ela teve que sair. Algo a ver com o tintureiro. — Ele passou o braço em volta do meu ombro. — Agora, sério, Sofa. Pode calçar os sapatos. Você não está vendo que a Miká está quase tendo um colapso?

— Tive uma ideia. — Mika soltou os coalas em cima da bancada.

— Cala a boca.

David me puxou para mais perto.

— Não fique nervosinha comigo. Você passou a tarde toda alegrinha. Só porque o Baby James está voltando pra casa.

— Olha a regra! — Mika atirou outro coala na direção do cabelo engomado de David. Ele o pegou e o enfiou na boca, depois virou para mim com as duas sobrancelhas erguidas.

Eu ri. Essa era sua cara em nossa brincadeira particular. A cara que fazia quando a gente assistia aos episódios de *Flight of the Conchords*, na aula de ciências da computação, em vez de fazer a lição. Ou quando inventava alguma musiquinha ridícula sobre o meu cabelo e ficava cantando na fila do almoço. Ou quando nos sentávamos juntos nas reuniões da escola e ele discretamente me passava um dos fones de ouvido de seu iPod. Nunca deixei de me espantar que David — o engraçado, o carismático e o extrovertido David — quisesse passar tanto tempo *comigo*.

— Regras? — David engoliu o biscoito. — Que regras?

— Já falamos sobre isso — disse Mika.

David sorriu.

— Falamos?

— Deixa de ser babaca — disse Mika. — Nada de ficar sacaneando o Jamie esta noite. Nada de ficar andando pomposo, nem de mijar para demarcar seu território. Esta noite não será "Ensino médio: a sequência".

David foi até Mika e segurou sua mão entre as dele.

— Miks. Você não precisa se preocupar comigo. Baby James é um de nós. Estamos aqui para lhe dar as boas-vindas de volta à gangue. Não estamos, Sofa?

Minha boca secou.

— Meu Deus! — Mika afastou a mão e a passou na camisa.

David franziu o cenho.

— Não posso ir esta noite! — eu disse, dando um passo para trás, batendo o ombro no batente. — Preciso arrumar as minhas coisas.

Mika e David trocaram olhares.

— Arruma depois — disse Mika.

— Minha mãe vai ficar injuriada se eu sair. Além disso, ele é seu amigo. Vocês podem sair sem mim.

Mika pareceu meio intrigada. Fiquei esperando o interrogatório inevitável — Por que você não quer ver o Jamie? Por que precisa fazer as malas agora? Por que não consegue nos olhar nos olhos? —, mas o celular de Mika tocou. Assim que ela atendeu, seu rosto inteiro se iluminou.

— Jamie! — ela deu um gritinho.

David ofegou dramaticamente e Mika chutou sua perna, derrubando a caixa de utensílios de cozinha que minha mãe tinha arrumado.

— Droga! — disse ela. — Desculpe, Sophia! Não, desculpe, Jamie. Eu estou na casa da Sophia e acabei de derrubar uns bagulhos. — Ela riu. — Estou supercontente por você estar aqui!

David fez uma cara de vômito e me deu uma olhada, esperando minha aprovação. Sorri, mas foi meio sem graça. Meus ouvidos estavam zunindo. Eu queria abrir a geladeira e entrar lá dentro. Queria tapar os ouvidos para não ouvir o som da voz de Jamie saindo do celular de Mika.

Jamie Foster-Collins.

Melhor amigo de Mika, que tinha sido despachado para um colégio interno na Carolina do Norte três anos antes, enquanto o resto da família ficou em Tóquio. Com quem eu não tivera contato desde então e alguém que nem pensava em ver. Melhor amigo de Mika. Nada meu.

— Porra, que legal! — disse Mika. — Vamos encontrá-lo lá. — Ela encerrou a ligação, ainda sorrindo. — Ele chegou em casa tipo cinco minutos atrás, mas está indo pra Shibs agora.

— Certo, Sofa — disse David. — Vamos nessa. A todo-poderosa Mika deu a ordem.

— Não posso ir — eu disse. — Pra mim, é impossível deixar esta casa.

— Claro que é possível — disse David. — Venha, vou te mostrar. Primeiro, caminhe até a porta. — Ele enlaçou meu braço ao dele e foi lentamente me conduzindo até a porta.

Eu ri e David sorriu, curvando levemente os cantos da boca. Estávamos tão próximos que podia sentir seu cheiro — o cheiro dele, de camisa nova, seu cheiro sensual e doce. Ele parecia tão empolgado em me fazer rir, como se tivesse se esforçado muito para isso. Como se fosse algo importante para ele.

Deus, ele praticamente atua pra você, Mika dissera, uma vez. *Sempre que ele faz uma piada babaca, eu juro, ele faz só pra te impressionar.*

— Tudo bem. Eu vou.

David cutucou minha têmpora com o nariz.

— Claro que vai.

Capítulo 3
DOMINGO
```
06 : 17 : 46 : 07
DIAS  HORAS  MIN.  S
```

Mas, assim que o trem lentamente foi se afastando da estação Yoyogi-Uehara, comecei a entrar em pânico.

Mas que droga eu estava fazendo? Por que me permiti ser enclausurada nesta caixa metálica que se aproximava, cada vez mais, de Jamie Foster-Collins? Eu não queria vê-lo. Na verdade, nunca mais queria voltar a vê-lo, *pelo resto de minha vida*.

No começo de maio, quando Mika me contou que Jamie retornaria a Tóquio, me senti quase animada em voltar para Nova Jersey. Quando descobri que ele chegaria da Carolina do Norte exatamente uma semana antes da minha partida definitiva do país, fiquei bastante injuriada. Ele não podia esperar uma semana? Precisava estragar a minha vida? E, para completar, ainda tinha que roubar o brilho da minha partida com o brilho ridículo de sua chegada?

O trem ganhou velocidade. Do lado de fora, o sol de fim de tarde caía no horizonte. Havia um mapa na porta mostrando todas as linhas ferroviárias de Tóquio, que se enroscavam umas nas outras como um emaranhado de artérias. Banners pendurados no teto balançavam com a brisa do ar-condicionado (pelo menos tinha uma porcaria de um ar--condicionado nesse troço).

Nós mudamos de trem. Uma voz eletrônica tranquilizadora surgiu nos alto-falantes dizendo: *"Tsugi wa, Shibuya. Shibuya desu"*.
Próxima parada, estação Shibuya.
O trem foi desacelerando, e uma vinheta familiar tocou quando a porta finalmente se abriu. Descemos atrás de um grupo de mulheres vestidas de *yukatas*, caminhando devagar em direção às catracas. Suas vestes bem amarradas eram de um tom azul-escuro, com estampas sinuosas, como água em movimento. Elas usavam *kanzashis* com pedrarias nos cabelos e calçavam *getas* de madeira.

— Anda logo, pô — David disse baixinho atrás delas. — Será que é possível andar mais devagar que isso? Ou ficariam imóveis se tentassem?

— Cala essa boca — disse Mika.

— O quê? — David perguntou, erguendo as mãos, fingindo se render. — Não estou sendo um babaca. Estou fazendo uma pergunta importante. Sobre física.

— Você está sendo meio babaca — eu disse. — E deveria calar a boca. Elas podem falar inglês.

— Duvido — disse David, passando o braço sobre meu ombro. A manga da camisa dele roçou a minha nuca, algo que, apesar do calor e da minha eterna inquietação, não foi desagradável.

— Você acharia que eu não falo inglês se me visse na rua? — Mika perguntou.

— Claro que não, Americana — disse David. — Você é irritante demais para ser japonesa.

Mika socou o braço dele quatro vezes.

— Deixa! De ser! Um insensível! Cultural!

David nos desviou dela e riu, mas eu não. A chegada iminente de Jamie Foster-Collins acabara com a minha capacidade de rir. O que era um problema. Eu precisava me acalmar. Precisava focar minha energia em ser tranquila... *Oh, olá, Jamie. Quase nem percebi seu rosto imenso e presunçoso, bem aí, na minha frente.*

Talvez não assim.

Lembrei a mim mesma da primeira lei de Newton. Não me deixaria deter por forças externas. Não deixaria que Jamie me afetasse.

Afinal, fazia muito tempo que não o via. Três anos e dois meses. Na verdade, mais de dois meses. Eu estava mais velha e meus amigos eram incríveis, e eu tinha tirado as melhores notas da minha turma de física, no ano passado.

Oh, olá, Jamie. Cheguei a dizer que tirei as melhores notas da turma de física?

Meu Deus, como eu era patética. Claro que não teria amigos quando começasse na nova escola, na próxima semana. Claro que nunca mais teria amigos. Pronto. Esta era minha última semana de amizade, e eu não poderia aproveitá-la porque Jamie estava ali e não havia meios de evitá-lo.

Saímos da estação e fomos parar na praça que se estendia até o Shibuya Crossing. A loucura desenfreada do lugar me trouxe de volta ao presente. Meus sentidos se aguçaram quando vi o tumulto ensandecido das hordas de gente passando, o círculo de prédios forrados de outdoors e telas de televisão mostrando trailers de filmes, propagandas e videoclipes, tudo ao mesmo tempo. Era um redemoinho de energia. Uma tempestade de sons colidindo e zunindo. Era meu lugar predileto em Tóquio.

E em breve eu partiria — e tudo isso seria silenciado.

Ficamos esperando Jamie perto do Hachiko, uma estátua de um cachorro que fica entre a estação Shibuya e o famoso cruzamento. Era onde meus amigos e eu circulávamos quando estávamos em Shibs. Francamente, ali era onde quase todo jovem de Tóquio se encontrava quando estava naquela área. Multidões vindas da estação seguiam para lá, era como se a estátua as chamasse.

A história deprimente, porém verdadeira, sobre Hachiko é que ele foi um cão de verdade, que ficava sentado do lado de fora da estação de Shibuya, todo dia, esperando seu dono voltar do trabalho, mesmo depois de sua morte. Então, um dia, o cão morreu também.

Como eu disse... deprimente. Mas tinha alguma coisa nessa história que eu gostava. Quando eu era pequena, fazia meu pai me contar a história sempre que a gente passava pela estátua, a caminho da livraria Tower Records. (Depois de um tempo, escrevi um e-mail para ele, perguntando se ainda se lembrava disso.) E eu ainda gostava da forma como a estátua encarava com ansiedade a multidão, sempre esperando que alguém aparecesse. Exatamente como me sentia em relação ao Jamie — menos a espera ansiosa.

David tirou um cigarro do bolso traseiro, então Mika me pegou pelo braço e me puxou para longe dele. Seus olhos estavam inquietos, olhando para todos os lados. Procurando, procurando, procurando. Tinha muita gente. Todos procurando. Todos esperando. Um cara com um headphone verde imenso, uma garota com pingentes coloridos presos ao celular, outro grupo de meninas acenando loucamente para alguém do outro lado da praça.

Aquilo me deixou nauseada.

— Você está com uma cara horrível — disse Mika. — Ah, qual é? Você e Jamie eram amigos.

Sacudi os ombros, ensaiando minha indiferença.

— Ele sempre foi mais seu amigo.

Ela estourou uma bola de chiclete. Mika e eu não falávamos sobre Jamie, embora eu soubesse que ela sempre conversava com ele pelo Skype. E, graças a Deus, não fazia a menor ideia do que acontecera entre nós.

Mika e Jamie eram amigos desde a época em que comiam massinha de modelar, e ela (provavelmente) faria qualquer coisa por ele. Como comprovado pelo fato de que, além de seu delineador preto habitual, ela estava de... sombra prateada. Mika foi a primeira amiga que fiz na Academia Internacional de Tóquio, lá atrás, quando eu tinha treze anos e era uma novata solitária. Ela era veterana, estudava lá desde o pré, mas, por algum motivo, quis andar comigo. Agora passávamos tanto tempo juntas que eu sabia praticamente tudo sobre ela. Como o fato de que era uma nerd secreta do Harry Potter e viciada em refrigerante C.C. Lemon e que nunca — jamais — usou sombra. Principalmente do tipo cintilante.

Seu olhar captou algo do outro lado da praça, e ela apontou.

— Ei! Olha quem é.
Meu peito começou a se contrair.
Ai, Deus.
Ai, Deus.
O que eu ia fazer? Não conseguiria ser indiferente. Indiferença nem era mais uma opção. Nem falar. Ou respirar, aparentemente.
Mas não era Jamie.
Era Caroline, toda enfeitada, de minissaia jeans e regata, com um rabo de cavalo louro balançando conforme ia abrindo caminho em meio à horda de garotas. David rapidamente foi até ela e começou a lhe beijar o rosto, as bochechas e o pescoço. Ela deu um gritinho e retribuiu os beijos.
— Para de olhar — Mika disse secamente. — Eu já estou ficando nervosa.
O nó no meu peito afrouxou, depois apertou de novo, de um jeito diferente mas familiar. Deixei meus braços pender ao lado do corpo e flexionei os dedos até sentir o sangue voltar a circular. Pelo menos eu tinha achado algo pra falar.
— Bem. Lá se vai David por esta noite.
— Tanto faz — disse Mika. — Se isso o impede de ser um babaca com Jamie, dou a maior força. Pode continuar azarando sua namorada, D.
— Credo, não pode continuar, não.
— Ah, desculpe — disse Mika. — Esqueci que ela é seu megacarma.
Senti meu rosto corar.
— Por favor, ela é só uma entre tantas namoradas. Nós que somos as verdadeiras amigas de David.
— Mas ele não fica azarando a gente. — Mika recostou na base da estátua. — Graças a Deus.
Dei uma olhada na direção deles. Os braços de David estavam em volta da cintura de Caroline, e as mãos dela estavam enterradas no cabelo dele. Eles talvez estivessem interpretando um complicado procedimento de fusão facial.
— Mas que droga ele vê nela?

Mika remexeu discretamente seu cabelo espetado.

— Não sei, cara. Você é que é amiguinha dela.

— Não sou nada! — bufei, já detestando o rumo que esta noite estava tomando. — Ela só é legal comigo porque sou nerd e inofensiva.

— O.k. — disse ela com os olhos perdidos na multidão.

— De todo modo, ela não pode ser totalmente superficial. David não gostaria dela caso fosse assim.

— Sei. Você conhece o David? — Mika estourou uma bola de chiclete e fez uma cara de reprovação.

— Talvez as coisas fossem diferentes se... você sabe... eu contasse que *gosto* dele.

Mika desencostou-se da estátua e segurou meus dois punhos.

— Por favor, não me entenda mal, mas não faça isso. Você perdeu a porra da cabeça.

— Eu não acho.

— Mas eu acho — disse Mika. — Na verdade, eu sei. Você não vai querer dizer ao David que gosta dele. Ele vai te esnobar pro resto da vida.

Olhei de relance para David e sussurrei:

— Ele não terá essa chance. Estou me mudando.

O semblante de Mika pareceu tão preocupado que me deixou constrangida. Fiquei olhando a minha unha lascada do polegar.

— Eu o conheço há seis anos, Sophia — disse ela. — Quando o bagulho fica sério, ele se transforma num babaca insensível.

— Ah, e *eu* não o conheço?

Mika suspirou e sacudiu a cabeça. Ela sempre fazia isso, me forçando a lembrar o quanto eu era sentimentalmente ignorante.

E, de muitas maneiras, eu sabia que ela estava certa. Não tinha nem beijado ninguém e jamais tivera um namorado. Nem no Japão, nem em Nova Jersey, onde o único garoto por quem tive uma queda cuidava do Clube de Animação e disse "Desculpe, Sarah", na única vez em que esbarrei nele, no corredor.

Ainda assim, eu sabia que havia algo entre mim e o David. Eu *sentia*... mesmo que Mika não conseguisse sentir.

— Deus! Onde está o Jamie? — Mika ergueu meu punho para ver a hora.

Minhas vias respiratórias se contraíram novamente. Todos os pensamentos sombrios que eu vinha afastando nos últimos três anos vieram à tona. Jamie e seus olhos imensos e tristes e todas as coisas horríveis que eu disse a ele. Pensar nisso era como apertar um hematoma. Era como apertar, apertar e apertar.

— Eu já volto — eu disse, soltando minha mão das de Mika. — Está bem?

— Já volta? — Mika repetiu. — Como assim? Aonde você vai?

— Eu... eu preciso dar um telefonema.

— Você precisa *dar um telefonema*? Você secretamente tem quarenta anos de idade? Está aqui a negócios?

Gritei, virando-me para ela, pois já estava me afastando:

— Lá da estação! Preciso ligar pra minha mãe, da estação!

Mika gritou de volta:

— Você não está falando como uma pessoa sã!

— Eu já volto!

Nem ferrando eu ia voltar. Fui abrindo caminho em meio à multidão, que ia e vinha, carregando sacolas, se refrescando com ventiladores portáteis. Já estava quase anoitecendo, e o céu tinha um tom embaçado de laranja e roxo. As luzes de néon começavam a ganhar vida.

Quanto mais eu me afastava, melhor me sentia. Esse era o momento perfeito para ir embora. Antes que a noite passasse de amarga a irrecuperável, antes que eu tivesse que voltar a ver Jamie. Jamie, na vida real. Em tempo real. Eu iria para casa e enviaria uma mensagem de texto para Mika, dizendo a ela que não estava me sentindo bem. Era melhor assim. Melhor para todo mundo.

Quando comecei a descer a escada, entrando na estação Shibuya, já me sentia bem melhor. Já não parecia que a cidade inteira estava prestes a desmoronar na minha cabeça. Menos provável que o carma e o senso de humor cruel estivessem em minha captura.

Então trombei com Jamie Foster-Collins.

* * *

Estou correndo pelo cemitério. Atravessando o gramado, por entre os túmulos. Tudo é cinzento e mudo, e o ar parece estático.
Vai chover.
Que ótimo. Vou para casa parecendo um gato desgrenhado. No meu aniversário. E no meu último dia no ensino médio, no último dia do meu primeiro ano na Academia Internacional de Tóquio...
— Sophia?
O som da voz de Jamie interrompe minha caminhada acelerada. Tropeço e me agarro à lápide mais próxima.
Não consigo encará-lo. Só de pensar nisso me estressa, parece que vou partir ao meio a qualquer segundo. Mas ele já está ao meu lado.
— Ei, você está bem? — pergunta ele. — Você saiu correndo do campus de repente e, bem, você se esqueceu disto. É seu presente de aniversário, lembra? E um presente de despedida, eu acho.
Ele franze as sobrancelhas e estende a mão. No meio da palma há um pequeno bottom com o desenho de Totoro.
Mas eu não pego. Ainda estou segurando meu celular com força, e as bordas estão marcando meus dedos.
Jamie abaixa a mão e deixa o braço pender na lateral do corpo. Há manchas vermelhas em seu pescoço, e ele parece tão pequeno e jovem. Sua camisa é de um tamanho maior, e o cinto está apertado demais.
— Você não quer? — ele pergunta.
Engulo em seco e levo um segundo para encontrar a voz.
— Você teve a intenção de me mandar isto?
— Mandar o quê?
Estendo a mão com o celular, para que ele possa ler. Seus olhos percorrem a tela, e ele franze o cenho.
Eu estava perto do meu armário, com David, quando meu celular vibrou. Era uma mensagem de Jamie.

SENHORAS E SENHORES, É O SHOW DE SOPHIA SE ATIRANDO A DAVID. SERÁ TRANSMITIDO O DIA TODO. VENHAM ASSISTIR E APROVEITEM O DESESPERO!

E agora não consigo pensar direito. Eu deveria chorar, mas estou confusa demais pra isso. Deveria gritar com ele, mas não consigo, pois ainda não posso acreditar que ele tenha feito isso. Jamie é meigo, pateta e bondoso. Ele jamais seria cruel com alguém.

Jamie jamais seria cruel comigo.

— Merda — ele sussurra. — Eu... eu pretendia mandar para Mika.

Sinto uma dor que me rasga por dentro.

— Então, é isso que você faz? Finge ser meu amigo, depois fala esse tipo de coisa pelas minhas costas?

As manchas se intensificam em seu pescoço, mas ele soa bem frio ao dizer:

— Eu simplesmente não entendo.

— O que isso quer dizer?

— Simplesmente não entendo por que você gosta tanto dele. Por que se esforça tanto para fazer que ele goste de você.

Minha cabeça está girando. Cambaleio para trás, segurando o celular junto ao peito.

— Saia de perto de mim, Jamie. Saia de perto de mim agora mesmo.

Ele chuta o chão, e alguns torrões de terra voam pelo ar.

— Eu vou embora, lembra? Eu vou para os Estados Unidos, depois para o colégio interno, e você nem ia se despedir, ia? Porque estava ocupada demais flertando com David.

— Sabe de uma coisa? — eu berro. — Ainda bem que você está indo embora! Pelo menos agora você vai parar de ficar atrás de mim como um cachorrinho tristonho e patético, o tempo inteiro!

A expressão dele fica séria.

— Você quer dizer: do jeito que você faz com o David?

— Ai, meu Deus, o que há de errado com você? — Eu o empurro. Meu rosto está quente e molhado, e sei que pareço completamente maluca, mas quero feri-lo, tanto quanto ele quer fazer comigo. — Acha que sou completamente alienada? Sei que você gosta de mim, Jamie. Sei que GOSTOU de mim o ano todo. Mas nada jamais aconteceria. Você é um frouxo. Um frouxinho que se esconde atrás da Mika porque não consegue fazer amigos...

Minhas últimas palavras saem através de soluços, e isso parece despertá-lo de um feitiço. Seus olhos arregalados se enchem de tristeza, mas não pedem desculpas. Está começando a chover, e ele passa a mão no cabelo encaracolado. Seu cabelo cacheado ridículo que sempre fica espetado.

Tiro algo da minha bolsa. Uma colagem de fotos de nós que baixei no meu celular e editei. No meio, escrevi: "Vou sentir falta de seu jeito nerd. Volte logo pra casa". Faço uma bola e a solto a seus pés, e acho que ele talvez esteja chorando, ou talvez não consiga mais olhar para mim.

Dou meia-volta e saio correndo, sem olhar para trás. Sem sequer me despedir.

Capítulo 4
DOMINGO
```
06 : 17 : 22 : 24
DIAS HORAS MIN.  S
```

Jamie estava logo abaixo de mim, na escada. Havia pessoas passando por nós, entrando e saindo da estação.

— Ei — disse ele. Seu *ei* pareceu diferente. Mais terno, de alguma forma, e mais lento.

— Oi — eu disse. — Estava procurando por você.

— Estava? — Ele ergueu uma das sobrancelhas e sorriu. O mesmo sorriso dentuço, os mesmos olhos verde-dourados. Mas agora ele estava mais alto, com os ombros mais largos e os braços mais grossos. Seu cabelo tinha crescido e passava das orelhas, e estava menos encaracolado. Embora não desse para saber ao certo, pois ele estava com um gorro marrom de tricô que cobria a maior parte de sua testa.

Um *gorro*. Nesse calor.

— Estamos atrapalhando o caminho — eu disse e virei, antes que ele tivesse a chance de responder.

— É o destino cósmico! — disse David, quando estávamos em pé na fila, prontos para entrar na sala de caraoquê.

O caraoquê estava movimentado para uma noite de domingo. Os funcionários de camisa vermelha andavam rapidamente do bar até o piso superior perto do elevador, equilibrando bandejas de drinques nos ombros. Pop japonês tocava alto, saindo dos alto-falantes embutidos nas paredes.

— Não foi nada cósmico. Isso nem faz sentido.

— Milhares de pessoas passam por aquela estação todo dia! — disse David. — Quais são as probabilidades de você encontrar o Baby James pra gente?

— Não tem tanta gente assim de cabelo louro — disse Caroline, sorrindo generosamente para Jamie. — Nós sobressaímos.

— Ou cabelo laranja. — David tocou as tranças no alto da minha cabeça. — Não se esqueça do pessoal de cabelo laranja.

Eu estava ignorando Jamie. Pelo menos estava tentando, mas fracassando miseravelmente. Ignorá-lo era como tentar ignorar um eclipse solar. E, além disso, ninguém mais o ignorava. Estava todo mundo paparicando Jamie e cobrindo-o de atenção, como se fosse seu aniversário ou algo assim.

— Você está empolgado agora em ser aluno do último ano? — Caroline perguntou a ele. Ela estava com o braço enlaçado ao meu e me dava um apertãozinho sempre que eu falava alguma coisa. Fui cordial e não tentei estrangulá-la.

— Ele não será do último ano — disse Mika.

David apontou Jamie com o cigarro.

— Baby James está um ano atrasado. É só do segundo ano.

— É. Obrigada por esclarecer isso. — Mika lançou um olhar irritado pro David, que abriu um imenso sorriso.

A fila andou.

— Então. — Jamie assentiu. — Caraoquê. Eu realmente senti falta disso.

— É? — disse Caroline. — Só me mudei pra cá no ano passado. Meus amigos do Tennessee acham estranho que eu vá o tempo todo pro caraoquê. Eles acham que deve ser superconstrangedor.

— Eu gosto — disse ele. — Da parte constrangedora. Tentei levar o caraoquê para os alojamentos da Lake Forest Academy, mas não tive sucesso. Meu companheiro de quarto mais recente foi totalmente contra. O limiar para a humilhação pública. Ou para a música. Ou pra mim, se falarmos com sinceridade sobre a situação...

Ele estava tagarelando que nem um maluco. O que, na verdade, fez com que eu me sentisse bem melhor. Jamie podia estar mais alto e forte, e teoricamente mais atraente, mas não era de todo *bacana*. Ele ainda era o Jamie esquisito e nerd. Com ou sem o gorro ridiculamente moderninho.

— Não dá pra acreditar que você está de volta, porra. — Mika deu-lhe um soco no ombro.

Jamie sorriu, radiante.

— Bem, mas estou.

David afagou uma das mãos de Caroline.

— Você está de volta. E a Sofa está partindo. O mundo dá, o mundo toma.

— Que triste! — disse Caroline.

— *Sofa?* — disse Jamie, reconhecendo a minha presença pela primeira vez desde a estação.

Subitamente, passei a me interessar pelo começo da fila. Duas telas de TV atrás do balcão transmitiam o mesmo videoclipe, de meninas com vestidos de babadinhos dançando numa sala rosa-choque.

— É meu apelido.

— Muita coisa mudou desde que você partiu, James — disse David.

Mika suspirou e revirou os olhos.

Jamie ainda estava me observando.

— A Mika me disse que você vai se mudar no fim da semana. Para onde está indo?

— Para Nova Jersey — eu disse, me afastando de Caroline, fingindo ajeitar uma das minhas fivelas de margarida. — Bem, de volta a Nova Jersey. Minha mãe leciona na Rutgers. Só viemos pra cá porque ela ganhou um período sabático de quatro anos na Universidade de Tóquio.

— É — disse Jamie. — Eu me lembro.

— Ah. — Passei a fazer círculos no meu relógio com o indicador e o polegar da outra mão.

— Certo! Jamie! — disse Mika. — Coisas que você precisa saber. Número um, meu aniversário é esta semana e a Sophia vai embora no domingo, portanto todos vamos sair na sexta-feira à noite. E vamos arrebentar. Número dois, estou muito feliz que você esteja de volta, meu Deus. Número três, você vai cantar "Giroppon" esta noite, e não quero ouvir nem uma palavra a respeito.

Jamie sorriu. Ele parecia tão perfeitamente feliz e contagiante que quase me fez sorrir. Mas não sorri.

— Isso — disse Jamie — *certamente* vai acontecer.

— Giroppon? — perguntou Caroline. — Não é um peixe de desenho animado?

Jamie e Mika se olharam, depois caíram na gargalhada.

Caroline franziu o nariz.

— Não entendi a piada.

— Você não foi a única — eu disse baixinho para que ninguém ouvisse.

Só que não falei baixo o suficiente, porque David riu e me cutucou com o cotovelo. Senti uma imensa onda de gratidão por ele existir.

Pegamos um elevador até o quarto andar e saímos num corredor estreito e sinuoso, perfilado por salinhas de caraoquê.

— Cara! — disse David. — Eles nos deram uma sala do cacete! — Ele passou os dedos num dos três sofás de couro junto à parede e pulou em cima.

Estávamos na sala 47, que, de fato, era bem grande. Eu já tinha ido a algumas salas de caraoquê que mais pareciam armários. A sala 47 dispunha de todos os acessórios-padrão de uma sala de caraoquê: uma mesa preta no meio, com cardápios de drinques espalhados em cima, uma tela de TV fixa na parede e um cesto com controles e microfones.

David pegou um controle e começou a apertar os botões.

— Onde estão as porcarias das músicas em inglês?

— Você tem que apertar o *kanji* para músicas estrangeiras — disse Mika, entrando atrás de mim. — Exatamente como fez nas últimas dez mil vezes em que estivemos aqui.

— Qual é o sentido de lembrar de coisas que outras pessoas lembrarão para você? — Ele sacudiu o controle e fez cara de cachorrinho perdido pra Mika. — Me ajuda, Mika, como vou saber que botão apertar?

— É este aqui. — Jamie apontou para o controle.

David ergueu uma sobrancelha para ele.

— Olha só, o James agora sabe ler *kanji*.

— Só um pouquinho — disse Jamie, com uma das mãos atrás da cabeça, subitamente tímido.

Eu ainda estava de pé junto à porta. Caroline já tinha se aninhado ao lado de David no sofá, então não pude sentar com ele. Jamie sentou no sofá de frente para eles, portanto, sem chance de eu sentar ali. Mas se Mika sentasse com Jamie, eu ficaria sozinha. No terceiro sofá.

Como Mika era a única de nós que falava japonês fluentemente, ela pegou o fone junto à porta e pediu drinques. Meu japonês era terrível. Minha mãe culpava a T-Cad. Ela dizia que eu falava bem mais quando era pequena. Eu dizia que realmente não *precisava* do idioma. A T-Cad era uma escola onde se falava inglês, e de todo modo eu podia apontar para as coisas.

Ou fazer Mika falar. Ela pediu uma rodada de cerveja e um refrigerante de melão pra mim, depois sentou ao lado de Jamie.

Certo. Fiquei no terceiro sofá.

— Certo! — disse David. — Eu escolhi uma música!

— Nossa, mas que surpresa — disse Mika, inexpressiva.

Conforme David começou a cantar, a luz da sala diminuiu, enquanto a TV começou a tocar estrondosamente, com um monte de luzes de néon acendendo nas paredes. Havia golfinhos, homens-peixe e estrelas-do-mar. Acho que aquilo deveria fazer com que nos sentíssemos submersos no mar, mas só fazia todo mundo parecer insano. Nossos dentes ficaram mais brancos e nossa pele reluzia, como se fôssemos radioativos. Ainda assim, fez com que eu me sentisse menos constrangida. É difícil ficar socialmente esquisita quando se está cercada por um bando de deuses marinhos fluorescentes.

Meus amigos estavam ficando bêbados.

Muito, *muito* bêbados.

Não importava que fôssemos todos menores de idade. Horrendamente menores, na verdade. A idade liberada para beber era vinte anos, e Mika, a mais velha de nós, estava prestes a fazer dezoito. Mas isso não importava. Podíamos encher a cara sempre e quando quiséssemos. Nem precisava de identidade falsa.

Conforme Mika havia me explicado anos antes, as coisas simplesmente eram assim. A garotada gringa se dava bem bebendo e passando a noite em bares porque Tóquio era uma cidade segura, com trens confiáveis e uma política indulgente para estrangeiros. Mika achava que nossos pais não faziam a menor ideia do que estava acontecendo, mas eu só presumia que eles fossem intencionalmente ignorantes quanto à libertinagem. Era talvez mais fácil do que nos trancar em nossos quartos e jogar nossos bilhetes de trem no vaso sanitário. Se bem que, para ser honesta, eu contava tudo para minha mãe — ignorância intencional não era seu forte.

Mika ia toda hora ao telefone para pedir mais drinques. Cerveja, doses de whisky sour, um negócio chamado ginger-hi, que eu acho que continha ginger ale. Ela pedia refrigerantes de melão para mim porque eu era a semirresponsável que nunca bebia. (*Porque alguém tinha que falar com a polícia, caso fosse necessário*, disse Mika, já com a voz enrolada, passando os braços em volta do meu pescoço. O que fez com que eu me sentisse a perfeita Amiga Tediosa.)

— Mika e James deveriam fazer um dueto — disse David. Ele tinha acabado de terminar uma música de Iggy Pop e estava girando o microfone acima da cabeça.

— É, ótima ideia. — Mika deu uma risadinha para Jamie, que retribuiu. Os risonhos.

— Alguém quer cantar Katy Perry comigo? — perguntou Caroline.

— Fala sério, cara! — disse David. Não tinha nenhuma música tocando, e ele estava falando bem mais alto que o necessário. — Olhe pra vocês dois! Igual aos velhos tempos. Só que agora o Baby James está todo crescidinho.

— É, valeu, cara. — Jamie encarava um dos controles.

— Pelo amor de Deus — disse Mika. — As regras!

Jamie levantou os olhos para ela, confuso.

David ergueu o microfone até o rosto e cantou com uma voz arranhada:

— *Baby J. e Mika, sitting in a treeeeeeeee...*

— Ei! Sophia. — Mika jogou o outro microfone em minha direção. — Sua vez.

O título da música seguinte surgiu na tela, em inglês e em katakana: "Last nite", do Strokes. Lancei um olhar interrogativo para Mika — *David está falando do quê?* —, mas ela nem ligou. Cantei pulando no sofá, balançando a cabeça até as minhas tranças caírem. Quando terminei, David assobiou e aplaudiu. Abri os olhos e... Jamie estava me olhando. Esboçando um sorriso para mim. Que direito ele tinha de ficar me encarando? E sorrindo? *E ficar me encarando?*

Sentei e pressionei minhas mãos contra a superfície quente do sofá. Meu celular vibrou dentro da bolsa. Era uma mensagem de texto de David.

AQUELA PORRA DAQUELE GORRO!!

Ri e cobri a boca. Graças a Deus tinha alguém que pensava como eu. Mandei uma mensagem de volta.

Cuidado!! Senão a Mika vai desafiá-lo para um duelo...

A resposta dele veio alguns segundos depois:

Que nada!! Mika sempre se esquece de suas pistolas para o duelo. P.S.: Por que a Sofa Solitária está no sofá solitário?!

Uma sensação de contentamento me invadiu. Comecei a digitar em resposta, quando alguém despencou no sofá ao meu lado. Dei um pulo de susto.

Caroline.

— Nossa, foi ótimo! — disse ela.

— A-hã. — Enfiei o telefone na bolsa, cobrindo a tela com a mão. — Valeu.

Começou a tocar Nirvana, com Mika berrando de um jeito que não parecia em nada com a melodia. Peguei meu refrigerante de melão na mesa. Caroline se abanou com um cardápio e cochichou:

— Meu Deus! Aquele tal de Jamie é um gatinho. Ele sempre foi gatinho assim?

— Não. Certamente não.

Caroline ficou olhando para ele como se estivesse avaliando os prós e os contras.

— Bem, agora ele é. De um jeito meio bobão, mas acho charmoso. Só que ele parece meio nervoso.

— Pode acreditar, antes ele parecia bem mais nervoso que isso. — E meio trêmulo. Estava sempre puxando o cabelo e remexendo os pés, tamborilando os dedos em alguma coisa.

— Provavelmente por estar tão apaixonado por Mika — disse Caroline.

Cuspi um cubo de gelo de volta no copo.

— O quê? Ele não está apaixonado pela Mika.

— Olhe para ele! — disse ela. — Olhe para *eles*! Estão grudados.

Eu olhei.

— Eles só estão sentados.

Caroline sacudiu a cabeça, e seu rabo de cavalo bateu em meu rosto. Ela exalava hidratante de framboesa.

— Sophia, eu sei que você é superinteligente e tudo o mais, mas você não tem a menor noção de como interpretar *sinais*.

Havia um sinal que eu queria muito fazer para Caroline, porém não fiz.

— Quem quer mais um drinque? — perguntou Mika.

— Estou legal — disse Jamie, dando um gole em sua cerveja.

Caroline fez uma encenação, bocejando, e debruçou por cima de mim, para falar com Jamie.

— Estou tão cansada. Você não está cansado, Jamie? Você passou o dia todo no avião!

Jamie recostou-se no sofá e pôs a mão atrás da cabeça. Tudo nele parecia mais tranquilo que antes. Havia até um leve som arrastado em suas vogais, que ele não tinha.

— Estou legal. Se eu for pra casa agora, vou ter que desfazer as malas. Além disso, você só se muda de volta para Tóquio, pela segunda vez, uma vez na vida, certo?

Caroline fez biquinho.

— A Mika disse que seus pais o fizeram ir para aquela escola, nos Estados Unidos. Por que voltou?

— Alô! — disse Mika. — Alguém me ouviu? Pedidos de drinques, por favor.

Mika ligou para pedir os drinques. Ela pediu *takoyaki* também, e minha barriga roncou quando chegou; eu nem tinha notado como estava faminta.

Quando puxei meu pedacinho de massa frita recheada com polvo (mais deliciosa do que parece), Caroline debruçou novamente por cima de mim.

— De qualquer forma — ela disse a Jamie —, aposto que seus pais estão superempolgados com seu regresso.

Ele sacudiu os ombros, e notei que seus olhos desviaram rapidamente para baixo.

— É — disse ele. — Superempolgados.

Aproximadamente uma hora mais tarde, a sala 47 estava quente.

Muito mais quente que a minha casa, chegando a um estado crítico. Torci meu cabelo suado e o amarrei no topo da cabeça, e Mika tirou a camiseta, revelando um top branco por baixo. O ar da sala tinha ficado pesado, recendendo a birita. Caroline entoava baixinho uma canção romântica qualquer, e David olhava para ela com um olhar ridículo e babão, beijando-lhe a testa e a lateral do pescoço enquanto ela cantava. Então chegou o momento que eu temia. O momento em que Caroline e David começaram a se agarrar, sem a menor cerimônia.

— Aaaaah, nãããooo! — Mika gemeu. — Vão arranjar um quarto!

— Tecnicamente, isto aqui é um quarto — disse Jamie. Ele estendeu a mão e puxou o cesto de *takoyaki* do qual David estivera comendo.

Caroline sentou no colo de David e ele passou as mãos nas costas dela, de cima a baixo, segurando o tecido de sua blusa. Senti um nó na barriga e uma pressão dentro da cabeça. Estado crítico.

— Ficar de sacanagem numa sala de caraoquê é tão ordinário! — disse Mika, fazendo uma cara de repulsa.

— Então você nunca fez isso? — Jamie provocou. Ele arremessou um *takoyaki* no ar e o pegou com a boca.

Mika bateu no braço dele, desta vez com força.

— Credo. Você sabe coisa demais sobre mim.

Na tela havia uma mulher numa ponte, olhando desolada para alguns barcos. O vídeo não tinha nada a ver com a música que estava tocando, uma melodia sintética pulsando pela sala que ninguém acompanhava. Que horrível! À minha direita o garoto que eu gostava babando por uma garota que eu decididamente não gostava. À minha esquerda, Jamie e Mika falavam, riam e flertavam.

Flertavam pesado.

Talvez Caroline estivesse certa. Talvez eles se gostassem. Talvez já tivessem ficado numa sala de caraoquê... ou o fariam num futuro próximo.

Eu me segurava na cadeira, sentindo-me tonta. Como se a qualquer momento a gravidade me abandonasse, deixando-me fora de órbita.

— Vou ao banheiro — disse, levantando do sofá. Estava tão desesperada para sair dali que, a caminho da porta, tropecei no pé de Jamie. Ele estendeu a mão para segurar meu braço, e o calor dela me deixou ainda mais tonta. Foi como viajar de volta no tempo, até três anos atrás, na última vez em que eu estivera tão perto a ponto de tocá-lo. Só que agora, ao me olhar, seu rosto estava inexpressivo. Eu esperava ver algo — raiva, talvez —, mas e se até isso tivesse passado? E se eu tivesse me transformado em nada? Apenas a garota que tropeçava em seu pé enquanto ele falava com Mika.

Afastei o braço e saí cambaleando. Os sons das salas de caraoquê ficavam cada vez mais abafados à medida que eu seguia pelos corredores apertados, passando por salas e salas de outras pessoas, no meio de outras músicas. No meio de outras noites.

Não fui ao banheiro. Parei numa janela, encostei a testa no vidro frio e olhei para baixo. Era como olhar um mar de gente, a noite e todos aqueles luminosos em néon ficando cada vez mais brilhantes.

Eu só queria ir para casa.

Capítulo 5
SEGUNDA-FEIRA
06 : 11 : 21 : 45
DIAS HORAS MIN. S

Mika e Jamie moravam no mesmo prédio. E foi assim praticamente a vida inteira. Mika tinha nascido em Tóquio, mas Jamie havia se mudado para lá, vindo da Carolina do Norte, com apenas dois anos. Eu tinha visto fotos deles de quando eram bem pequenos, vestindo *yukata* nos festivais do Dia das Crianças, fantasiados de Power Rangers no Halloween.

Depois do caraoquê, ficamos no meio do bolo de gente da estação Shibuya. Eu estava esperando para ver Mika e Jamie seguirem para casa juntos, alegremente.

— Bem, crianças. Aqui nos separamos. — David fez uma saudação pra gente. Caroline estava com o braço em volta da cintura dele. Seu cabelo caía em ondas, cobrindo-lhe o rosto, e ela parecia estar meio dormindo. Ela provavelmente iria passar a noite na casa dele. (*O embaixador nunca descobre, porque meu apartamento é imenso e ele nunca está em casa, e ele também é um idiota*, David me dissera uma vez.)

Passava da meia-noite, e parecia que todo mundo em Shibuya estava entrando na estação, tentando pegar os últimos trens. Pessoas corriam e gritavam, algumas comendo sanduíches de *konbini*, a maioria bêbada. Painéis eletrônicos acima de nós piscavam um alerta vermelho: em quatro minutos os últimos trens deixariam a estação. Se os perdêssemos, estaríamos ferrados. Teríamos que andar ou pegar um táxi, ou passar a noite toda ali até que viesse o primeiro trem, às cinco da manhã. David e Caroline sumiram, descendo um lanço de escada, e Jamie foi até um terminal eletrônico para comprar um bilhete para ele.

— Acho que vou para minha plataforma. — Remexi dentro da bolsa, à procura do meu cartão Suica.

Mika estreitou os olhos para mim.

— Estou beeeem bêbada. *Fou fomitar*.

— Sério? Você me parece bem, só um pouco detonada.

— Ah, *fou*. *Fou fomitar* e *fou* desmaiar. Dá pra sentir. Tomei, tipo, seis cervejas e três daquela bebidinha com gengibre e uísque. E sei que são drinques de caraoquê, que têm água, mas é matemática. — Ela deu um sorriso amarelo. — Bebida demais me deixa *enchuada*.

— Certo — eu disse. — Então você está bêbada.

— Sophia? — Ela se agarrou ao meu braço.

— O quê?

Ela perdeu o equilíbrio e despencou de cara no meu peito. Logo a segurei pelos ombros e a puxei para cima. Jamie surgiu ao meu lado e tentou ajudar.

— Está tudo bem — eu disse, sucinta. — Estamos bem.

— Vamos — disse ele. — Nós a levaremos para casa.

— Ela não pode ir para casa assim. E se os pais dela a virem?

— Tudo bem — disse ele num tom irritantemente tranquilo. — Os pais dela estão fora por algumas noites.

— Como sabe disso? — estrilei. — Eu não sabia disso.

— É verdade — Mika murmurou. — Viagem de aniversário de casamento. Os cretinos.

Lancei um olhar fulminante para Jamie.

— Você não pode levá-la para casa sozinho?

— Eu poderia — disse ele —, mas ela provavelmente quer que você venha junto.

— E por que você acha isso?

— Bem... — Ele engoliu em seco, e eu fiquei olhando os músculos de sua garganta se contrair. — Você é a melhor amiga dela.

— Ah. Certo.

A estação estava superiluminada depois da penumbra da sala de caraoquê. Jamie tinha olheiras, e estávamos suarentos e com a roupa amassada. Dava para sentir um cheiro de cigarro e um toque adocicado de cerveja. A cabeça de Mika rolou para meu ombro. Ela abriu os olhos e sorriu para mim. Um sorrisão *à la* Mika. Não era de sorrir muito, mas, quando sorria, dava vontade de fazer qualquer coisa por ela.

— Estou tãããão feliz — disse ela. — São vocês dois. Minhas duas pessoas prediletas. Nunca abandonem um ao outro. Prometam para mim. Prometam para Mika.

Jamie e eu a segurávamos. Ele deu de ombros, e eu suspirei.

Estávamos oficialmente indo para casa juntos.

O prédio de Mika e Jamie ficava perto do Palácio Imperial, tipo, o lugar onde mora o verdadeiro imperador do Japão. Ele obviamente não saía andando pela vizinhança nem nada, mas Mika disse que, quando era pequena, ela e Jamie costumavam perguntar ao porteiro por que ele nunca vinha visitá-los.

Em pé na recepção, esperando o elevador, eu realmente me senti como se essa fosse algum tipo de residência real. Como se fosse o próprio palácio. O hall tinha uma fonte, uma porção de vasos de plantas e uma janela imensa com vista para um jardim interno. O chão era de mármore, e as paredes eram laqueadas com painéis de madeira tão escuros e brilhantes que eram quase espelhados.

Jamie parecia constrangido. Ele ficava ajeitando aquele gorro ridículo e perguntando a Mika como ela se sentia.

— Meus órgãos querem sair — disse ela de modo casual. Depois: — Você está com a minha chave?

— Estou. — Tirei o chaveiro dela da minha bolsa e vi Jamie olhando lá dentro, onde havia uma fotografia da escultura *A pequena bailarina de catorze anos*, de Degas. Meu pai tinha me dado no meu aniversário de catorze anos.

— Quando você pegou a chave dela? — perguntou Jamie.

— Não peguei. Ela que me deu, mais cedo. Mika sempre me dá suas tralhas.

— Eu perco *tudo* — disse Mika. Ela arrastou a palavra *tudo*. Tinha chegado à fase de Bêbada Exagerada.

Entramos no elevador, e Mika resolveu sentar. Jamie e eu a erguemos quando chegamos ao décimo primeiro andar. Jamie morava no décimo segundo.

— Certo — eu disse a Jamie. — Boa noite.

— *Nãããoo* — Mika gemeu, abrindo os olhos, apavorada. — O Jamie *não pode* ir embora. Ele tem que ficar *conosco*. Ele *tem* que ficar.

— Vou ajudá-la a levá-la para dentro — disse Jamie. Ele parecia tão cauteloso e atencioso que realmente estava me dando nos nervos.

Encarei Mika, mas ela só arregalou os olhos para mim. Como uma coruja confusa.

Embora soubesse que os pais de Mika não estavam em casa, eu ainda tive o ímpeto de ser o mais silenciosa possível quando empurramos a porta do 11A. A luz vinda dos prédios em volta entrava pelas janelas, iluminando o *genkan* meticulosamente limpo. Mika trombou num pedestal volumoso com guarda-chuvas de cabos de madeira polida. Eu me encolhi. Aqueles guarda-chuvas provavelmente eram caros.

Jamie e eu tiramos os sapatos e pegamos dois pares de chinelos de uma pilha junto à porta. Mika ficou de sapato.

Além do *genkan*, o apartamento dela se abria para uma sala de estar espaçosa, com elegantes sofás de couro preto e uma mesinha de centro de vidro. Havia pedestais com tampos de vidro perfilando as janelas, com vasos antigos e uma estátua de Buda. Arrastamos a sonolenta Mika pela sala, passando por um longo pergaminho branco emoldurado, com linhas verticais de *kanji* em preto.

A última vez que viera para jantar, o pai de Mika me explicou que isso era uma caligrafia japonesa. Mika sentou ao lado dele, devorando sua massa com cogumelos shitake da forma mais ruidosa possível, enquanto eu assentia vigorosamente, com as mãos enlaçadas no colo, torcendo para que meu cabelo pintado e chamativo não ofendesse seus pais, como o de Mika ofendia.

Levamos Mika para o seu quarto e a colocamos na cama. Ela entrou debaixo das cobertas, empurrando um pé no outro para soltar os tamancos pretos no chão.

— Vai vestir o pijama? — perguntei.

— Por quê? — Mika perguntou, com o rosto no travesseiro. — Preciso vestir outra roupa amanhã. Por que me trocar agora, se tenho que me trocar depois? Insensato.

Então, ela tinha passado à Filosofia Bebum.

O quarto de Mika era menos caótico que o meu. A escrivaninha era arrumada, e tinha uma imensa tela de computador em cima. Na cama havia um edredom xadrez em tons claros de rosa e amarelo, com almofadas combinando junto à cabeceira. Sobre a cômoda ficava um vaso de flores que a mãe de Mika arrumava em sua aula semanal de ikebana, no Clube Americano, e o quarto todo cheirava a lavanda e limão.

Claro que também havia os toques de Mika. Um romance de serial killer volumoso na mesinha de cabeceira, um short de corrida pendurado na cadeira da escrivaninha e um monte de coisas dos anos 1990: uma boneca Daria em cima da cômoda, um pôster do *The Craft* pendurado na parede e DVDs das sete temporadas de *Buffy, a caça-vampiros* empilhados no chão, junto à cama.

Revirei a gaveta de pijamas de Mika até encontrar o vermelho, com o *M* bordado no bolso, um que ela sempre se recusava a usar. Dei uma olhada para a porta. Jamie ainda estava em pé ali. A fachada confiante que ele havia usado a noite toda certamente estava sumindo. Ele estava mordendo o lábio.

— Acho que você pode ir agora — eu disse.

— Você não vai ligar pra sua mãe e dizer que vai dormir aqui? — perguntou ele.

— Mandei uma mensagem pra ela. — Cruzei os braços. — Você avisou a sua?

Ele sacudiu a cabeça.

— Passei três anos no colégio interno. Eles não ligam pro que eu faço.

— Tanto faz. — Passei por ele e fui até a cozinha encher três copos de água.

— Aqui. — Dei um pro Jamie. — Você bebeu.

— Só uma cerveja — disse ele. Mas pegou a água e recostou na geladeira. Ele estava sorrindo, mas era só um meio sorriso. Pensei no jeito como ele sorria para mim. Com os dentes aparecendo. Com o rosto inteiro.

— Ei — disse ele. — Quer uma bala? — Ele enfiou a mão no bolso e tirou uma caixinha fina, do tamanho de um cartão de crédito, com minúsculas mentas japonesas. — Isso vai parecer besteira, mas senti muita falta dessa balinha. A Mika comprou pra mim, como presente de boas-vindas. Pega uma. — Ele estendeu a caixa e deu uma sacudidinha, mas não movi um músculo. Ele mexeu na tampinha, na lateral da caixa.

Sob a luz que entrava pela janela, notei o ligeiro calombo no nariz de Jamie. Ele o tinha quebrado quando era pequeno, ao cair de cara de um escorregador, e não cicatrizou direito. A lembrança dele me contando isso fez com que eu me retraísse. Eu estava sendo assolada por coisas que havia passado um bom tempo tentando esquecer.

— Eu realmente não consigo me cansar disso — disse ele.

— Disso o quê?

— Tóquio. Caraoquê. Tudo isso. — Os olhos dele cruzaram com os meus, e eu me retraí novamente, batendo o cotovelo na bancada atrás de mim. — Sabe, sempre quis voltar para visitar, mas meus pais sempre iam à Carolina do Norte, para passar o Natal e o verão. Estar aqui ainda não parece real.

Sacudi os ombros.

— É real.

— É — disse ele. — Acho que você está certa. — O gorro dele tinha mexido, e agora dava para ver mais o seu cabelo, os cachos bagunçados e rebeldes. Olhei para baixo, para os meus pés... minhas unhas dos pés estavam pintadas de roxo.

— Então — ele disse depois de um momento. — David, hein?

Todos os mecanismos de defesa dentro de mim foram ligados. Ouvir Jamie dizer o nome de David fez com que eu sentisse que ainda estávamos naquele cemitério deserto, com a chuva caindo sobre nós, aquela mensagem de texto acesa na minha mão.

— O que tem o David? — perguntei.

— Nada de mais — ele falou, parecendo mais leve. O Jamie confiante estava de volta. — Ele é o mesmo, eu acho. O bom e velho David, passivo-agressivo.

— Você não fala mais com David. Não tem ideia do que ele...

Ele me interrompeu:

— Mas a Caroline parece legal.

— Caroline?

— É. Quer dizer, ela parece o tipo dele.

— E que tipo é esse? — perguntei com os dentes cerrados.

Ele sacudiu novamente os ombros.

— Não sei. Ela é... extrovertida. É bonita.

Segurei meu copo com força.

Ele despejou as palavras como se estivesse tentando falar antes de perder a coragem.

— O que imagino significar que o lance entre você e David nunca deu certo.

Minhas bochechas estavam queimando. Ele estava fazendo de novo. Estávamos retomando a conversa exatamente do onde havíamos parado. Eu apertava o copo de vidro com força a ponto de doer minha mão.

— Mesmo que tivesse dado — disse, baixinho —, você seria a última pessoa a quem eu contaria.

Jamie não recuou.

— Então isso significa que não deu.

— Cala a boca! — estrilei, tomada pela vergonha. — Não quero falar com você. Nem quero ver você, Jamie. Nem você, nem seu gorro ridículo, nem nada. Você devia ter ficado nos Estados Unidos mais uma porra de uma semana.

Jamie me encarou. Seus olhos estavam exatamente iguais, tão verdes quanto dourados, tão expressivos quanto sempre foram. Encará-lo era como pôr a mão em cima de uma labareda. Eu o odiava. Eu oficialmente o odiava. Por ter voltado, por fazer com que me sentisse assim, por me transformar *nessa* pessoa.

— Você precisa ir embora — eu disse. — Agora.

Algo que pode ter sido culpa surgiu num lampejo em seu rosto, mas foi rapidamente substituído por uma expressão tranquila e vaga.

— Claro — disse ele. — Eu vou.

Ele caminhou até a porta da cozinha. Depois se virou. Lavou o copo na pia e o colocou no escorredor. Fiquei ali do lado, sem jeito, esperando que ele saísse. Minha garganta estava tão apertada que nem acreditava que o ar estivesse passando.

Então ele foi embora.

Quando ouvi o clique da porta da frente se fechando, corri para trancá-la. Até fiquei ali em pé, por um minuto, olhando pelo olho mágico, só para ter certeza de que ele não voltaria. Quando a paranoia passou, fui até o banheiro colossal de Mika para trocar de roupa e escovar os dentes com a escova reserva que eu mantinha lá. Coloquei o copo de água de Mika em sua mesinha de cabeceira antes de deitar na cama.

Quando apaguei a luz, as estrelas fluorescentes do teto foram lentamente ficando verdes. Mika devia ter ligado o som, porque estava tocando *Unplugged*, de Alanis Morissette, em seu computador.

— Mika? — sussurrei.

— Hummm?

— Você está acordada?

— Mmmhmm.

— Está mesmo acordada?

— Hum.

— Eu realmente não quero que isso acabe — eu disse. — Não quero, de jeito nenhum, que tudo mude.

Mika roncou. Ela tinha chegado ao último estágio: Bêbada em Sono Profundo.

Virei de bruços e abri a cortina atrás da cama. Havia luzes piscando por toda parte — nas antenas em cima dos prédios, num avião que atravessava o céu, nas ruas abaixo, nos faróis em movimento. Tantas luzes flutuando à minha frente, um universo de estrelas infinitas.

Não quero, de jeito nenhum, que isso acabe.

A música parou quando fechei a cortina e deitei. No silêncio da escuridão, pensei nas estrelas. Nas que nem são estrelas, mas lembranças daquelas que se extinguiram milhões de anos atrás. Pensei nas estrelas que já haviam explodido e se transformado em buracos negros, lugares de onde nem a luz consegue escapar. Lugares onde, a certa distância, o tempo parece parar.

Suspendi o punho acima da cabeça e apertei o botão na lateral do meu relógio. O visor ficou azul, 1h07. Apertei novamente o botão, e o visor mudou para uma contagem regressiva: 06:10:42:10, 06:10:42:09, 06:10:42:08...

Fiquei assim, acordada, durante horas, desejando poder segurar os segundos e prendê-los entre os meus dedos... mas só fiquei olhando enquanto eles iam passando, sumindo para sempre.

— *Que demais!* — *digo para meu pai.*

— *É rosa* — *Alison fala. Ela tem dez anos e está vestindo seu pijama de Pokémon.* — *A mamãe não deixa a gente usar rosa.*

— *Não é rosa.* — *Passo as mãos nas flores bordadas na pulseira do meu relógio novo.* — *É roxo.*

— *É roxo e as flores são rosa* — *meu pai fala.* — *E não é apenas um relógio.* — *Ele sorri e ergue as sobrancelhas. Quando meu pai faz essa cara, parece um professor de ciências bobo, exatamente o que ele é.* — *Veja!* — *Meu pai pega o relógio de mim.* — *Você aperta este botão do lado duas vezes e... tcharam! Surge uma contagem regressiva!*

— *Adorei!* — *Franzo o nariz.* — *Pra que serve?*

Meu pai dá um salto e vai até seu quarto, que também é seu escritório. Nunca há silêncio no apartamento do meu pai, nem quando não tem ninguém falando. The Birds estão tocando na TV, e o sino da igreja do outro lado da rua está soando, e motocicletas estão acelerando lá embaixo. Pombos revoam junto à janela, como pombos natalinos.

Quando meu pai volta, ele está segurando um calendário cheio de fotos do Japão. Ele o folheia e eu vejo flores de cerejeiras e templos cobertos de neve e pipas de carpas ornamentais, com suas caudas revoando ao vento. Meu pai me entrega o calendário.

— Da próxima vez que você vier à França, será dia 16 de maio. Esse relógio lhe diz quantos dias e horas e minutos e segundos faltam até 16 de maio. Está vendo? Não é apenas um relógio!

— Então é uma máquina do tempo — digo.

Alison faz uma careta e revira os olhos. A mamãe diz que essa é sua marca registrada.

Meu pai ri.

— Sim. É, sim. Você só precisa esperar até que ele apite e todos os números sejam zerados.

— E aí o que acontece? — pergunto.

Meu pai coça o queixo.

— Você pode começar outra contagem. Para o próximo Natal, talvez. Para qualquer coisa que queira.

Seu telefone começa a tocar, e ele dá um pulo para atender.

Alison se aproxima de mim e diz, em tom de alerta:

— É bom que você não deixe a mamãe a ver usando isso. Não é de um tom neutro, e ela vai te matar.

— Cala a boca — digo, segurando o relógio junto ao peito. — Eu adorei e vou usá-lo todos os dias, até... para sempre.

Capítulo 6
SEGUNDA-FEIRA
```
06 : 05 : 00 : 00
DIAS HORAS MIN.   S
```

Quando tocou o despertador do meu celular, fiquei deitada na cama por um minuto e esperei que as lembranças da noite anterior me tragassem num vórtice de constrangimento e autopiedade.

Mas eu me sentia legal.

Talvez porque o apartamento de Mika fosse tão luminoso e ensolarado pela manhã, contrastando tanto com a caverna etérea que havia sido algumas horas antes. A cozinha estava banhada pela luz do dia, e dava para ver a obra em curso do outro lado da rua, guindastes alaranjados se deslocando de um lado para o outro, como robôs de *Neon Genesis Evangelion*. Enviei uma mensagem à minha mãe para dizer que eu já estava acordada, torrei duas fatias grossas de *shokupan* e as comi junto à janela.

Os pais de Mika não ligavam que eu comesse a comida deles. Acho que até gostavam. Gostavam quando eu ficava para jantar, porque estavam sempre dizendo a Mika para me convidar. O pai de Mika fazia comidas incríveis: lámen picante com ovo em cima, sushi de salmão, tortinhas de morango com creme para sobremesa. Depois do jantar, Mika e eu ficávamos assistindo à TV, e a mãe dela trazia tortilhas e guacamole caseira, com um monte de tomate e pimentão picadinho em cima.

— Eles gostam muito de você — Mika dizia secamente. — Você é a filha que eles nunca tiveram.

Eu não conseguia dizer a Mika, mas também gostava muito dos pais dela. Gostava de como eles eram inteligentes. A mãe de Mika escrevia uma coluna para o *Japan Times* sobre ser uma americana fora de seu país. Seu pai era vice-presidente de uma grande companhia aérea asiática e estava sempre pegando um jato para lugares como Tailândia, China e Índia. Toda vez que me via, ele me emprestava um livro de ciências novinho e me perguntava como estava indo a minha turma de física. Na verdade, ele meio que me lembrava meu pai.

Era cedo e Mika continuava dormindo, mesmo depois do soar do meu despertador e do dela. Segundo a grade de atividades presa no quadro de cortiça acima de sua escrivaninha, ela deveria sair para uma corrida de seis quilômetros nesta manhã.

— Aff... não — disse Mika quando tentei acordá-la. — Você quer que eu vomite e depois morra?

Ela não estava com uma cara muito boa. Os cabelos espetados estavam achatados na cabeça, e tinha uma crosta branca esquisita grudada nos cantos da boca. Ver Mika desse jeito foi o suficiente para me manter sóbria pelo resto da vida.

— Posso pegar uma roupa emprestada? — perguntei. — Minhas coisas estão com o cheiro de um cinzeiro cheio de cerveja.

— Claro, cara. Pega aí.

Peguei um vestido do fundo do armário, um xadrez meio grungy que poderia ter sido roubado do cenário de *Minha vida de cão*.

Não dava tempo para lavar o cabelo, então fiz um rabo de cavalo bem alto e enfiei minha roupa suja na bolsa. Ocorreu-me que essa poderia ser a última vez que eu fazia isso — me aprontava na casa de Mika e pegava suas coisas emprestadas. Seu apartamento parecia um lar de verdade, e eu sentia inveja por ela poder ficar aqui, num só lugar. E eu sentia *muita* inveja porque Jamie podia simplesmente descer a escada, sempre que sentisse vontade, e ficar aqui de bobeira, no quarto dela...

Catei meu cartão Suica no fundo da bolsa. Eu tinha que sair antes das oito, para chegar à T-Cad às nove, para o último dia do meu emprego de verão. Tudo parecia calmo do lado de fora da casa de Mika, mas ainda assim olhei pelo olho mágico antes de abrir a porta. E fui correndo até a estação de trem, só pra garantir.

A T-Cad é o que todos chamavam de Academia Internacional de Tóquio.

Ela fica a uma hora do centro de Tóquio, num bairro de classe média alta cheio de casinhas e lojinhas e perto de uma estação de trem de apenas uma plataforma. Mas a característica principal do bairro da T-Cad é o cemitério. Para ir da estação à escola, eu seguia por um caminho que atravessava um cemitério tão grande e complicado que havia mapas fixados nas entradas.

Dava para sentir o calor emanando pelo ar matinal, mas eu caminhava devagar, porque era a última vez que passaria por ali, perambulando por entre os caminhos de cimento que serpenteavam o gramado verde-escuro, passando por túmulos feitos de lápides cinzentas, organizados para parecerem casinhas ou templos. Havia mais flores diante dos túmulos do que o habitual, acho que por conta do Obon, o festival budista dos mortos. As flores deixavam o ar com cheiro de chá doce e floral. Caminhando sozinha por ali, dava para quase fingir que o restante de Tóquio não existia.

— Sophia!

Bem, exceto pelo fato de que Caroline vinha correndo atrás de mim, gritando.

— Ei! Sophia! — Ela freou a bicicleta e pôs os dois pés no chão, para se equilibrar. — Eu sabia que era você! Seu cabelo é, tipo, *bem* reconhecível.

— Oi — eu respondi.

Caroline morava ali perto e trabalhava como salva-vidas na piscina da T-Cad, que ficava aberta para os alunos durante o verão. De vez em quando eu trombava com ela a caminho do trabalho.

— Nossa! — disse ela. — Você parece exausta.

— Pareço?

— Meu Deus, sim!

Caroline não parecia exausta. O que era completamente ilógico.

— A que horas você acordou? — perguntei.

Ela fechou os lábios, comprimindo-os, enquanto pensava.

— Tipo cinco e pouco, eu acho. Fui primeiro para casa, pra tomar banho e pegar a minha bicicleta.

— Nossa — eu disse. — Como está acordada?

— Café da *konbini*! — Caroline empurrou os óculos para cima, sobre os cabelos, e deu um sorriso aterrorizante, de animadora de torcida.

— A-hã.

Comecei a caminhar e ela me acompanhou, empurrando sua bicicleta perfeita. Chutei uma pedra do caminho enquanto silenciosamente fumegava. Eu não queria passar minha manhã com Caroline Cooper. Ela era tão... *loira*. E sibilante. E totalmente nada a ver com o David, por mais que Jamie dissesse que sim. David fazia piadas sobre odiar a escola, mas ele era inteligente. Eu já o vira sentado em estações de trem, debruçado em livros de histórias de Kurt Vonnegut e *On the road*. Ele precisava de alguém para apreciar esse seu lado. Alguém que entendesse suas piadas.

— O que você diz aos seus pais quando fica lá? — perguntei.

— Ah! — Caroline me olhou, constrangida. — Digo a eles que estou com você.

— Sério? — perguntei. Nossa! Quem essa garota pensa que é? Será que ela se esqueceu que, nem em pensamento, somos... *amigas*? Ela havia se mudado para Tóquio um ano antes, e a gente nem tinha estado uma na casa da outra.

— Eles te acham totalmente demais — disse ela, como se isso fosse realmente o que me preocupava.

— Bem, partirei na semana que vem — falei, contida. — Portanto, acho que você não vai mais poder usar essa desculpa.

— Eu sei. — Caroline suspirou. — Uma droga.

Sim... para mim. Porque sou eu que vou MUDAR DE CONTINENTE.

Viramos à direita, numa interseção dos caminhos do cemitério, e Caroline segurou meu braço.

— Ai, meu Deus! — ela deu um gritinho, assustando um pássaro negro numa árvore próxima. — Você nunca vai adivinhar o que o David me disse ontem à noite. — Ela nem parou para respirar. — Sobre *o filme*, sabe?

— Que filme? — Eu ajeitei a bolsa no ombro, me soltando da mão dela.

— *A century divided*! Ele me disse que o Jamie participou de *A century divided*!

Mexi no meu relógio, soltei e grudei a pulseira de velcro.

— Ah, é?

Caroline se aproximou de mim.

— Você sabia disso?

Dei de ombros.

— Ai, meu Deus! O que há com você e o David? Vocês dois agem como se isso não fosse nada de mais. Vocês deveriam estar pasmos! Conhecemos alguém que esteve em *A century divided*! *A century divided*, porra! Simplesmente está na lista dos melhores filmes do mundo.

Dei de ombros novamente. Caroline estava me transformando numa perita sacudidora de ombros.

— Ele só apareceu por, tipo, um minuto.

— Mas é o minuto mais emocionante do filme inteiro! Eu já assisti pelo menos dez vezes, e aquele minuto me faz chorar. Sempre.

Escancarei o portão, e saímos do cemitério. Do outro lado da rua, eu via o prédio gigantesco da T-Cad, por trás de uma cerca de metal, e um guarda de uniforme azul sentado em sua cabine.

— Esse foi outro motivo para que eu fosse pra casa cedo — disse Caroline. — Eu tinha que contar pros meus pais. E minhas irmãs. Eles ficaram totalmente chocados! Você acha que seria estranho se eu pedisse um autógrafo pro Jamie? Ah! Você acha que ele foi ao Oscar? Da próxima vez que eu o vir, vou fazer com que me conte tudo.

— Boa sorte com isso. — Verifiquei meu relógio, mesmo sabendo exatamente que horas eram.

Caroline e eu mostramos nossos crachás e passamos pelo portão principal. A T-Cad sempre me fez pensar numa organização secreta governamental. Era um conjunto de prédios, como uma base militar, protegido por uma cerca metálica e câmeras de segurança, e uma cabine com guarda, vinte e quatro horas por dia.

Caroline teve que estacionar a bicicleta, portanto fui poupada de mais dissecação da ex-carreira de ator de Jamie enquanto caminhava pelo estacionamento. A T-Cad era formada por escolas de ensino fundamental e ensino médio — erguidas ao redor de um pátio. Conforme me aproximei da entrada da escola de ensino médio, vi o mote da instituição inscrito acima da porta: Ensinando cidadãos globais a encontrar o mundo!

— É meio ameaçador, não? — Jamie uma vez me dissera. — É tipo: "Você será ensinado e, quando encontrar o mundo, você o destruirá!".

Afastei a lembrança e abri a porta para uma sala de espera cheia de sofás e mesas azuis repletas de panfletos de faculdades. No fundo da sala, outra porta conduzia a um corredor dos consultores da escola. Eu trabalhava na sala de espera, num computador ao lado da prateleira que guardava os livros preparatórios do sat, os testes de admissão, onde eu atualizava o site da escola durante algumas horas semanais — mudando as agendas semestrais, carregando fotos de jogos esportivos e de excursões das turmas ao monte Fuji.

Era fácil, e os consultores sempre eram bem legais comigo. Provavelmente porque eu não era um dos alunos ricos da T-Cad. (Não era difícil nos distinguir. Os garotos ricos tinham pais importantes e bons cortes de cabelo, além de mochilas caras. O restante de nós usava Converse falso e comprava roupa nas lojas de desconto.)

Fiz o login no meu computador e comecei a mexer num formulário de avaliação de trabalho.

Mas não conseguia me concentrar. Meus pensamentos me arrastavam de volta à cozinha de Mika, na noite anterior, a luz banhando o rosto de Jamie enquanto ele falava de David. Surgiu uma dor em meu peito, o redemoinho de constrangimento por fim me tragando. Era como se eu tivesse voltado a ter catorze anos, de novo olhando aquela mensagem pela primeira vez. E, embora eu o tivesse mandado se foder, a confusão começou a me dominar, exatamente como tinha acontecido naquela época. (*Por que ele dissera aquilo? A gente não era amigo?*) A mágoa era recente e brutal. Uma cicatriz fresca e aberta.

Depois que Jamie partiu para o colégio interno, passei um monte de dias enevoados e dolorosos conferindo meu e-mail obsessivamente, torcendo para que ele escrevesse para explicar tudo. Para me dizer que tudo havia sido um grande e cômico mal-entendido. Mas ele nunca escreveu. E eu tentei dizer a mim mesma que era melhor assim. Que eu, na verdade, nem ligava para o que ele tinha a dizer.

Que eu *jamais* ligaria.

Caroline enviou uma mensagem dizendo que seu dia já estava sendo um tédio, e eu escrevi de volta com um emoji sorridente. Comecei a escrever um e-mail pro meu pai, mas parei porque não tinha certeza de quando ele o receberia. (Ele estava de férias no sul da França, com Sylvie e os bebês. Mas, sempre que ele estava longe, eu sentia falta de saber da vida em Paris — de sentar na minha confeitaria favorita para me preparar para uma de suas aulas de física, ou de participar de maratonas de filmes de Hitchcock no cinema perto da casa dele.) Um novo aluno entrou na sala de espera, para uma volta de apresentação à escola, e sentou num dos sofás, falando em seu smartphone numa língua que eu não consegui entender. Provavelmente escandinavo, será? Se bem que ele também devia falar inglês. Alunos da T-Cad eram um bando bem misturado, mas todos tinham que falar inglês nas aulas.

O aluno novo se virou, e seu perfil quase me lembrou o de Jamie...

Deus. Eu só estava trabalhando havia quinze minutos, mas já precisava de ar. Fui comprar uma lata de café gelado em uma das inúmeras máquinas do pátio. O calor era um manto pesado com cigarras cantantes. Cliquei na minha contagem regressiva e fiquei olhando, imaginando que cada segundo fosse algo que eu pudesse agarrar e jogar fora. Algo sobre o qual eu exercia controle.

Quando voltei lá, Jamie estava na sala de espera, recostado numa das paredes.

Eu recuei para o corredor.

— Sophia? — chamou ele, desencostando-se da parede para caminhar em minha direção.

Isso não podia estar acontecendo. Olhei em volta, em busca de alguma explicação. Olhei até para o garoto escandinavo, mas ele estava jogando em seu celular.

— O que está fazendo aqui? — perguntou Jamie, com a postura tensa. Ele estava me olhando como se desejasse que eu sumisse.

Bem, claro que ele queria que eu sumisse. A noite anterior tinha provado, acima de qualquer dúvida, que nós dois jamais deveríamos estar na mesma sala juntos. Jamais.

— Eu poderia te fazer exatamente a mesma pergunta.

Jamie enfiou as mãos nos bolsos, depois tirou e estalou os dedos. Notei como parecia cansado. Estava com olheiras profundas e usava uma camiseta surrada, jeans desbotado e óculos de armação preta em lugar das lentes de contato. Além disso, o gorro pretensioso havia sumido.

Graças a Deus. Ou, talvez, não graças a Deus, porque ele parecia bem menor e menos confiante sem ele. E me deu vontade de perguntar se estava tudo bem. Deu vontade de lhe estender a mão. Mas, assim que senti isso, me deu um nó na barriga de revolta. Eu queria me sentar. Queria fechar os olhos e fazer que ele também desaparecesse.

— Você tem que falar com algum consultor? — ele perguntou, ainda irritado.

— Claro que não — respondi, também irritada. — Eu trabalho aqui.

A expressão irritada em seu rosto se transformou em confusão.

— Trabalha?

Uma mulher magra e bronzeada veio caminhando pelo corredor em nossa direção, com suas sandálias de solado de cortiça batendo furiosamente no piso. Jamie virou-se, bem na hora em que ela estacou entre nós.

— Que bom! — disse ela. — Você encontrou o escritório.

— A-hã — disse ele, baixinho e hesitante. Ele já não soava como Jamie.

— Bem — disse ela —, você falou com alguém? Fez alguma coisa?

— Mãe...

Ela apertou o osso do nariz com o polegar e o indicador. Suas unhas estavam pintadas de bege; eram quase do mesmo tom de sua bolsa de couro.

— Responda à pergunta. Quero ficar aqui o menor tempo possível.

— Falei com Sophia. — Jamie apontou para mim. — Ela trabalha aqui.

Ótimo. Agora a mãe dele estava me encarando. Claro que eu já a vira por aí, mesmo depois que Jamie se mudou. Às vezes ia ao apartamento de Mika, para falar com a mãe dela. Ou, quando Mika me arrastava para o Clube Americano, eu notava quando ela saía de salas de reunião com um grupo de mulheres ao redor, como se fosse um bando de guarda-costas magras e bem-vestidas.

— Bem — disse ela —, quem é você?

— Hã... eu trabalho aqui.

A mãe dele suspirou.

— E?

— E... eu atualizo o site toda semana.

De canto de olho, vi Jamie sorrir. Um pouquinho.

A mãe dele tirou o celular da bolsa e bateu com o dedo na tela.

— Isso é ridículo. Alguém deveria nos encontrar às 9h15.

A lata de café gelado estava começando a suar na minha mão. Passei-a para a outra.

— Vocês provavelmente devem encontrar o sr. Frederic. Ele é o consultor de matrículas, fica na sala 4.

— Não. — Ela largou o celular dentro da bolsa. — Estamos aqui para ver a srta. Suzuki.

A srta. Suzuki? Senti meus olhos se arregalar.

O único motivo para que qualquer um encontrasse com a diretora-geral era se estivesse envolvido em alguma encrenca que eu nem podia imaginar. Nem podia sonhar! Sou o tipo de pessoa que se retrai só com a *imaginação subconsciente* de encrenca. Mas como Jamie poderia estar encrencado? Ele ainda nem era aluno.

— *Mãe* — Jamie disse baixinho.

— Ah, pode parar — disse ela. — Você não tem permissão para ficar cheio de dedos com isso. Principalmente depois de aparecer em casa à uma da manhã, sem nos dizer onde estava. Juro por Deus, Jamie, você...

— A srta. Suzuki fica na sala 2 — disparei.

— O quê? — Ela piscou, me olhando. — Ah. Deus. Obrigada. — Ela caminhou diretamente até a sala de espera, quebrando todo e qualquer protocolo, deixando Jamie e eu olhando um para a cara do outro.

— O que está havendo? — perguntei, mexendo os lábios, sem emitir nenhum som.

Ele se retraiu, olhando para trás.

— Depois te falo — ele respondeu.

Deus. Por que perguntei isso?

A srta. Suzuki abriu a porta.

— Ah, sra. Foster? Encontrou o escritório direitinho?

— Jamie — a mãe dele chamou. — Venha.

Ele endireitou as costas e a expressão em seus olhos mudou, passando a ficar distante e retraída. E Jamie me deu as costas. De novo.

Capítulo 7
SEGUNDA-FEIRA
```
06 : 01 : 01 : 30
DIAS  HORAS  MIN.   S
```

Já tinha passado uma hora.

Uma hora e *vinte e três minutos*.

Tempo suficiente para que eu tomasse meu café gelado. Tempo suficiente para ouvir o sr. Frederic conversar com o garoto escandinavo, que, conforme o estilo típico da T-Cad, era filho de um diplomata norueguês.

Fiquei de headphone, mas sem plugar. Não dava para ouvir o que a srta. Suzuki estava dizendo, mas fiquei obcecada, pensando nisso. Estava obcecada pelo fato de Jamie ter voltado a Tóquio, pra começar. Mika disse que foi porque os pais dele acharam que Jamie ficaria mais feliz aqui.

Tá. Certo. Depois de vê-lo com a mãe, eu decididamente não achava que esse fosse o caso. Talvez Jamie tivesse feito alguma coisa no colégio interno, algo que o tivesse obrigado a sair. Talvez ele tivesse colado numa prova, ou sido pego com uma garota no quarto. Ou talvez fosse problema com a lei. Talvez ele tivesse roubado um carro ou assaltado um posto de gasolina, atrás de cigarro, birita e camisinha.

Talvez ele tivesse matado um homem.

Dei uma olhada para ver se Mika estava on-line. Se estivesse, eu poderia perguntar o que Jamie tinha dito sobre o colégio interno, ou sobre seus pais ou… não. Não poderia fazer isso. Ela viria com um monte de perguntas se eu subitamente demonstrasse um interesse revigorado por Jamie. Eu tinha ficado na minha o verão todo depois que ele foi embora e, quando voltei para T-Cad no começo do segundo ano, estava convencida de que Jamie havia contado tudo para ela e que ela me daria um sopapo no meio do refeitório.

Mas não. Então percebi que ele não havia dito uma palavra. Ainda assim, Mika sabia que *alguma coisa* havia acontecido. Toda vez que mencionava o nome dele, eu ficava tão distante e inquieta que ela acabou deixando de falar de vez. Jamie tinha se transformado num espaço estranho e vago entre nós. O tal-que-não-deveria-ser-mencionado em nossa amizade.

Deus, por que eu não conseguia me livrar dessa ideia fixa? Gostaria que Jamie nunca tivesse voltado para Tóquio, ou me seguido até a cozinha de Mika, ou ficado em pé, na minha frente, nesta sala de espera, parecendo perdido e hesitante. Como alguém familiar. Como alguém que antes era meu amigo.

Às 10h49, a porta da srta. Suzuki finalmente se abriu. Eu me curvei por cima do computador e estreitei os olhos, fixando a tela. (A única coisa que estava ali era minha proteção de tela. A foto de um gato.)

— E aí? — disse Jamie.

Ele estava ali parado perto de mim, parecendo pior do que uma hora e vinte e quatro minutos antes. Estava pálido e tinha afastado um pouco o cabelo da testa, deixando-o espetado.

— A srta. Suzuki disse que havia um filtro de água aqui — ele disse num tom interrogativo.

Ergui a cabeça, e, como meu headphone não estava conectado ao computador, o fio caiu no chão. A porta do escritório da srta. Suzuki estava aberta, e dava para ouvi-la perguntar à mãe de Jamie sobre as praias da Carolina do Norte.

— É, fica bem ali... — Apontei para trás. — Vou lhe mostrar.

O filtro ficava do lado oposto à estante de livros do SAT. A própria estante bloqueava nossa visão do escritório da srta. Suzuki. Jamie estava em pé atrás de mim, enquanto eu enchia um copo de água. Quando virei, fiquei tão perto dele que dava para ver uma manchinha, provavelmente de água sanitária, na frente de sua camiseta.

— Você teve problemas esta manhã? — sussurrei. — Por ficar na rua até tão tarde?

— É, acho que se pode dizer isso. — Ele olhou para trás, por cima do ombro. — Mas não foi nada de mais. Foi só porque eu saí sem dizer aos meus pais aonde ia. E sem celular.

— Jamie, você é um idiota.

Ele deu de ombros.

— Eu sei. Mas, olha, lamento pela minha mãe.

— Você lamenta *pela sua mãe*?

Ele expirou lentamente. Parecia irritado, mas eu não sabia se era comigo ou com ele mesmo.

— Simplesmente lamento. Foi um pedido de desculpas geral... por tudo.

Meu rosto esquentou. Não conseguiria ter uma conversa séria com ele sobre ontem à noite. Não enquanto ouvia a voz da mãe dele — com seu sotaque sulista carregado — entrando na sala como uma rajada de vento. Não no meu *local de trabalho*.

— Deixa pra lá, Jamie — sussurrei.

Ele fechou a boca, apertando os lábios, e franziu as sobrancelhas. Dava para ver as pequenas sardas em seu pescoço, logo acima da gola da camiseta. Jamie tinha a pele clara toda salpicada de sardas e sinais, o tipo de pele que o sol poderia facilmente queimar. Ele estava sempre vermelho no local onde a mochila roçava seu pescoço, onde ele coçava com as costas da mão. Ele sempre corava.

A primeira vez que notei isso foi lá atrás, na oitava série, quando estava almoçando com ele, Mika e David. Mika havia acabado de rir de uma de suas piadas, e ele ficou vermelho como um pimentão. Achei aquilo bem irritante. Tudo no Jamie me irritava naquela época. Ele tinha uma voz esganiçada, era pequeno e inquieto. Inquietamente inquieto. Contava piadas demais; ele se esforçava muito para que os outros gostassem dele. Aquilo tudo me deixava tão enfurecida que, durante os primeiros meses em que comecei a andar com eles, eu mal podia suportar a sua presença.

Até que um dia ele falou comigo.

— Você tem um nome tão legal — disse ele. — É como a Sophie Hatter, de *O castelo animado*.

— Meu nome é Sophia — eu disse, bufando. — E o que é *O castelo animado*?

— Sophia. Claro. — Ele ficou vermelho. — É um filme do Studio Ghibli.

— Não assisto isso.

— Por que não?

— Hã... são *desenhos*. Por isso que não.

No dia seguinte, depois da aula, eu estava perto do armário da escola quando ele me entregou o DVD de *O castelo animado*. Murmurei um "obrigada" e o enfiei na mochila, e talvez nem assistisse se não tivesse terminado meu dever de casa cedo naquela noite. (Frequentemente terminava meu dever de casa cedo.) Assisti duas vezes, até que Alison disse que eu estava monopolizando a TV. Depois assisti mais duas, no meu laptop, encolhida na cama, até as três da manhã.

— Foi bem estranho — eu disse a Jamie no almoço do dia seguinte.

— Estranho de um jeito ruim? — perguntou ele.

— Não — disse, repensando. — Estranho de um jeito... maluco. Gostei quando Howl se transformou num pássaro e Sophie ficou tão zangada que voltou a ser jovem.

— Então, né? Sophie é incrível. Ela é do cacete.

Jamie me trouxe todos os seus DVDs do Studio Ghibli, um atrás do outro. *A viagem de Chihiro* e *Princesa Mononoke* e *Meu amigo Totoro*. Achei que fossem filmes infantis, mas não eram. Eram a coisa mais próxima da magia que eu já tinha vivenciado. Mais bonito que a vida real. Mais bonito que qualquer coisa.

Nós conversávamos sobre os filmes durante o almoço, sentados no pátio, junto com Mika e David, que ficavam entediados e passavam a nos ignorar.

— Acho que talvez eu tenha assistido *Totoro* quando era pequena — eu disse. — Mas, sim, adorei. Adorei o ônibus-gato.

— Deveríamos encontrar um ônibus-gato — disse Jamie, apontando para mim. — Minha vida inteira eu sempre quis encontrar um ônibus-gato.

Revirei os olhos.

— Nós obviamente devemos fazer isso. Quer dizer, Deus, é uma porcaria de um ônibus-gato.

Ele riu, e suas orelhas ficaram cor-de-rosa, a cor de pudim de morango.

Ele tem mesmo a pele de um anel astral, eu costumava pensar. *Ou de uma pintura de arte moderna.*

Olhando para o pescoço de Jamie, passei a recordar o jeito como ele me fazia sentir. Era uma besteira, mas lá estava aquela dor no meu peito e no estômago. Eu me lembrei de quando acordava de manhã já empolgada para falar com ele. Lembrei da ponta de decepção quando ele ficava em casa e não ia à escola. Lembrei de quando demorava e saía atrasada para o almoço e o via vasculhando a galera, tentando me encontrar.

Era uma sensação tão atordoante que quase tive que me sentar. Quase me esqueci de quanto eu o detestava atualmente.

Ele pegou a água da minha mão.

— Valeu — disse ele, relaxando ligeiramente os ombros.

Puxei as mangas pesadas do meu vestido e fiquei segurando o tecido na palma das mãos.

— De nada.

Ele se afastou, mas depois voltou e se inclinou, para falar no meu ouvido, o hálito morno e mentolado junto ao meu rosto, enfatizando ainda mais aquela onda de lembranças ao rapidamente dizer:

— Fui expulso, foi por isso que voltei; não conte a Mika.

Capítulo 8
SEGUNDA-FEIRA
```
06 : 00 : 46 : 55
DIAS HORAS MIN.   S
```

— E aí? — disse Mika, atendendo ao telefone.

— Oi — eu disse. — Nada. De bode. O que você está fazendo?

— Vou correr doze quilômetros.

— Sério?

Ela riu.

— Porra nenhuma. Estou fazendo uns biscoitos no micro-ondas.

Não havia ninguém no banheiro, então me espremi entre o espaço do secador e da pia. Minha pele parecia formigante e viva, como se eu tivesse acabado de tomar um litro de refrigerante.

— Então? — disse Mika. — Quer vir para cá esta noite? Podemos assistir *One piece*. Comer biscoitos, talvez.

—A-hã — eu disse lentamente. — Talvez. Você vai convidar o David?

— Por quê? Você vai tentar fica com ele no último minuto, antes de nos abandonar para sempre? Você não pode ficar de sacanagem no meu apartamento, sabe? Não vou querer ser assombrada pelas lembranças visuais.

— Mika. Credo.

— Não tem nada de credo. Você quer ficar com ele, certo?

O calor tomou conta do meu rosto, e ainda bem que Mika não podia me ver.

— Eu gosto do David. Não iria me opor a beijá-lo, se chegássemos a esse ponto.

— Opa! — disse ela. — Mas que papo mais sexy. Manda essa pra cima do David, que ele não vai resistir.

— Cala a boca. Eu respaldo minhas afirmações com dados.

— Para! Você está me deixando com tesão!

— De qualquer forma — eu disse, mais alto que ela —, isso é provavelmente mais sexy que qualquer coisa que a Caroline já tenha dito. Tipo, *uau*! Você é *tão mais gatinho* que todos os caras do Tennessee *juntos*!

— É isso aí, baby — disse ela, imitando o sotaque de David. — Sou um australiano muito gato. Sou a cereja do seu bolo.

— Ai, meu Deus. — Eu ri tão alto que o som reverberou nas paredes do banheiro. — Você é *perturbada*.

David foi à casa de Mika, e eles resolveram que a gente deveria ir a Shibs. Já era noite, mas o ar ainda estava abafado. David e Mika continuaram caminhando à minha frente, o que era irritante. Fomos até um fliperama e eles jogaram video games, o que foi ainda mais irritante. Todos eles eram feitos para dois jogadores.

— Eu só te dou lavada — disse Mika em tom casual.

— Porra nenhuma, Tanagawa! — disse David. — Você pelo menos sabe que placar é o seu?

— Hoje vi o Jamie — eu disse, e logo me arrependi. A ideia de falar sobre Jamie me deixava efervescente e ansiosa. Mas seu nome tinha saído com tanta facilidade que foi como se eu não conseguisse contê-lo.

Mas David e Mika não notaram meu constrangimento. Eles estavam jogando *taiko*, cada um deles com uma baqueta de bateria tentando acertar as batidas que passavam na tela.

— Baby James! — disse David. — E onde está o Baby James esta noite? Ele não quis dar em cima da Mika outra vez?

— Vai se foder! — disse Mika.

— Qual é? — disse David. — Eu só não entendo por que você gosta tanto do cara. Ele é tão chato. Ele é tipo... — David ficou corcunda e fez um bico, depois coçou a cabeça.

Uma risada nervosa escapou dos meus lábios, e Mika olhou para a tela, fazendo uma cara feia.

— Ai, gente. Agora, concentração.

— Ei. — David apontou para Mika com sua baqueta, depois para mim. — Ninguém mais acha estranho que o James simplesmente tenha se mudado de volta pra cá? De repente?

— Talvez — eu disse, e cocei a clavícula. Poderia ter dito a eles o que eu sabia. Poderia ter contado e desistido da minha nova função de guardadora oficial do segredo de Jamie.

Mika suspirou por entre os dentes.

— Obrigada por entregar o jogo, babaca.

— Muito suspeito — disse David —, pode crer. — Ele sorriu para mim, mas não consegui sorrir de volta.

— Não acho nada suspeito — disse Mika. — Ele detestava aquela escola de gente esnobe. Faz anos que vinha implorando aos pais para deixá-lo voltar. E, podem acreditar, se vocês os conhecessem, entenderiam por que levou tanto tempo para cansá-los.

— Então... qual é a dos pais dele? — perguntei, tentando parecer casual.

Mas acho que não casual o bastante, porque Mika franziu o cenho ao olhar para mim.

— E você com isso?

— *Nada*. Só perguntei.

Ela ficou me olhando por mais um segundo, depois sacudiu os ombros.

— Os pais dele são... sei lá. Nervosos. O pai dele está sempre fora, viajando a negócios, e a mãe quer se mudar de volta pros Estados Unidos, mas o pai não pede transferência. Eu juro, eles fazem minha família parecer normal.

Sua família é normal, me deu vontade de dizer. Mas não disse. Fiquei olhando para o lado oposto do corredor, onde ficavam os boxes *purikura*, e para um cara colocando dinheiro numa máquina, com uma garra, cheia de bonecas Sailor Moon.

David me deu um tapinha nas costas.

— Deve ter sido muito legal para a Sofa. Ver o James. — Ele passava a mão nas minhas costas, em círculos. — Sofa mal pode esperar para passar mais um tempo com James.

Eu recuei.

— Não seja bizarro.

— Você estava agindo de forma estranha pra cacete ontem à noite — disse Mika, com seu cabelo azul espetado lhe emoldurando o rosto, como uma tiara raivosa. — Você nem falou com ele. Qual é? Agora você ficou boa demais pra falar com ele?

— Eu falei com ele. É que ele... ele está diferente. O que você obviamente percebeu.

David deu uma gargalhada.

— Bem observado.

O rosto de Mika estava paralisado de irritação, as cores da tela reluzindo no piercing de sua sobrancelha.

— Tanto faz — disse ela. — Você claramente não é mais do Time Jamie. Isso não significa que tem de ficar que nem uma *nojenta emburrada* toda vez que ele chega.

— Eu não fico que nem uma *nojenta emburrada* — eu disse, num tom tipicamente nojento e emburrado. Eles me ignoraram e voltaram ao jogo. Porém, em meio aos *chirps* e *pings* e *ploings* da máquina, eu ouvia. Não conseguia parar de ouvir.

Fui expulso, foi por isso que voltei; não conte a Mika.

Quando cheguei em casa, minha mãe ainda estava no trabalho, mas ela mandou uma mensagem dizendo que eu deveria pedir pizza. Eu detestava falar japonês ao telefone. Não dava nem para gesticular — eu ficava completamente impotente. Precisava pedir coberturas que eram praticamente a mesma palavra em inglês, como eram em japonês (*Cheezu*. Ah! E *hamu*, por favor. Quer dizer, *hamu onegaishimasu*.)

Alison estava na sala de estar, sentada no chão, olhando uma caixa de CDs antigos da minha mãe. Tinha posto para tocar *Scarlet's Walk*, de Tori Amos, um que minha mãe costumava pôr quando éramos pequenininhas. Quando o cabelo dela era mais comprido e ela queimava o jantar quase toda noite. Foi logo depois que meu pai partiu.

Sentei de frente para minha irmã. O ventilador estava ligado, mas ele mal revolvia o ar letárgico. Peguei um pedaço de plástico bolha e comecei a estourar.

— Para com isso! — disse Alison.

Estourei mais uma bolha, desafiadora.

— Acho que o papai vai ligar esta noite.

— Claro que vai.

— Ele vai ligar da Provença. É o grande mês de férias na França, lembra?

Ela pegou um CD do Cranberries e o abriu com tanta violência que a capa voou longe.

— E o que eu tenho a ver com isso? Até parece que moro lá.

Dei de ombros. Quase não falávamos mais a respeito disso, mas, quatro anos antes, eu quase *fui* morar lá — quase fui morar com meu pai e Sylvie em Paris. Não deu certo porque Sylvie engravidou de gêmeos, e a minha mãe e meu pai acharam que seria difícil para mim conviver com bebês recém-nascidos.

E, embora tivesse ficado contente por ter vindo a Tóquio e conhecido Mika e David, parte de mim ainda desejava que eu tivesse ido parar em Paris. Em um lugar onde eu poderia ter ficado.

Mas eu não queria entrar nesse assunto com Alison — não quando estava prestes a começar algo bem pior.

— Pergunta — eu comecei, esfregando uma bolha entre os dedos. — Se sua namorada mandasse um e-mail neste momento, dizendo que queria falar com você, o que faria?

Alison deixou a cabeça pender para trás. Ela comprimiu os lábios, formando uma linha pálida. Minha irmã não era do tipo que perdoava e esquecia. Se ela soubesse o que Jamie tinha feito, me diria que cortá-lo de vez seria a melhor coisa a fazer. Teria me falado que ninguém

— *ninguém* — merecia a chance de me magoar duas vezes. A sala foi tomada pelo piano de Tori, misturado ao barulho do tráfego, dos carros que iam e vinham da estação, dos comentários japoneses sobre um jogo que estava passando no apartamento de alguém.

— Foda-se essa merda — Alison finalmente disse.

— Certo — eu disse, e estourei mais duas bolhas.

Capítulo 9
TERÇA-FEIRA
05 : 03 : 44 : 18
DIAS HORAS MIN. S

A porta do apartamento de Jamie era bem parecida com a do apartamento de Mika. Só que estava escrito 12A, em vez de 11A, e tinha um capacho na porta, onde se lia MEU LAR FICA A MILHAS DAQUI, numa letra cursiva elegante.

Deslizei o dedo indicador entre a pulseira do meu relógio e meu punho. Era tão cedo. Ele não estaria acordado. Ou, se estivesse, estaria ocupado, fazendo as coisas normais da manhã, tomando banho e café. Eu não tinha ideia do que estava fazendo ali.

Tudo que eu sabia era o que havia decidido, ontem à noite, depois de conversar com minha irmã. Depois de tentar (sem conseguir) dormir em meu quarto abafado, com as janelas abertas e o ar quente entrando, junto com o barulho da cidade. Eu ficara acordada pensando na semana que ia escapando, imaginando-a como uma corda frágil à qual desesperadamente me agarrava. Em alguns dias eu já teria partido, sem jamais ter a chance de ter perguntado a Jamie por que ele me mandou aquela mensagem. Ou por que nunca contou a Mika sobre nossa briga. Ou por que confiou em mim quando me contou sobre o colégio interno.

Eu precisava falar com ele. Mas, primeiro, tinha que bater em sua porta.

A porta foi escancarada, e Hannah trombou em mim. Eu cambaleei para trás.

— Que droga... — A irmã de Jamie também cambaleou para trás. Ela estava carregando uma bolsa vermelha, que bateu no batente.

— Oi — eu disse. Ai, que *merda*. Eu não esperava isso. — Hã... o Jamie está?

Ela estreitou os olhos.

— Ele está. Porque está dormindo.

— Claro — eu disse, recuando um pouquinho. — Faz sentido.

Hannah estourou uma bola de seu chiclete. Ela era quatro anos mais nova que eu, tinha um porte atlético e era meio assustadora. Estava sempre matando aula para fazer compras em Kichijoji. Mika e eu a víramos, uma vez, pulando a cerca dos fundos do campo de futebol. Ela que era o tipo de pessoa que seria expulsa de um colégio interno.

Não Jamie.

— Ei, Hannah. Com quem você está conversando?

Assim que ele chegou à porta, o chão pareceu girar sob meus pés. Jamie estava com a aparência exatamente oposta à de quem estava dormindo. Seus cabelos estavam úmidos, e ele usava uma camiseta azul-marinho e jeans claro, quase brancos nos joelhos. Quando me viu, ergueu as sobrancelhas.

— Oi! — disse ele.

— Oi — eu respondi, me equilibrando junto à parede. Sentia que poderia desintegrar. Como se confrontá-lo fosse uma ideia que só fazia sentido às duas horas da madrugada, quando eu estava com calor e privada de sono, e delirante.

Hannah estourou uma bola de chiclete outra vez.

— Vou para o Clube Americano. Tenho ensaio de dança, e a mamãe está organizando aquele negócio sacal do almoço. Ela também levou o Alex. Você vem?

Ele virou para ela e minha determinação despencou ainda mais, pesando em meu estômago.

— Mais tarde — disse ele. — Preciso me vestir.

— Você está vestido — argumentou ela.

— Preciso calçar os sapatos.
— *Sapatos?*
— A-hã. — Ele lançou um olhar direto para ela. — Os dois.
— Certo. — Ela revirou os olhos e tirou um headphone roxo imenso da bolsa e o pôs nos ouvidos. — Não demore uma eternidade. A mamãe disse que você tem que estar lá antes das dez.

Ela passou por mim e caminhou em direção aos elevadores.

Jamie segurou dos dois lados do batente e se inclinou para a frente.

— Você gostaria de entrar?
— Não posso — disse, com o ombro ainda encostado à parede.

Ele riu.

— Você é uma vampira? Eu já disse que você pode entrar. Então está tudo certo.

— *Não*. Não é isso... — Gesticulei, apontando para os elevadores. — Achei que você tivesse que sair.

Ele abanou a mão, descartando a ideia.

— Que nada. Pelo menos, por mais um minuto, não. Entre.

Ele deu um passo para trás. E pronto. Aquele era o momento em que eu deveria segui-lo ou dar meia-volta. Poderia adentrar o apartamento e confrontá-lo exatamente da forma como havia planejado, ou poderia sair correndo. Como uma pessoa doida.

Entrei no *genkan* e tirei os sapatos. Era estranho, porque dava para ouvir os mesmos ruídos de obras que eu tinha escutado no apartamento de Mika, na véspera. Ela talvez estivesse sob os meus pés naquele exato momento. Talvez, *exatamente embaixo*, amarrando os tênis e se preparando para dar uma corrida.

Deslizei o dedo novamente sob a pulseira do relógio.

— Você nunca esteve aqui — disse Jamie.
— Não. — Soltei o relógio. — Sempre ficamos na casa da Mika.

Jamie cruzou os braços, e sua expressão ficou fria.

— Meus pais são meio estranhos com convidados.
— Certo. Isso quer dizer que é melhor eu ir embora?

Ele sacudiu a cabeça, e seus olhos se abrandaram.

— Não quer dizer isso.

Então, caímos num silêncio embaraçoso. Tentei novamente elaborar as coisas que planejava dizer — *Por que você me mandou aquela mensagem de texto? Por que me contou sobre o colégio interno? Por que está falando comigo e ponto-final?!* —, mas ele estava sendo tão legal. *Perturbadoramente* legal. Tudo que consegui dizer, engasgando, foi:

— Tudo bem.

— Venha. — Ele inclinou a cabeça na direção do corredor. — Vou te mostrar a casa.

Eu o segui, furiosa comigo mesma por ter amarelado. E, para ser honesta, ligeiramente nervosa pelo estado de seu apartamento. Era simplesmente tão... americano. Cada cômodo era praticamente uma vitrine de vasos de pot-pourri e troféus de dança e poltronas reclináveis de couro. Era como se, caso você olhasse pela janela, talvez nem visse Tóquio.

Paramos no quarto dele e eu fiquei no corredor, enquanto ele remexia duas malas abertas. Isso já tinha mais a ver com Jamie. Havia uma cama no alto, coberta com um edredom verde amassado e uma pequena imagem emoldurada, com caligrafia japonesa, pendurada acima do travesseiro. As paredes eram cobertas com prateleiras entupidas de *Harry Potter* e *O senhor dos anéis*, e livros japoneses de gramática e *kanji* que me fizeram lembrar da minha própria coleção de grandes volumes de astronomia e física, com lombadas rachadas e gastas, empilhados.

Meu olhar pousou num pôster de filme pendurado na parede abaixo da cama. A imagem era familiar: o rosto de uma mulher sobreposto a uma escarpa montanhosa, os cabelos desalinhados revoando sobre o rosto e uma das mãos fechadas sobre o peito. No alto, numa fonte Gargantuan, dizia: A CENTURY DIVIDED.

— Esse é um pôster... grande — eu disse.

Jamie deu de ombros e calçou um par de tênis pretos com cadarços vermelhos.

— Minha mãe colocou aí quando eu estava fora. Você precisa ver o que está na casa dos meus avós. — Ele fez uma careta. — Na verdade, não, não precisa.

Adentrei o quarto. Cheirava a chá e pimenta-da-jamaica.

— Pronta? — Jamie pegou um gorro azul de uma das malas e o colocou por cima do cabelo meio seco.

— Pra que exatamente? — perguntei. Cruzes. O que eu estava *fazendo*? Eu não deveria estar de conversinha.

Jamie mordeu o lábio inferior, como se achasse que eu estava sendo engraçadinha.

— O Clube Americano, infelizmente. Minha mãe tem funções presidenciais importantes com o Grupo Internacional de Mulheres. Eu tenho que ajudar por motivos de rastejamento-pós-expulsão.

— Certo.

— Você pode vir?

Apontei para mim mesma.

— Não sou sócia.

—Ah — disse Jamie.

Ele pareceu constrangido, o que também me deixou sem jeito. Todo mundo era sócio do Clube Americano, exceto nós, do baixo escalão da comunidade T-Cad. Além disso, minha mãe também comentou, certa vez, que ela preferia amputar um dos pés a pertencer a um clube onde tudo que se faz é comer hambúrgueres e fazer aulas de ioga com expatriados presunçosos e abastados.

— É o cúmulo da insensatez — disse Jamie. — Tudo que eu tenho que fazer é dobrar guardanapos.

— Entendo.

— Mas... — ele puxou um fio solto do gorro — poderíamos caminhar juntos?

Imaginei que iríamos parar na estação de trem, já que essa era a melhor forma de chegar ao Clube Americano, mas continuamos caminhando — em silêncio — até que chegamos a Kitanomaru-koen, o parque que circunda o Palácio Imperial. Eu já tinha estado ali milhões de vezes com Mika. Era vasto e arborizado e cheio de fossos. É onde a *sakura* floresce, em abril, aonde as pessoas vêm para caminhar sob as pétalas que flutuam pelo ar, como uma chuva de origami.

Cada passo que dava superava as sílabas da pergunta que eu queria fazer.

Por quê?
Por quê?
POR QUÊ?

— Dá uma olhada neste fosso — disse Jamie, desviando na direção de uma grade metálica na margem do caminho. Eu saí da frente de um grupo de corredores para alcançá-lo. Havia barcos a remo azulados flutuando na água. Mas eu não queria falar de barcos. Meu coração estava tão disparado que doía. Eu estava me preparando para pular. Para a queda livre.

— *Por quê?* — disparei.

— Por quê? — perguntou ele. — Bem, é um fosso...

— Não. — Fechei os olhos, apertando-os, e tentei conter a tontura que me dominava. — Por que você me mandou aquela mensagem de texto? Aquilo... aquilo era realmente o que você e a Mika costumavam falar de mim?

— Não. Ai, Deus. *Não.* — Ele deu um passo em minha direção, mas parou antes de chegar perto demais. Parecia em pânico, como parecera três anos atrás, quando eu lhe disse que não me importava com ele. — Mika nunca disse nada assim. Eu só estava zangado. Zangado porque estava indo embora e meus pais estavam me mandando para aquela porcaria de escola, e você estava ali, em pé, rindo com o David. Fiquei tão... zangado. — Ele pôs a mão atrás do pescoço. — Sei que isso não é desculpa.

— Claro que não é — eu disse, e minha voz saiu alta e esganiçada. — O que você falou... Eu confiava em você, Jamie. Nós éramos amigos. Mas você me chamou de desesperada. E eu costumava me preocupar por *ser* desesperada. Por não merecer gente como Mika e David, e que todos pudessem ver isso. Então você mandou aquela mensagem, e foi como se você *pudesse* enxergar isso. Mesmo agora... só de falar nisso... faz com que eu me sinta totalmente... — Sacudi as mãos, como se isso transmitisse alguma coisa.

— É tudo culpa minha — disse Jamie. — Pensei nisso muitas vezes.

Ajeitei o cabelo atrás da orelha e me concentrei na água.

— Pensou?

Ele enlaçou as mãos e ficou olhando para baixo, para elas. Estava usando uma pulseirinha fina de couro que eu não tinha notado.

— Eu deveria ter te enviado um e-mail ou algo assim. Eu queria, mas achei que você não fosse responder.

— Você estava certo. Eu não responderia.

Ele sacudiu os ombros e desviou o olhar para o fosso. Mais alguns corredores passaram, com música emanando de seus headphones. Estávamos no parque, mas a cidade não estava distante. As ruas à nossa volta tinham um tráfego intenso, e os caminhos estavam enxameados de turistas.

— Olhe. — Suspirei e me surpreendi, quando disse: — Você não foi o único que fez cagada naquele dia, está bem?

Ele debruçou no corrimão da grade.

— Não brinca.

— Aquele foi... — comecei a falar. — Bem, aquele foi o pior dia da minha vida, se quer que eu seja honesta.

Ele virou-se de frente para mim, com os olhos ternos mas cautelosos. Eu não sabia o que deveríamos fazer. Para onde poderíamos ir a partir dali.

O que eu falo para ele agora?

— Certo... — Ele inclinou a cabeça na minha direção, e minha respiração ficou ofegante. — Você está com fome?

— O quê?

— Eu estou com fome. — Ele me cutucou com o cotovelo e se balançou nos calcanhares. — Faminto, na verdade. Deveríamos procurar uma *konbini*.

Suspirei. Minhas veias ainda estavam pulsando, mas havia algo diferente, alguma mudança súbita na atmosfera que eu não conseguia identificar.

Talvez isso fosse uma trégua?

Ou talvez eu estivesse maluca.

— Claro — eu disse. — Por que não?

— Excelente — disse Jamie. — Mas temos que fazer isso depressa.

Então ele começou a correr.

* * *

O sol matinal se refletia nos arranha-céus que nos rodeavam, e uma pipa estampada nas cores do arco-íris cintilava acima, como escamas de peixe. Havia uma brisa milagrosa, talvez por eu estar correndo.

— Não sou Mika! — gritei. — Eu não corro!

Ele agarrou minha mão e saiu me puxando. Arriscávamos entrar em algumas ruas, até que encontramos uma *konbini*.

— Sucesso! — Jamie disse, apertando mais minha mão, para impedir que eu derrapasse.

— É como você se lembra? — perguntei e tentei ver a *konbini* do jeito que veria se tivesse ficado fora durante os três últimos anos: pequena e fluorescente, empilhada com todos os petiscos, bebidas e *bentôs* que se podia imaginar.

— Tudo e até mais. — Jamie apontou as geladeiras no fundo da loja. — Olhe! Cafeína!

As geladeiras transbordavam de refrigerantes e chás verdes, com *kanjis* e fotos de flores nas etiquetas. Porém, mais importante, eles tinham café. Café com leite e café preto em garrafas e em latas e em caixinhas com canudos colados na lateral. Algumas nem estavam na geladeira; ficavam numa seção separada, sob luzes mornas amarelas.

— Café quente em lata. — O rosto de Jamie se animou. — Eu tinha me esquecido desses!

— Bem, é chamada de *loja de conveniência* por um motivo — eu disse.

— Porque é *konbini-ente*?

— Boa. — Estendi as mãos para encostar as palmas na geladeira fria. As marcas das mãos rapidamente surgiram e depois sumiram.

Jamie caminhava pela loja escolhendo os alimentos: um saco de batata frita com algas marinhas, amêndoas com cobertura de chocolate, varetas de Tomato Pretz. Eu observava, enquanto ele examinava sacos diferentes de *senbei*, e fiquei imaginando se isso parecia novo para ele. Quando me mudei de volta para Tóquio, algumas coisas pareceram lembranças obscuras ganhando vida. Fragmentos de sonhos.

Percebi que o estava encarando e fingi estar lendo um rótulo que não conseguia entender num saco de balas de goma de lichia. Algumas coisas em Jamie também pareciam novas. (Ou talvez não fossem?) Como o fato de que ele até que era meio engraçado. Ou seu jeito fácil de rir, os olhos e o nariz se enrugando, quase como um coelho. Ele estava mais largo em cima e fino nas laterais, não exatamente *pouco* atraente.

Ou, pelo menos, algumas pessoas achariam isso.

— Pronto? — ele perguntou.

Soltei o saco de bala de goma.

— O que quer dizer?

Ele estava na minha frente, segurando comida suficiente para alimentar uma família de ursos enraivecidos.

— Quer dizer, o que você quer comer?

Senti meus olhos se arregalar.

— Você está levando toda essa comida só pra você?

— Não, claro que não. Mas esta é minha primeira semana de volta e sua última semana, então temos que comer tudo. — Ele sorriu. Desta vez, o sorriso habitual, enorme e bobo. — Tudo que tem no Japão.

Revirei os olhos e peguei uma barra de chocolate com morango Meiji de uma prateleira próxima.

— Puta merda! — disse Jamie. Estávamos sentados numa faixa de gramado do parque, bebendo nossos cafés e mandando ver nas barras de chocolate e nas batatas fritas.

— Eu realmente senti falta disso. Senti falta de todas as *junk foods* do Japão!

Inalei o ar metálico da cidade.

— Do que mais sentiu falta?

Ele não disse nada por um minuto, e eu fiquei remexendo o cantinho do papel laminado do chocolate. Credo. Pergunta terrível.

Ele se inclinou para trás, apoiando-se nos cotovelos, e esticou as pernas, cruzando os tornozelos.

— Senti falta do meu irmão e da minha irmã. Alex só tem oito anos, então estou bem certo de que ele nem se lembra de ter morado comigo. E senti falta de perambular pela cidade. Todo mundo nas ruas de Lake Forest, e ninguém entende a maravilha do caraoquê, e muita gente tem a impressão de que Tóquio é a capital da China.

— Por isso que você queria voltar?

Seus olhos tinham uma expressão provocadora.

— Porque eles achavam que Tóquio fosse a capital da China?

— Eu só... — sacudi a cabeça — não consigo entender como seus pais puderam te mandar para lá. Você claramente não queria ir.

Ele sentou.

— Eles me mandaram por causa do meu avô. Ele dá muito dinheiro para Lake Forest, portanto, era tudo uma questão de "manter o nome da família". Eles se importam com isso. Sair bem no jornal. — Ele parou e repensou alguma coisa. — E eles pensaram que seria bom para mim, eu acho.

— Foi?

Ele se inclinou para a frente, com os cotovelos nos joelhos.

— Por que ainda estamos falando de mim? Sophia Wachowski... — ele segurou um microfone imaginário diante do meu rosto... — do que *você* vai sentir falta em Tóquio?

— Do baixo índice de criminalidade.

Ele riu.

Arranquei alguns tufos de capim do chão e os esfreguei entre os dedos.

— Eu não sei. Vou sentir falta da T-Cad, acho. E nem consigo imaginar alguma coisa sem Mika e David. — Procurei mais o que dizer. — E vou sentir falta dos sons. Sabe, como o som dos trens lá de casa e o som das cigarras no verão. Pensei em gravar alguns, o que é bobagem, eu sei. E vou sentir falta do sorvete Ramune da *konbini*. E daquelas caixas de bolo embrulhadas em papel elegante que a gente pode comprar em lojas de departamento. Adoro. E... — Apertei o capim na minha mão. — Sei lá. Nada disso importa.

— Claro que importa — disse Jamie, sorrindo.

Dei de ombros.

Por algum motivo eu estava pensando no primeiro apartamento da minha família em Tóquio. No restaurante tailandês do outro lado da rua, com lamparinas vermelhas penduradas nas janelas e no canto da sala, onde meu pai costumava sentar e ler *O ursinho Pooh* para mim. Na véspera do dia em que ele se mudou, quando minha mãe se acomodou ao meu lado para perguntar do que eu sentia falta em Tóquio.

A resposta era tão óbvia.

Era da nossa casa.

Jamie se aproximou de mim. Achei que fosse dizer algo e de fato não queria que ele dissesse, porque eu realmente não queria chorar na frente dele. Mas ele só me deu uma vareta de Pretz. Comemos em silêncio por um momento. O tráfego da rua parecia um rio, como água correndo por cima das rochas.

— Ei — disse Jamie depois de um instante. — Você estava falando sério na outra noite? Sobre o meu gorro? Você realmente não gosta?

Engoli os Pretz rapidamente.

— Deus, não. Ele é horrível.

Os lábios dele tremularam. Então estávamos morrendo de rir, caindo um na direção do outro, como um livro que se fecha.

Capítulo 10
TERÇA-FEIRA
04 : 23 : 06 : 19
DIAS HORAS MIN. S

— **Não me pergunte — disse Mika ao telefone.** — É o plano ridículo do David. Aquele cara tem ideias doidas de como passar uma noite.

— Por que ele quer ir à T-Cad? — Eu estava sentada junto à minha escrivaninha, olhando pela janela aberta, ouvindo os trens chegando e partindo da estação. Dorothea Brooks estava esticada ao meu lado, deleitando-se ao mastigar o rabo de seu rato de brinquedo. — Isso é piada?

— Quem sabe? David é uma porra de um psicopata. Ele também disse que você deve ir toda vestida de preto e que vamos nos encontrar na estação de trem da T-Cad às oito. Fora isso, onde você se meteu o dia todo?

— Como assim?

— Estou te ligando há dez mil horas.

— É? Eu não ouvi meu celular.

— Recebeu alguma das minhas mensagens, pelo menos?

— Hum. Não abri.

— Elas diziam "socorro!" e "salve-me!" e "isso é urgente!".

— Desculpe. Eu ia abrir mais tarde.

— Você é inútil, sabia? Minha mãe voltou à cidade e está me aterrorizando a manhã inteira.

— Como ela está te aterrorizando?
— Você já terminou sua leitura de verão? Tem ensaiado a sua apresentação? Quantos quilômetros correu ontem? Já verificou se continua matriculada em suas aulas de Classe Avançada?
— Ui.
— O que ela não entende é que eu estou exausta.
— Por quê? Você e o David saíram para beber ontem à noite?
— Meu Deus, não. Não sou uma alcoólatra.
— Achei que vocês fossem dar uma volta depois que fui para casa.
— Não fizemos praticamente nada. De qualquer forma, foi um tédio. Você passou o dia todo em casa?
— O que você acha? — Naquele momento, não havia nenhum trem passando, e a cidade parecia ruidosa e quieta ao mesmo tempo, como se estivesse na expectativa, pairando no alto de uma montanha-russa, esperando pelo momento perfeito para desabar. Se eu contasse a Mika a verdade sobre ter estado com Jamie, ela podia achar estranho. Ou poderia pensar que isso não queria dizer nada. Soltei um suspiro.
— Estava fazendo as malas.

Às 20h07, a única outra pessoa na estação de trem da T-Cad era o cara que fica na guarita, atrás da grade.

Fiquei ali sozinha no alto dos degraus que conduziam até a rua, agora escura. Todas as lojinhas estavam fechadas, exceto a eternamente confiável *konbini*, que reluzia como um farol fluorescente azul e branco.

Isso provavelmente era parte do plano ridículo de David. Fazer com que eu me vestisse como uma ladra e me mandar para a T-Cad sozinha para... para quê? David vivia em função de planos ridículos como esse. Habitualmente, essa era uma das coisas que eu mais gostava nele. Em geral, isso fazia com que me sentisse eletrizada e imprevisível.

Esta noite, não.

Fiquei sentada nos degraus e verifiquei meu celular. Minha mãe estava me enviando mensagens, me atualizando sobre sua arrumação das coisas e perguntando — *novamente* — se eu estava bem. Ela parecera preocupada quando eu disse que ia sair esta noite. (Quase nem a vi desde domingo, ela disse, enquanto eu devorava um sanduíche de manteiga de amendoim, na pia, antes de sair. "Mãe", eu disse, entre uma mordida e outra, "em uma semana vou vê-la o tempo todo, porque nem terei mais amigos.")

Em retrospectiva, isso provavelmente não diminuiu sua preocupação.

Fechei os olhos e me esforcei ao máximo para não pensar em Jamie.

Mas era impossível. Era como tentar se livrar de uma música fixa na cabeça. Uma música que você (relutantemente) gosta. Uma música que você (talvez) queira ouvir outra vez. Eu ainda não sabia por que ele havia estado na T-Cad, nem sabia o motivo de ele ter sido expulso do colégio interno, mas estava começando a ter uma visão dele no colégio interno. Estudando japonês em vez de fazer o dever de casa, deixando de ir para casa nos fins de semana. Eu quase podia vê-lo, quase podia preencher os três últimos anos.

Esfreguei os olhos. Esse sentimento — esse sentimento tipo gostar — era imensamente inconveniente. *Inkonbiniente*, até.

Levantei e fui perambulando pela rua, olhando para todas as lojas fechadas. Os únicos ruídos que eu conseguia ouvir eram o zumbido na *konbini* e o canto das cigarras. E também... Caroline?

— Você não apareceu — disse ela.

Parei e olhei em volta.

— Eu me esqueci — disse David. — Meu Deus, isso acontece. As pessoas se esquecem das coisas.

Levei alguns segundos para encontrá-los, porque eles estavam juntos numa viela entre duas lojas. David estava com as mãos nos ombros de Caroline.

— Fiquei te esperando até meia-noite! — Caroline chiou. — Liguei pro seu celular, tipo, dez vezes! Você espera mesmo que eu acredite que você *se esqueceu*? — Ela passou por ele, empurrando-o, e chegou cambaleante à rua, subitamente parando assim que me viu. — Sophia?

— Oi — eu disse. Ai, Deus. O rosto dela estava pálido, com manchas vermelhas. Ela claramente andou chorando.

— Sofa! — disse David, virando-se.

Antes que eu pudesse dizer qualquer coisa, a porta da *konbini* foi aberta e Jamie e Mika saíram para a rua. Mika estava morrendo de rir e de braço dado com Jamie. Ela vestia sua camiseta de Mulher Maravilha, e seu cabelo estava com gel, puxado num topete azul. Jamie estava segurando um saco plástico e olhava para ela com ternura.

Senti meu peito se expandir, depois apertar. Ai, que merda. Eu ia implodir.

— Sofa! — David disse outra vez. Seus olhos brilhavam enquanto ele caminhava em minha direção. Uma silhueta enxuta toda de preto. Camiseta preta justa, calça preta, sapato preto de bico fino que reluzia sob a luz. Sua roupa o deixava incrivelmente alto. Tornava seus olhos profundamente azuis. Quando chegou perto de mim, ele abraçou minha cintura e beijou o alto da minha cabeça. Depois apertou meu ombro e beijou de novo o alto da minha cabeça. — Sofa! Você está aqui!

Caroline ficou para trás, penteando o cabelo na frente do rosto.

Será que ela e David estavam terminando?

— Dá uma olhada nos gêmeos bárbaros — disse Mika quando chegou até nós.

Jamie não estava mais de gorro, mas vestia a mesma camiseta azul-marinho. Seu rosto e seu nariz estavam rosados, como se ele tivesse uma queimadura de sol.

Minha cabeça se encheu de estática. Eu não sabia o que lhe dizer. Não sabia se deveria dizer alguma coisa. Estávamos no mesmo ambiente havia cerca de doze segundos, e ele não me dissera uma palavra.

Mika estendeu a mão para bagunçar o cabelo de Jamie.

— Cara, como você escondeu isso tudo embaixo daquele gorro? Parecia bem mais curto no Skype.

Jamie afastou-se dela, sorrindo.

— Pois é. Não impressiona tanto quanto esse Moicano de Smurf.

David suspirou.

— Podem parar, vocês dois. — Ele revirou os olhos para mim, de modo conspirador, e eu suspirei ruidosamente, concordando. Apesar de tudo, eu ainda gostava de ser de seu time.

— Então — eu disse —, alguém está com vontade de me dizer o que está rolando?

Ele me puxou num abraço apertado, ao mesmo tempo desengonçado e seguro. Dei outra olhada para Caroline, distante de nós, fora do foco da luz de um poste. Ela parecia amarrotada e magoada, mas ergueu a mão para acenar para mim.

— Sem chance, pequena Sofa.

Lá fora estava escuro, mas não *muito*. Nuvens arroxeadas pairavam no céu, iluminadas pela poluição de luzes. Tóquio nunca escurecia totalmente, nem à noite. Nem perto da T-Cad, onde os prédios não eram tão altos.

Seguimos pelo ar abafado do cemitério, David na frente, e Mika e Jamie logo atrás. Eles ainda estavam brincando e fazendo piadas um com o outro.

E estavam me ignorando.

Mika provavelmente ainda estava injuriada pela forma como eu havia tratado Jamie em sua primeira noite de regresso. E Jamie — ele estava sendo todo tranquilo e indiferente outra vez, exatamente como havia sido no caraoquê. Uma vez ele olhou para trás, para mim, como se estivesse pensando em dizer algo.

Mas fingi não notar.

O que era razoavelmente fácil, já que Caroline estava caminhando ao meu lado, fungando.

A verdade cruel era que David rompia com todo mundo. Ele nem sempre tomava a atitude de terminar, mas sempre provocava algo que causasse o rompimento. Ficava distante, começava a flertar, ficava desesperado para que o relacionamento terminasse. Então terminava.

Porém, embora eu tivesse passado o último ano sonhando com este momento — quando David percebesse que Caroline não era seu tipo —, me sentia meio mal por ela. Eu tinha um espelhinho na minha bolsa e o coloquei silenciosamente em sua mão. Ela o segurou, agradecida, e enlaçou o braço firmemente ao meu.

Saímos lentamente do cemitério e entramos no parque que circundava os fundos da T-Cad, longe do portão e da guarda sempre presente, junto à cerca da escola.

— É isso? — disse Mika quando David nos fez parar. — *Este* é o plano?

— É isso — disse David, abrindo os braços como um apresentador circense.

Estávamos onde a cerca fazia limite com o fundo do campo de futebol.

David esticou seu corpo comprido e agarrou a cerca, como o Homem-Aranha.

— Vamos levar a Sofa pra dentro da T-Cad para que ela possa se despedir de forma apropriada.

Mika gemeu.

— Cara, a escola está fechada. Que plano mais caído.

— Cuidado com essas gírias, garota dos anos 1990 — disse David, todo animado. — Você pode acordar e descobrir que está no século errado. De qualquer modo, não tem nada de caído. Isso é simbólico.

— Isso é *ilegal* — eu interferi. — Ou, pelo menos, semi-ilegal. Estamos invadindo e entrando.

David me deu um sorriso malicioso.

— Não se preocupe. Este é um ponto cego. Não tem câmeras de segurança, lembra? — Ele soltou uma das mãos da cerca e apontou para cima.

Ele estava certo. Todo mundo da T-Cad sabia desse ponto cego. Todos já tinham se aproveitado disso ao menos uma vez.

Todos, menos eu, claro.

— Além disso — disse David —, somos alunos tentando entrar na escola. Alguém deveria nos dar umas porcarias de umas medalhas! — Ele girou por cima da cerca e aterrissou no chão, agachando elegantemente. Quando levantou, deu um soco no ar. — É isso aí, porra! Dez pontos! Os juízes são unânimes!

— Muito caído — repetiu Mika, parecendo mais participante do negócio. Ela pegou o saco da *konbini* da mão de Jamie, o amarrou e jogou do outro lado da cerca. Então também pulou. Foi como assistir a dois acrobatas. Era como olhar duas pessoas que decididamente já tinham feito isso.

Caroline fez bico, com o lábio inferior realmente para fora.

— Eu não quero pular uma cerca.

Jamie passou as mãos nos cabelos.

— Certo. Agora vou eu. Fica de olho se eu cair.

— Você deveria simplesmente ir embora — eu disse baixinho.

— O quê?

Eu estava tentando chamar a atenção dele, mas Jamie não estava olhando pra mim. Não. Ele estava olhando para o campo de futebol, onde Mika e David estavam correndo de um lado para o outro.

O ar foi ficando tão pesado que eu mal conseguia respirar.

Jamie estava olhando para Mika. Ela era sua melhor amiga, e ele sentira falta dela, e agora eles tinham um ano inteiro juntos pela frente. Seria exatamente como era antes. Mika e Jamie trocando mensagens de texto e rindo e guardando segredos. Mika e Jamie em seu mundinho particular. Senti que começava a sumir.

— Se você for pego, será expulso da T-Cad.

Ele fez uma cara feia, como se quisesse que eu me calasse.

Continuei falando:

— E, se for pego, Mika certamente saberá por que você está de volta. Eu não poderei mais guardar o seu segredo.

Jamie me olhou com cautela, como se não tivesse certeza do que estava vendo.

Caroline estendeu as mãos, as palmas viradas para cima.

— Vai chover. Isso não tem mais *nada* de divertido.

Jamie fixou o olhar no meu, depois virou e enfiou os dedos no trançado da cerca. No escuro, ele era apenas uma silhueta. Podia ser qualquer pessoa.

Capítulo 11
TERÇA-FEIRA
04 : 13 : 19 : 53
DIAS HORAS MIN. S

— Jamie sabia soletrar *orangotango* com cinco anos! — Mika deu um gole na lata de Chu-Hi de grapefruit e ergueu a outra mão. — Cinco!

Estávamos no playground da escola de ensino fundamental, Caroline sentada na parte baixa do escorregador, olhando para o celular, e o restante de nós em círculo, na frente dos balanços. Depois do calvário de pular a cerca, ficou muito claro, bem depressa, que não havia mais nada a fazer. Não podíamos nem dar uma volta, porque poderíamos ser flagrados pelas câmeras de segurança.

— É... — E assim começou a longa estrada de uma vida de popularidade.

— Isso deixou minha mãe impressionada pra cacete — disse Mika. — Deixou TODO MUNDO VIVO impressionado pra cacete!

Jamie sorriu, olhando para baixo, para as mãos.

Mika estava obcecada por Jamie, o que provavelmente não era bom. Ela só ficava maluca assim quando estava de mau humor em relação a outra coisa. Como a vez em que sua mãe disse que ela estava desperdiçando seu potencial acadêmico e ela desafiou David a uma competição para ver quem tomava mais refrigerante e acabou vomitando no chão todo do Yoyogi-koen.

David começou a remexer o fundo do saco plástico.

— Alguém trouxe cigarro?

— Eu, não. — Inclinei a cabeça para trás, para olhar o céu sombrio, enevoando mais a cada segundo. Gostaria de poder ver as estrelas. E realmente gostaria de não ir embora em tão pouco tempo. (Em quatro dias, treze horas e vinte minutos.) Meu pai me diria para não pensar nisso e me concentrar no que estava acontecendo agora, porque o tempo só existe no momento presente. Mas era difícil me concentrar no momento presente com todo mundo agindo de forma tão esquisita. Sentia como se estivesse flutuando. Perdida entre esse segundo e o próximo, entre um monte de versões de mim mesma que deixei espalhadas pelo planeta.

— Certo! — Mika pousou a lata de Chu-Hi e levantou. — Certo! É hora de ouvir. Estão todos ouvindo?

— Não — disse David.

— Todos precisam ouvir! — Mika gritou. — Vocês sabiam que Jamie é *famoso*?

Jamie ficou de pé em um salto e tentou cobrir a boca de Mika.

— O.k., Mika. Pare.

Ela deu um peteleco na mão dele.

— Não! Ouçam. Vocês já assistiram *A century divided*?

David tirou um maço amassado de cigarros do bolso. Colocou um na boca e ficou segurando-o nos lábios, como se fosse um palito de dentes.

— Meu Deus, Mika. Todos nós sabemos disso.

— Não importa — disse Caroline. Ela largou o celular no colo e se inclinou para a frente no escorregador. — Eu realmente quero falar disso.

David e eu nos entreolhamos. *Pode me matar agora*, ele balbuciou.

Mika continuou:

— Todos já viram *A century divided* porque é um filme muito famoso sobre o Sul, depois da Guerra Civil, e blá-blá-blá, todo aquele negócio histórico. A questão é que Jamie é o garotinho! O garotinho loirinho cuja mãe é morta pelo irmão malvado e bêbado depois que ele volta da guerra! Aquele garotinho é totalmente o Jamie!

— Eu sei! — disse Caroline. — David me disse, e isso é, tipo, a coisa mais legal do mundo. Já vi esse filme dez vezes. E li o livro! Wyatt Foster é meu autor predileto de todos os tempos.

— É? — perguntou Jamie, cauteloso.

— É! — disse Caroline. — Meu pai tem uma foto com ele. Ele é um velhinho tão bonitinho. Até usa gravata-borboleta!

O ar estalou e rugiu como algo que poderia ser um trovão. Era óbvio que Jamie não queria falar sobre isso. Mas Mika provavelmente me mataria se eu dissesse alguma coisa que ela não gostasse.

— Ai, meu Deus! — disse Mika. — Sim! Aquele velhinho! Aquele velhinho bonitinho é avô do Jamie!

Jamie cruzou os braços e curvou os ombros, constrangido.

— Espere um segundo — disse Caroline. — Espere aí um segundinhooo. Seu avô é *Wyatt. Foster?*

— É... — Jamie respondeu.

— Totalmente! — Mika deu um gritinho. — Ele é totalmente avô do Jamie!

Caroline apontou para mim, depois para David.

— Vocês *não* me contaram isso.

— Deve ter escapado — disse David.

Mika deu um soluço e uma gargalhada, tentando esticar seu topete para deixá-lo no formato moicano outra vez.

— Sabe... — Caroline aproximou-se para olhar o rosto de Jamie. Manchas vermelhas de ansiedade começaram a surgir no pescoço dele. — Você até que se parece com ele.

— Bem, não vejo como isso é possível — disse David languidamente. — Levando-se em conta que James é adotado.

Todos nós viramos para David.

Trovão. Agora certamente foi um trovão. E a chuva começou a cair no cascalho. Todos ficaram em silêncio, e eu nem sabia se era pelo que David tinha dito ou pelo impacto da água fria em nossa pele. A liberação súbita de todo aquele calor pegajoso do ar.

— Isso não é verdade — eu disse, meio que esperando que David risse. Que ele revirasse os olhos e dissesse: *Claro que não é verdade.*

Em vez disso, ele tirou um isqueiro do bolso e ficou brincando.

— E, sério, Miks, vocês já terminaram? Porque, por mais divertido que seja, acho que todo mundo precisa de uma folga de ficar vendo vocês dois flertando.

Jamie se afastou do grupo até o outro lado do playground. A chuva aumentou, batendo no chão com mais força. A água escorria pelos dois lados do meu nariz e encharcava o tecido da minha blusa.

— É sério que você fez isso? — Mika estrilou.

David jogou o cigarro para trás, por cima do ombro.

— O que você acha, Sofa? Numa escala de um até flerte, onde a Mika e o Jamie se encaixam?

— Vai se foder! — disse Mika.

David ergueu uma sobrancelha, mas não recuou. Ele se inclinou para a frente e tocou o tornozelo dela.

— Qual é, Miks. Não tem nada de mais. Pode liberar seus hormônios.

— Vai se foder. — Mika chutou a mão dele, e ele voltou a se recostar.

Nunca a vira tão zangada. Seus punhos estavam fechados e seus ombros estavam rijos, como os de um lutador de boxe.

— Acho que você está se esquecendo que esta noite é da Sofa — disse David.

— E eu acho que *você* está se esquecendo de controlar essa porra desse seu problema com ciúme!

Problema com ciúme? Por que David teria problema com ciúme em relação ao Jamie? Ele não suportava o Jamie... Já tinha dito isso mil vezes. David estava sendo um escroto, e Mika talvez lhe desse um soco, e ninguém parecia ligar para a tempestade piorando, ou que o Jamie poderia ser flagrado por um guarda ou por uma câmera de segurança a qualquer momento.

— Gente — eu disse, afastando minha franja molhada dos olhos. — Acho que o Jamie não está mais no playground. É melhor a gente ir procurá-lo.

— Cala a boca, Sofa — Mika estrilou.

Olhei para ela, surpresa.

— Que droga, Mika! Você está bêbada?

— Deus! Essa é a sua frase de sempre? Pare de me perguntar se estou bêbada! — Ela chutou o balanço, e gotas de água voaram como centelhas. — E onde está Jamie, *porra*?

David levantou, agora com os olhos pesarosos.

— Vamos, Miks.

A chuva ricocheteava nos brinquedos do playground, batendo em todas as latas vazias de alumínio. Tinha achatado o topete moicano de Mika e fez David parecer magro, fraco e arrependido. Ele se aproximou dela e segurou seus dedos. Puxou-a mais para perto de si. E ela não discutiu.

— Desculpe, Miks — disse ele. — Está bem? Sou um babaca. Todo mundo sabe disso.

— É mesmo — confirmou ela, agora com a voz mais branda, oscilando um pouco.

Ele afagou os nós dos dedos dela com o polegar e manteve a mão dela junto ao peito. Mika ergueu os olhos para ele. Ela estava com a boca aberta, como se quisesse dizer alguma coisa e...

Ai, meu Deus.

— Ai, meu Deus — Caroline sussurrou.

Meus braços ficaram dormentes e pesados na lateral do corpo. O resto da noite tinha se resumido àquele momento: o polegar dele roçando a mão dela, a reação dela, com os lábios facilmente se abrindo para ele.

— *Por isso* que você tem estado tão estranho — disse Caroline, olhando de Mika para David, de David para Mika. — *Por isso* que você me deu um bolo ontem à noite.

David pousou a cabeça nas mãos e gemeu.

— Calma com o drama, Caroline.

— *Porra* — disse Mika.

E eu só conseguia pensar no "problema com ciúme" de David, e só conseguia pensar em David e Mika andando juntos, sozinhos, e só conseguia pensar nas centenas de vezes em que Mika me dissera para desencanar do David porque ele era um sacana, não tinha nada de admirável como fingia ser.

— Você ficou com ela — disse Caroline —, não ficou?

— Ai, porra! — disse Mika.

— Meu Deus! — disse David. — Será que sou o único que quer se divertir agora?

Um raio estrondou no playground e eu cambaleei para trás, meus ouvidos zunindo e meus pensamentos gritando que aquilo não podia ser verdade.

Eles não podiam fazer isso comigo.

A chuva escorria pela minha pele, penetrava meus ossos, e todos ainda estavam gritando à minha volta. Mas eu não conseguia mais ouvi-los. Porque Mika e David... eles eram meus melhores amigos, meu norte, o motivo para que eu fosse... eu.

E assim, de repente, eles se foram.

Capítulo 12
TERÇA-FEIRA
```
04 : 12 : 36 : 22
DIAS HORAS MIN.  S
```

O cemitério estava escuro e familiar com a chuva. O pior tipo de déjà-vu.

Eu corria pelos caminhos, tentando ignorar a sensação de rasgo no meu peito. A sensação de ter sido destroçada por dentro.

Ah. E o choro. Eu tentava parar de chorar.

Tentava acreditar que aquilo não estava acontecendo.

Mika não ficaria com David porque ela sabia o que eu sentia por ele. E David não ficaria com Mika porque ele era... meu. Não exatamente meu, mas minha possibilidade. Ele me via do jeito que eu queria ser vista. Fazia com que me *sentisse* vista.

— Ei! — Alguém estava gritando, pisando nas poças atrás de mim. — *Ei.* — Jamie agarrou a manga da minha camiseta. Ele estava ofegante, e seu cabelo estava molhado, com as mechas pesadas coladas no pescoço. Agora a chuva caía em rajadas, nos separando das margens do cemitério. Do resto de Tóquio.

— Você me seguiu.

— A-hã — confirmou ele, ainda ofegante. — Vi você atravessando o campo de futebol correndo. Fui ver se Mika e todo mundo sabiam o que tinha acontecido, mas lá parecia o Conselho de Elrond. Sabe — disse ele —, antes de o Frodo concordar em receber o anel.

— Hã?

— Meu Deus! — Ele se curvou. — O que você fez nos joelhos?

Olhei para baixo. Filetes vermelhos escorriam pelas minhas canelas.

— Foi a cerca. Agora está legal.

— A-hã, legal nada — disse Jamie. — Melhor a gente arranjar uns band-aids.

— Você quer alguma coisa? — perguntei. Jamie sacudiu a cabeça, e notei que ele não estava conseguindo me ouvir por causa da chuva. — O QUE VOCÊ QUER DE MIM?

— Nada. — Ele pôs a mão no pescoço. — Só quero ajudar.

— Tudo bem. Tanto faz. — Meus pés estavam afogados em meus sapatos, e minha roupa tinha sido colada pela minha pele, mas eu mal conseguia sentir. Não sentia quase nada.

— Pegue. — Ele empurrou algo para mim. Era uma das barras de chocolate ao leite Meiji, com recheio de morango. — Isso estava no bolo de coisas que eu e Mika compramos. Peguei para você.

— Valeu.

— Desculpe, está meio molhado.

Estava molhado. O papel estava tão encharcado que achei que fosse desmanchar.

— Venha — disse ele. — Vamos para a estação de trem. Você sabe que está indo na direção contrária, certo?

— Sei para onde estou indo.

— Sophia? — Ele pôs as duas mãos nos meus ombros e eu pisquei, surpresa. Era estranho que Mika e David tivessem sumido, mas Jamie estava ali. Tão perto que dava para ver as pintinhas no verde de seus olhos. Os pontos dourados e marrons me lembravam traços de caligrafia. — Por favor, tente pensar com clareza — disse ele. — Você está me assustando.

— Você não entende. — Apertei a barra de chocolate com as duas mãos. — Eu sabia que isso ia acontecer. Sabia que ia perdê-los. Mas não... — minha voz ficou rouca — não desse jeito.

O rosto dele foi tomado de pena.

— Está tudo bem — disse ele. — Todos nós construímos alguém em nossa cabeça. Todos nos machucamos por causa de alguém que nos magoa.

— Foi isso que você fez? Você construiu a Mika em sua cabeça? A Mika magoou você?

— O quê? — Ele soltou meus ombros e deu um passo para trás. — Você acha que eu sou a fim da Mika?

— Por favor — eu disse. — Todo mundo sabe que você é.

— E ao dizer "todo mundo", você está se referindo a quem?

— Eu. David. E a Caroline também.

Ele ergueu uma sobrancelha.

— Sabe de uma coisa? — Abanei a barra de chocolate diante do rosto dele. — Não ligo. Não quero um relato detalhado de seus sentimentos pela Mika. Eles são o que são, e está tudo bem. Mas você está realmente me dizendo que não tem nenhum problema com o fato de que David e Mika têm dormido juntos? *Dormido juntos?*

Seu tom era firme.

— Eu estou te dizendo que não sou a fim da Mika.

— Bem, e por que NÃO? O que há de errado com a Mika? — Agora eu estava gritando.

— Nada. — Ele passou as mãos nos cabelos, agora ensopados. — Por que você está zangada comigo?

— Não estou zangada com você.

Ele cruzou os braços.

— Até parece.

— Não estou zangada com você! Você é inofensivo. Você... você me dá doce.

— O que, aliás, você deveria comer — disse ele. — Fará com que se sinta melhor.

— Pare de ser legal! — estrilei. — Você não está ajudando em nada para eu liberar a minha ira.

— Sério. Eu não ligo. Pode liberar.

Ele pareceu tão sincero que aquilo me livrou da raiva. Limpei a mistura de chuva e lágrimas do rosto.

— Não — eu disse. — Você não fez nada de errado.

Ele começou a andar de um lado para o outro.

— Fiz, sim. Sou um babaca completo. E também lamento muito. Desculpe por tê-la seguido até aqui. Esta noite e... e daquela vez. Desculpe por eu ter sido tão idiota em relação a você e o David. Lamento ter feito com que não quisesse falar comigo nos últimos três anos.

— Está tudo bem, Jamie. Sério.

Ele parou de andar e estacou na minha frente de novo. Seus olhos eram suplicantes, e suas bochechas estavam coradas. Fiquei imaginando se o seu pescoço estaria quente. Fiquei imaginado por que eu estava imaginando isso.

— Realmente não está — disse ele. — Fiquei injuriado porque achei que você fosse a fim do David e que eu fosse só um babaca que você aturava porque tinha de aturar. Então enviei aquela mensagem, e dali em diante foi tudo ladeira abaixo, porque fui para o colégio interno e depois fui expulso.

— Como? — perguntei. — Como você pôde ser expulso? Isso simplesmente não parece possível.

Ele suspirou.

— Fui expulso porque levei bomba nas matérias. Na *maior parte* das matérias. E aconteceu isso porque fiquei muito infeliz durante os três últimos anos. Esse é meu resumo dos três últimos anos: foram os piores. E eu lamento, está bem? Lamento muito.

Eu sentia as lágrimas novamente escorrendo pelo meu rosto, o calor delas sumindo com a friagem da chuva.

— Mas você estava certo. Eu flertava mesmo com o David. Eu fui patética.

— Ah, você não foi, não. — Ele cutucou minha mão. — Por favor. Pelo menos coma isso. Vai derreter.

Rasguei a embalagem e arranquei um pedaço. Até que era gostoso. Como morango falso. Como os quatro últimos anos no Japão.

— É verdade? O que David disse?

Ele parou.

— Sobre eu ser adotado?

Assenti.

Ele olhou para baixo e remexeu o chão com a ponta do pé.

— A-hã. É verdade.

— Como o David sabe?

Jamie deu de ombros.

— A Mika deve ter contado pra ele.

— Ela nunca me contou.

Jamie deu de ombros novamente. Arranquei outro pedaço de chocolate e o coloquei na mão dele. Por um instante o resto da noite pareceu vago, embaçado, incerto, comparado com a vivacidade dos meus dedos no pulso dele, da chuva caindo entre nós, constante como uma pulsação.

— Jamie — eu disse, com a mão ainda sobre a dele. — Acho melhor a gente pegar o nosso trem.

— *É a porra do segundo ano.* — *Mika amassa um saco plástico com as mãos.* — *Bem, isso será um mar de infelicidade.*

Estamos dando um tempo nos degraus da estação de trem da T-Cad, tomando café da manhã e matando os dez últimos minutos das férias de verão.

David trouxe sua nova bicicleta e está pedalando de um lado para o outro.

— *Porra nenhuma!* — *ele berra.* — *Mais dois anos e vocês estarão fora daqui, crianças!*

— *Pra mim, só mais um* — *eu digo. Estou rasgando meu pão de melão em pedaços, separando as partes com cobertura de açúcar cristalizado das outras.*

— *Credo.* — *Mika faz uma cara feia.* — *Primeiro Jamie, agora vocês. Vocês todos vão me abandonar, como aquele babaca.*

— *Cale essa boca suja* — *diz David, girando a bicicleta.*

— *Nós temos que fazer o Teste Vocacional este ano* — *lembra ela.* — *E os meus pais vão me obrigar a fazer umas aulas particulares.*

— *Você devia ter os meus pais* — *diz David.* — *Eles não estão nem aí.*

Mika faz um gesto obsceno.

— Ei! — *Ele põe o pé no chão e para na nossa frente.* — Sabe o que a gente devia fazer este ano? Devemos arranjar um namorado para a Sofa.

— O quê? — *Começo a ficar vermelha como um pimentão.* — Por quê?

— Você precisa — *diz David.* — É a lei.

Tento pensar em algo atrevido para responder, mas esse papo de namorado me deixa meio perdida.

— Hã... não, eu não namoro. É muito meloso, muito carente, muito... — *gesticulo no ar à minha frente* — muito pegajoso.

— Ah, não. — *Mika abaixa os óculos de sol e me olha por cima.* — Nada de pegajoso.

Arremesso um pedaço de pão de melão em seu colo.

— Você sabe o que eu quero dizer.

David está sentado no degrau abaixo do meu. Resisto ao impulso de mexer no cabelo. Mika me convenceu a tingi-lo de loiro platinado, mas estou começando a me arrepender. Sinto-me óbvia demais. Tão "olhem pra mim!".

Além disso, estou bem certa de que estou cheirando a tinta.

— Você precisa pelo menos ficar com alguém — *diz David.* — Antes de terminar o ano. — *Ele estende a mão, como se quisesse que eu a apertasse. Fico olhando, desconfiada.*

— Isso não pode realmente ser importante pra você.

— Claro que é! Você é minha amiga, e é bonitinha e merece ficar com alguém.

— Você é realmente revoltante, David — *diz Mika.* — Sabia?

David pega minha mão e a balança de um lado para o outro. Meu coração dispara, pateticamente. Ele não tocaria minha mão desse jeito se só estivesse de brincadeira. Não seguraria por mais esses instantes — de alguma forma, a pegada é frouxa e firme ao mesmo tempo —, como se não quisesse dizer nada com isso.

— E se eu mesmo tiver que fazer isso — *ele sussurra* —, então que assim seja.

Capítulo 13
QUARTA-FEIRA
03 : 22 : 53 : 07
DIAS HORAS MIN.   S

Acordei em cima das minhas cobertas, ainda toda vestida de preto. Estava chovendo outra vez. Não aquela chuva de Fim de Mundo da véspera, mas chovia. Segurei o relógio acima da cabeça e olhei os segundos piscando, passando impotentemente. Era uma da tarde, mas que importância tinha isso? Um dia nem é o que achamos que é — a Terra gira em seu eixo a cada 23,93 horas, não a cada 24. Todo o meu conceito desta semana foi falso.

Subi cuidadosamente em minha escrivaninha, os joelhos ralados ainda latejando, e abri a janela. Gotas de água batiam no parapeito. Ouvi um trem chegando à estação e alguns corvos indignados farfalhando as asas no beco abaixo. Meus braços formigavam. Não estava só chovendo. Fazia frio.

Este é um universo alternativo. Descobri um buraco de minhoca.

Quando eu era pequena, meu pai mergulhava nesses discursos teóricos sobre buracos de minhoca, tentando explicá-los para mim. Gostaria de poder ligar para ele, apesar de que agora era praticamente o meio da noite. Só queria perguntar coisas básicas sobre física e ouvi-lo lançar outro discurso sobre o tempo e o Universo — explicando como o tempo não é essa força tão poderosa, mas uma variável. Algo que podia ser modificado.

Acho que era por isso que eu tinha feito essa contagem regressiva idiota. Porque queria me agarrar ao tempo que ainda me restava aqui. Porque queria separar a despedida de todos os momentos — dos momentos melhores — que vinham antes. Era minha pequena experiência científica particular tentar reter aquele segundo, quando tudo que eu mais estimava subitamente desapareceria.

Mas isso era baboseira. Eu não podia ter controle da perda de Mika e David. Não podia controlar como isso rasgava e alterava o tecido do meu universo. Como perder... como perder uma perna. Como cair do trepa--trepa. Como cair e ponto-final. Eles eram meus *melhores amigos*.

Eram.

E agora eu me sentia como antes de conhecê-los. Vazia e pequena. Sozinha.

Mas, por outro lado — pelo outro lado estranho e confuso —, havia Jamie. Jamie, que tinha partido para sempre. Jamie, com suas sardas e membros em movimento e uma voz que parecia mel aquecido. Quando eu pensava nisso, algo amolecia em meu peito. O gigantesco rombo Mika-e-David da minha vida encolhia quando eu pensava nele andando de trem comigo, até a minha estação, falando comigo o tempo todo. Sobre o colégio interno, sobre seu voo de volta para Tóquio, até sobre o filme.

— Eu nem deveria ter sido escolhido para o elenco — disse ele. — Esse é o fato mais divertido. O livro se passa na Carolina do Norte, e eles filmaram uma parte perto da casa dos meus avós. O segundo fato mais divertido é que o diretor queria que meu avô fizesse uma aparição no filme, mas o famoso Wyatt Foster não teria nada a ver. Então, em vez disso, eles me deram um papel.

Já passava bastante da meia-noite quando chegamos à minha estação, o que significava que ele não poderia pegar outro trem de volta para casa. Teria que pegar um táxi.

— Eu vou te dar dinheiro — eu disse quando estávamos perto da saída da estação.

Jamie sacudiu a cabeça. Seus cabelos tinham começado a secar e cachear. Ele enfiou as mãos nos bolsos para que eu não pudesse lhe dar as notas molhadas de mil ienes que estava segurando.

— Receio que eu não possa deixá-la fazer isso. De qualquer forma, meus pais me deram um dinheiro "só para emergências".

— Seus pais — gemi. — Já está bem tarde. Eles vão matá-lo.

— Está tudo bem — disse ele. — Estou vivo e não fui expulso da T-Cad, portanto esta noite é só de vitórias no que diz respeito a eles. Além disso, Mika e eu temos um acordo em que ela não me deixa ir para casa sozinho. Ela me espera no corredor e vai até lá em cima comigo, e meus pais não desferem um ataque porque eles a adoram.

Pensar em Mika esperando por Jamie, para ajudá-lo, me deu um nó no estômago.

— Por favor, não diga que você estava comigo.

Ele olhou para baixo, timidamente.

— Acho que ela provavelmente sabe.

— Nesse caso, não diga a ela que eu gritei com você.

— Está brincando? — Ele deu um meio sorriso para mim. — Essa foi minha parte favorita.

— Jamie. Por favor.

Ele parou, depois estendeu a mão para mim.

— Não direi nada.

Num ataque de loucura, quase lhe disse para ficar na minha casa. Ele poderia dormir no colchonete no chão, e o mundo não pareceria tão vazio, imenso e aterrorizante.

Cruzei os braços enquanto a chuva entrava pela janela aberta.

Mika e David se foram, e era como se eu estivesse ficando sem ar. Eu estava perdendo a gravidade. Já estava perdendo Tóquio, as luzes se apagando à minha volta, uma de cada vez.

Até que pensei em Jamie — na minha mão na dele, no som estranhamente familiar de sua voz em meu ouvido —, e as luzes voltaram a ganhar vida.

Minha mãe tinha saído para trabalhar horas antes, mas deixou um bilhete colado na geladeira. *Vou limpar tudo no escritório — coma o que encontrar na cozinha. Sinto sua falta.*

Eu também sentia falta dela. Isso era provavelmente patético, mas eu sentia falta da minha mãe. Fiquei em pé perto da geladeira, ouvindo a chuva batendo nas casas com paredes finas como papel, até a campainha distante de uma bicicleta soar. Dorothea Brooks roçou a cabeça na minha canela. Passei as mãos nos cabelos, cravando as unhas no couro cabeludo, e exclamei:

— Vou limpar a porra do quarto!

Peguei uma caixa de sacos de lixo no armário de roupa de cama e comecei a enchê-los de tralha. Alguns testes antigos, um vidro de esmalte meio seco, um desenho que Mika tinha feito de mim ao lado de um unicórnio. (Embaixo dizia: *feliz aniversário, eu lhe dei uma porra de um* UNICÓRNIO.) Quanto mais coisa eu jogava fora, mais dava a sensação de parecer... certo. *Bom*, na verdade. Como respirar ar limpo. Como pedalar uma bicicleta até que ela pedalasse sozinha. Agora eu já estava jogando as coisas a braçadas. Uma camiseta que dizia FUTURA ASTROFÍSICA manchada de sorvete de melancia, um pacote de figurinhas Pokémon, uma pilha de guias rasgados de museus de Paris.

Eu já tinha uns seis sacos quando Alison irrompeu porta adentro.

— Você me acordou — disse ela. Ela estava com uma legging preta surrada, camiseta branca e uns óculos imensos de armação de tartaruga que acho que foram da minha avó. Sua pele estava pálida, e, pela primeira vez em todo o verão, me ocorreu que ela perdera peso.

— Meu Deus — eu disse. — Quando foi que você se transformou em Edward, Mãos de Tesoura?

— Você me acordou — ela repetiu. — Parece que você está treinando *gatos* aqui dentro.

— Isso não faz sentido algum.

— Deus, sua janela está aberta. Você não percebeu que está um gelo lá fora? — Ela contornou minha cama e subiu na minha escrivaninha.

Eu quase joguei fora uma foto da Alison comigo, ela com oito anos, eu com seis, brincando com a gatinha Dorothea Brooks, mas me contive a tempo.

— Sério. — Com um tranco, Alison fechou a janela. — O que está fazendo com tudo isso?

— Reduzindo — respondi.

— Não seja ridícula — disse ela, fazendo sua melhor cara de Adulta. — Você juntou essa tralha durante anos.

— Exatamente. É tralha. É por isso que vou jogar tudo fora.

— Você está falando como se tivesse tomado alguma coisa — disse Alison. — Não jogue tudo fora. Você só não quer lidar com isso tudo.

Parei o que estava fazendo e deitei com o rosto mergulhado numa pilha de roupa suja.

— Está de ressaca? — ela perguntou.

— Sem chance — murmurei com a cara na roupa. — Eu nem bebo.

— Ainda bem — disse ela. — Nem deveria. Você tem dezessete anos.

— *Você* bebe. E tem dezenove.

— E daí? Meus amigos têm vinte e poucos anos. Os seus têm doze.

Revirei os olhos, depois percebi que ela não podia ver meu rosto. Sentei, e Alison e a gata estavam me olhando. Atentamente. Alison arrumou os óculos.

— Esses óculos são de verdade?

— Essa é a questão? — perguntou ela. — Você está agindo de forma estranha. Está jogando fora suas coleções de uma vida inteira de bagulhos inúteis. Aconteceu alguma coisa com você?

Sim. Minha melhor amiga está transando com meu outro melhor amigo, de quem, por acaso, eu estou a fim, e eles não são mais meus melhores amigos e, se eu pensar a respeito, eles provavelmente nunca foram.

— Nadinha — eu disse.

— Pronto. — Alison pegou um frasco de perfume de *sakura* e borrifou em mim. D. B. disparou pela porta. — Vamos sair.

Eu tossi.

— Não vamos sair. Você não saiu de casa o verão inteiro.

— Eu saí de casa.

— Para ir aonde?

— Isso é irrelevante. — Ela me borrifou de novo. — Vamos. Levante-se. Lave seu rosto. Dê um jeito de parecer menos deprimida.

— Olha quem fala.

— Sem ofensas! — Ela me borrifou mais duas vezes. — Sou sua maldita irmã.

Capítulo 14
QUARTA-FEIRA
```
03 : 21 : 13 : 36
DIAS  HORAS  MIN.   S
```

Antes de sairmos, eu vesti uma saia vermelha, uma blusa branca de bolinhas vermelhas e um cardigã preto com um bottom de Totoro. (Não era o que Jamie me dera, mas me fazia lembrar dele.) Alison me coagiu a sentar na borda da banheira para que ela também passasse um batom vermelho em mim.

— Parece que meus lábios estão forrados com massinha de modelar.

— Levando-se em conta que você tem um fetiche de se vestir como palhaça — disse ela —, é incrível que nunca tenha usado esse negócio.

Ainda estava chuviscando quando saímos, então abri meu guarda-chuva de pássaros verdes e azuis.

— Aonde vamos? — perguntei enquanto caminhávamos até a estação de trem. A cidade tinha um cheiro de frescor de chuva. Como se toda a umidade abafada tivesse sido substituída por uma pilha de folhas molhadas.

— Ainda será revelado — disse ela.

— Você sabe chegar lá? — perguntei. — Lembra de como se compram bilhetes de trem?

— Esse negócio de sarcasmo adolescente já está ficando batido — ela disse. Mas quando chegamos à estação, no fim das contas, ela havia *mesmo* esquecido para qual estação iríamos. Procurei no meu celular, calculei o preço e apertei o local na máquina para ela.

— Tóquio Tower? — eu disse, pegando as tiras de papel magnético. — Sério?

— Deus, Sophia, estou tentando fazer algo significativo.

Meu pai costumava nos levar à Tóquio Tower quando éramos pequenas, em dias chuvosos, quando ficávamos em casa entediadas e inquietas. É uma das poucas lembranças que tenho dos cinco primeiros anos da minha vida, quando morávamos juntos, no mesmo continente, como uma família normal. Ele gostava da Tóquio Tower por ter sido moldada segundo a Torre Eiffel. Alison e eu gostávamos porque era pintada de laranja brilhante. Naquela época nunca tínhamos ido a Paris, e meu pai costumava descrever a cidade para nós, em detalhes. Carros passando ao redor do Arco do Triunfo, estátuas douradas de homens sobre cavalos, pontes elegantemente sobrepostas ao rio largo e sinuoso.

Era estranho que Alison tivesse escolhido um lugar que me lembrasse — que nos lembrasse — nosso pai. Mas lá estávamos nós, esperando na fila para pegar o elevador que nos levaria ao terraço panorâmico. Havia um bocado de gente na fila conosco. A maioria, turistas.

— Você tem falado com o papai ultimamente? — perguntei.

— A-hã. — disse ela, enrolando as mangas de seu casaco de capuz até os cotovelos. — Conversamos toda noite. Ele lê histórias para mim antes de dormir, e eu ligo para ele quando tenho pesadelos.

— Não seja tão dura com ele. — Amarrei meu cardigã na cintura.

Entramos no elevador. Uma mulher de uniforme azul-marinho segurou a porta e curvou-se quando entramos. Sorri sem jeito e me curvei também. Havia janelas compridas no elevador, para que pudéssemos ver o interior da torre conforme subíamos. Era como estar dentro de uma teia de aranha cor de laranja.

— E *você*, tem falado com ele? — Alison perguntou.

— Não — admiti. — Ele não ligou ontem à noite. Provavelmente não tinha serviço de telefone na casa de férias.

— Claro que não. E aposto que também não tem wi-fi. Ou uma linha fixa.

— Não quero falar sobre isso.

— Tudo bem — disse ela. — Nem eu.

Ela pareceu aliviada. Assim como eu. Alison e eu não podíamos falar sobre nosso pai — isso só nos fazia brigar.

As vidraças do terraço panorâmico estavam por toda parte, formando um círculo imenso, uma vista de trezentos e sessenta graus. Havia um pequeno painel de vidro no chão, onde você podia ficar e olhar um filete bem distante da calçada. Uma garota de salto alto cambaleou, hesitante, e agarrou o braço do namorado, enquanto ele ria.

Alison e eu paramos junto a um computador, onde você podia carregar fotos detalhadas da vista.

— Tudo isso pode ser visto no Google Maps — disse ela. — Não precisávamos ter saído.

— Você é quem sabe, Howard Hughes.

Ela entortou os lábios para o lado.

— Como você fez essa referência?

Sacudi os ombros.

— Mika tem um negócio pelo Leonardo DiCaprio.

Cruzei novamente os braços e apertei a barriga com mais força. Pensar em Mika me dava um aperto por dentro.

— Aqui era um lugar que impressionava mais. — Alison se debruçou na direção da janela, de modo que seu nariz quase tocou o vidro. A cidade estava saturada de prédios brancos, cinzentos e marrons, com ruas em miniatura entre eles e árvores de brinquedo preenchendo os vãos. Uma névoa chuvosa embaçava tudo.

— Desde que o Skytree abriu, este lugar se tornou medíocre — eu disse. — É, tipo, duas vezes mais alto.

— Não posso acreditar que a gente tenha pagado por uma torre medíocre — disse Alison. — Vamos comer alguma coisa.

Havia um café no andar de baixo, onde Alison comprou café e batatas fritas, e eu, um sundae. Não falamos nada enquanto estávamos comendo.

Se David e Mika estivessem aqui, ficaríamos observando as pessoas na fila e tentaríamos adivinhar o que elas iriam pedir. David me chutaria por baixo da mesa e levantaria as sobrancelhas quando eu o chutasse de volta. Se David e Mika estivessem aqui...

Então me lembrei que aquele "se", particularmente, era impossível. Um "se" inexistente. As lágrimas ardiam por trás dos meus olhos. Soltei minha colher suja de batom dentro do copo.

— Mas que merda — disse Alison. — Você vai, ou não, me dizer o que aconteceu?

— Não aconteceu nada.

— Até parece que não. — Alison furou o ar com uma batata frita. — Você está acabrunhada por cima do sundae. Está um lixo.

— Estou um lixo? Você realmente quer começar assim?

Ela fixou o olhar no meu, com a máxima determinação, me desafiando a piscar primeiro.

— Ontem você estava ótima, mas hoje está desmoronando. Pode começar a falar.

— Por que não me diz o que aconteceu com *você*?

Ela piscou.

— Isso não é sobre mim.

— Mesmo? — Embolei meu guardanapo no colo. — Você passa o verão inteiro no estilo *Garota, interrompida*, e isso não tem a ver com você? Você tem passe livre para não falar sobre as suas merdas?

Alison se recostou na cadeira.

— Isso é sobre você. Eu a levei para sair. Estou fazendo um esforço.

— Então esforce-se — eu disse. — Diga o que aconteceu com a sua namorada. Ou diga a mamãe, pelo menos. Será que nem sequer percebe quanto ela se preocupa com você? Você nos cortou completamente.

Ela cruzou as pernas com um dos pés batendo na parte interna da mesa.

— Eu, não.

— Qual é, por favor! — vociferei. — E quanto aos seus amigos da T-Cad? E quanto ao papai? Você corta as pessoas o tempo todo, porra.

— Meu Deus — disse ela. — Pode parar, está bem? Não podemos todos viver no mundinho ingênuo de Sophia. Às vezes você deixa as pessoas e segue em frente.

Eu ri, mas saiu um som áspero.

— Assim, como você. Seguindo adiante como uma profissional.

— Pelo menos eu sei quando deixar de lado. Deus, você tem se observado ultimamente? Você idolatra o papai, embora ele tenha nos *abandonado*. Que é a primeira coisa que um pai não deve fazer. E mais! Você usa esse relógio ridículo, como se ainda fosse uma...

— Uma criança? — E agora eu estava gritando. Alto o suficiente para que duas mulheres almoçando na mesa ao lado se encolhessem. — Ainda sou criança? Porque não quero perder todos que me amam? Porque não quero passar a porra da vida inteira encontrando pessoas e depois tendo que *seguir adiante e deixá-las*?!

Sua mandíbula enrijeceu.

— Eu não entendo por que está fazendo isso. Só estava tentando descobrir se você está bem.

Eu não estava bem — claro que não estava bem. Desabei em lágrimas. Agora eu estava realmente chorando. Na verdade, estava mesmo desmoronando.

— Por que você me trouxe aqui? — perguntei. — Quer que eu também fique chateada por causa do papai? Está tentando me lembrar quanto sou imprestável e solitária?

— Não seja egoísta — disse Alison, agora mais irritada que frustrada. — Eu também estou aqui. Imprestável, confere. Solitária, confere.

— Não. — Enxuguei as lágrimas da minha boca e fiquei com as costas da mão toda borrada de vermelho. — Não sou como você.

— O que você quer que eu diga diante disso? — perguntou Alison.

Levantei e empurrei minha bandeja na mesa.

— Nada, está bem? Eu só... não quero que você diga nada.

Fui até o banheiro, encontrei uma cabine vazia e sentei na tampa do vaso. Havia um sensor na parede à minha direita — um Otohime —, e eu acenei na frente dele, até que o som cortês da água começou a soar. E chorei compulsivamente, segurando minha bolsa do Musée d'Orsay junto ao peito, curvada sobre ela. Chorei até minha garganta arder e minha cabeça latejar. Até ter certeza de que Alison não viria me buscar.

Até ter certeza de que estava sozinha.

Capítulo 15
QUARTA-FEIRA
03 : 18 : 54 : 29
DIAS HORAS MIN. S

Meu celular começou a tocar.

Sentei e esfreguei os olhos. Provavelmente era Alison, ligando para me dizer para crescer ou me recompor, ou alguma baboseira hipócrita desse tipo. Remexi a bolsa e segurei o celular na mão, esperando para ver se o som abafado iria parar.

Parou. Graças a Deus. Eu já tivera a cota diária de virtuosismo da minha irmã. Ela foi assim praticamente a vida toda, desde que meu pai foi embora. Se bem que, para ser justa, era melhor quando éramos pequenas. Naquela época, ela me protegia mais. Andávamos de mãos dadas pelo aeroporto Charles de Gaulle todo mês de janeiro, e Alison lançava olhares mortais para qualquer um que me olhasse com reprovação por chorar. Mas, conforme fomos ficando mais velhas, as coisas pioraram.

Ela dizia que estava farta de como eu aturava o papai. Dizia que ele era como uma boneca russa de decepção, cada uma delas levando a outra, mesmo quando você achava que não fosse humanamente possível. Os telefonemas que nunca aconteciam, os e-mails esporádicos, os verões que ele dizia que podíamos ficar com ele até decidir que, em vez disso, ele iria visitar amigos em Viena. As ligações de sussurros enfurecidos quando entreouvíamos nossa mãe falando com ele tarde da noite. A maneira como ela enfatizava cada palavra ao dizer que ele estava *Nos. Decepcionando. Novamente.*

As coisas mudaram depois que ele se casou de novo. Ele se mudou para uma casa distante do centro urbano, numa região cheia de casinhas de tijolinhos e crianças que andavam de bicicleta o dia inteiro pelo *quartier*. Ele nunca quis que deixássemos de visitá-lo. E nos ligava pelo menos uma vez por semana.

Depois, quatro anos atrás, quando minha mãe disse que íamos voltar para Tóquio, meus pais me deram a chance de escolher: eu poderia ir para Tóquio com a minha mãe, ou poderia morar em Paris. Meu pai e Sylvie tinham uma casa legal, de bom tamanho, e havia uma escola americana que eu podia frequentar e, dessa forma, poderia ficar num lugar só até me formar.

Eu escolhera Paris. Porque era a única coisa que não havia mudado desde que meus pais se divorciaram. E eu tinha uma teoria de que talvez — *possivelmente* — lá também pudesse ser meu lar. Até os bebês. Até que minha mãe sentou comigo e me explicou que não daria certo. Não naquele momento.

E, mesmo desejando que isso não me chateasse, me chateou demais. Eu queria uma vida na França. Queria mais momentos passados com meu pai — assistindo aos filmes de Hitchcock, comendo faláfel no Marais, passeando pelas catedrais à noitinha, esperando os sinos tocarem e fazendo com que essas coisas durassem mais que quatro semanas por ano.

E isso, Alison não conseguia entender. Ela não conseguia entender como eu tinha escolhido o papai, porque nem sequer imaginava optar por ele.

— Você tem consciência de que ele não é nosso parente de verdade — ela dizia pela centésima vez. — Só porque ele age como um cara fodão, isso não significa que ele seja. Isso não muda o fato de que nos deixou de lado.

— Ele não deixou — eu respondia. — Ele deixou a mamãe. Eles deixaram um ao outro.

Outra pessoa entrou no banheiro, arrancando-me dos meus pensamentos. Respirei fundo e saí. Ainda bem que Alison não estava mais no café, nem no terraço panorâmico. Fiquei perto de uma janela e fechei os olhos, imaginando os edifícios cinzentos, o tráfego e a chuva lá fora, tudo em profundo silêncio por trás do vidro.

Parte de mim queria encontrar Jamie, embora eu soubesse que isso era maluquice. Mas sentia as cordinhas que ligavam a minha vida, todas se desconectando, uma a uma. Eu estava flutuando no ar, solta, e precisava de algo a que me agarrar.

Meu celular começou a tocar de novo. Dessa vez remexi na bolsa e o peguei, com o nome de Jamie retumbando em meus pensamentos. Mas não era ele, nem Mika, nem mesmo minha mãe.

Era David.

Quando cheguei a Shibuya, já passava das seis. *O verdadeiro motivo para que você esteja aqui*, eu dizia a mim mesma, *é que não quer ficar sozinha, sua fracassada carente e patética.*

Ao atender à ligação de David, na Tóquio Tower, o plano era desligar na cara dele depois de vinte segundos. Então ele me contou que Caroline o havia dispensado. Depois, me disse, com uma voz ainda mais triste — uma voz trêmula, quase transparente —, que queria me ver. Que sentia minha falta.

E isso derrubou minha última defesa.

David estava no Smiley's, um restaurante temático americano que servia uma variedade de drinques enormes e hambúrgueres de muitas camadas e cujas paredes eram cobertas por fotografias em preto e branco de antigos astros de Hollywood. Ficava no meio de umas ruas estreitas demais para carros e abarrotadas de *konbinis*, caraoquês e butiques.

David estava no segundo andar do restaurante, numa mesa de costas para a janela. À sua frente havia um copo com algo cor-de-rosa — e Jamie estava sentado de frente para ele.

Engasguei. Isso só podia ser um universo alternativo. Jamie jamais andaria com David, porque: a) David era um babaca; b) ele era um babaca que tinha acabado de dizer para todo mundo que Jamie era adotado.

Pensando na noite anterior, senti uma nova fisgada no estômago: *Meus melhores amigos me enganaram; eles não são mais meus melhores amigos*. Para me manter firme, foquei em Jamie. Ele estava vestindo uma camiseta vermelha de manga curta e tinha um casaco preto pendurado no encosto de sua cadeira. A chuva deixara seu cabelo úmido, o que era adorável e frustrante. Ele sempre mantinha o cabelo meio molhado? Será que era assim que ele fazia as pessoas gostarem dele?

— Sofa! — David acenou freneticamente com as duas mãos, embora eu estivesse ao seu lado. — Não estou bebendo, está vendo? Isso é um smoothie sem álcool. O James também está tomando um!

— Tem fruta — disse Jamie. — É nutritivo. — Ele mexeu seu drinque com um canudo e sorriu para mim. Tentei retribuir o sorriso, mas, em vez disso, acabei olhando para eles fixamente. Meus Deus. Era como se eles estivessem num cruzeiro tropical, juntos.

— Sente-se — disse David.

— Não posso. — Apontei a mesa de dois lugares. — Não tem cadeira.

David pegou uma da mesa ao lado e a arrastou para perto, dando uns tapinhas no assento de plástico verde.

— Tudo resolvido! — Ele estava com um cigarro atrás da orelha e não parecia nada infeliz. Não parecia ter tido o coração arrancado e despedaçado recentemente.

Enfiei meu guarda-chuva embaixo da mesa e pousei a bolsa no colo. Algumas mesas adiante, um casal americano ficava dizendo "Ai, meu Deus!", tirando fotos de seus sorvetes elaborados com cones de waffle em cima, virados de cabeça para baixo.

Eu me sentia desajeitada e sem graça. Tinha nacos de maquiagem no rosto, e meu cabelo estava todo arrepiado por causa da chuva. Jamie ficava tamborilando os dedos na madeira escura da mesa.

— Então — disse David. — O que nós três devemos fazer esta noite? Caraoquê?

— Achei que você estivesse aborrecido — eu disse.

David fungou e se recostou em sua cadeira, equilibrando-a em duas pernas.

— Por causa da Caroline?

— E quanto a Mika? — perguntei.

— Ah, sei lá. — Ele abanou a mão como se estivesse espantando um inseto. — Ela só está injuriada. Ou não está falando comigo, ou algo assim.

— Ela pareceu bem zangada ontem à noite — eu disse.

David deu de ombros, mas seu sorriso era bem-humorado. O restaurante estava à meia-luz, e a chuva embaçava as janelas, tornando as luzes e todos os prédios indistintos e obscuros.

— Quer comer alguma coisa? — Jamie empurrou o menu para mim.

— Obrigada — eu disse.

Nossos olhares se cruzaram rapidamente, e meu coração se acelerou. Toda essa situação era muito enervante. À minha direita estava o garoto por quem eu havia sido obcecada durante os quatro últimos anos, o garoto em que eu depositara toda a minha esperança até ele estragar tudo. À minha esquerda estava... Jamie. Dava para sentir seu olhar hesitante em meu rosto.

David soltou a cadeira de volta no chão.

— De qualquer forma — disse ele, debruçando-se à frente para olhar diretamente para mim —, você está toda arrumada, Sofa. E olhe. Olhe esse batom.

O casal ao nosso lado ergueu os celulares para tirar mais algumas fotos do restaurante. Eu remexia o canto laminado do cardápio.

— Não posso, está no meu rosto.

David bateu palmas e riu. Ele estava tentando fazer graça, mas eu não conseguia acompanhar seu entusiasmo. Em vez disso, olhava a foto de um cheeseburger com abacate.

— Está vendo? — disse David. — Isso. É por isso que você não pode ir embora.

— Por quê? — perguntei.

CREDO! PARA DE INTERAGIR COM ELE, SOPHIA! Por que quatro anos de flerte secreto eram tão difíceis de abandonar?

— Porque — disse ele — você é esperta pra cacete. Porque você me pega.

— É, sei. Você vai sobreviver.

— A vida é mais que sobrevivência.

— Na verdade — eu disse —, estou bem certa de que isso vai contra todo o princípio evolutivo da existência.

— Pode acreditar, pequena Sophia — disse ele. — A vida tem a ver com outras pessoas. Tem a ver com encontrar gente que você ama e segurar para sempre.

— É, porque você é muito habilidoso nisso. — Ergui a sobrancelha, desafiando-o a responder. Um sorrisinho surgiu nos lábios dele, e eu senti uma onda de empolgação. E, embora eu soubesse que era tolice, inútil e errado, ainda adorava a forma como ele precisava da minha atenção. Ele estendeu a mão e tocou com o polegar o canto da minha boca. Todo o calor da minha bochecha passou aos meus lábios.

— Tão, tão estranho. Sofa de batom...

Crack!

David pulou da cadeira. Recostei na minha e pisquei com força. O copo de Jamie estava caído de lado, e o de David também, derrubando todo o conteúdo em seu colo. O casal americano se virou para nos olhar.

— Porra! — David gritou. Sua calça preta e a camisa polo verde estavam totalmente encharcadas de smoothie.

Jamie começou a puxar guardanapos do porta-guardanapo.

— Desculpe, sou um idiota.

David olhou para ele, fulminando-o. O líquido rosa criou uma poça na mesa, com pedaços de fruta murcha flutuando.

Empurrei minha cadeira para trás.

— Vou buscar mais guardanapos.

— Eu vou com você — disse Jamie.

— Vocês dois, não — David estrilou. — Sofa, você fica aqui.

— Caramba. — Jamie segurou no encosto da cadeira com as duas mãos.

— O quê? — David perguntou.

Jamie se inclinou para trás, e os músculos de seu pescoço se retesaram. Ele parecia preparado para alguma coisa.

— Apenas pare. Pare de dizer isso.

— O quê? — perguntou David.

— "Sofá." Pare de chamá-la assim. É ofensivo. É como dizer: "Ei, pedaço de mobiliário, carregue todo o peso do meu corpo para mim".

David torceu o lábio.

— Sai fora, James. Ninguém pediu sua opinião.

— Jamie, por favor. Pare — sussurrei.

Aquele casal americano agora parecia realmente interessado no que estávamos fazendo. O sorvete deles estava começando a derreter.

Uma garçonete veio e perguntou se estava tudo bem. Jamie disse algo, se desculpando em japonês, e ela assentiu, tranquilizando-o. (*Jamie, ridículo, com seu cabelo molhado.*) Ela tirou um pano de prato do bolso do avental e começou a limpar a bagunça. Jamie pediu um punhado de guardanapos e ajudou. David saiu correndo para o banheiro.

Estendi a mão diante de Jamie.

— Me dê um pouco.

Os olhos dele estavam repletos de preocupação.

— Você está bem?

— Fantástica pra cacete. — Sacudi a cabeça com a palma da mão para cima. — Dá.

Comecei a limpar o lado de David da mesa, de cabeça baixa, para que o casal americano não visse como eu estava vermelha.

Não podia acreditar que tinha flertado com David daquele jeito. Na frente de Jamie, logo de Jamie! A humilhação de ser enganada por David (de novo) já era ruim demais sem ter Jamie no bolo, como testemunha. *Quer dizer, que droga ele está fazendo aqui?*

David voltou do banheiro bem na hora em que a garçonete estava saindo.

— Preciso ir a algum lugar trocar de roupa — disse ele. — Essa merda rosa mancha.

— Está tudo bem — eu disse. — Vou pra casa.

— Por quê? — perguntou David. — O que foi? Não vai me dizer que também está injuriada comigo?

— Você provavelmente não deveria gritar — Jamie murmurou.

— Não estou gritando!

Jamie cruzou os braços e sacudiu os ombros. Ele estava um pouquinho na minha frente.

— Você não está não gritando.

— Ah. — David deu uma olhada para nós e debochou: — Ah, *agora* eu saquei.

— Sacou o quê? — perguntei.

Ele apontou para Jamie.

— Todo esse falso cavalheirismo. Toda essa merda de bom garoto. Eu deveria ter notado. Baby James ainda é a fim da Sofa.

Encarei a mesa fixamente, olhando os desenhos molhados onde antes estava o smoothie de morango. Estava tocando uma música dos Beatles nas caixas de som do restaurante, e eu queria que alguém aumentasse.

— Isso não é... — disse Jamie.

— Da sua conta — eu completei.

— Não fique do lado dele, Sofa — David estrilou. Ele esfregou as têmporas, como se estivesse exausto. — Deus. Garotas e seus dramas. É tudo tão imbecil.

Respirei fundo.

— *Garotas* e seus dramas?

David levou as mãos para o alto.

— Você, a Mika, a Caroline... todas vocês fazem isso. São incapazes de sair, se divertir, sem transformar isso em algo a ver com um garoto que gosta de vocês, ou que não gosta, ou sei lá. Tudo isso é tão insensato, uma baboseira dramática.

Meu maxilar se contraiu. Vi as últimas vinte e quatro horas em flashes: Caroline chorando enquanto caminhávamos pelo cemitério, David nos contando o grande segredo de Jamie, a satisfação na voz dele. Vi Mika me dizendo para não confiar nele. E vi todas as garotas com quem ele tinha terminado ao longo dos anos, como algumas delas me procuraram para perguntar o que haviam feito de errado, por que o tinham perdido.

— David — falei baixinho. — Por favor, saiba que, ao dizer isso, não estou dizendo vagamente. Você. Está. *Iludido*.

Ele ergueu uma sobrancelha.

Dei um soco no ombro de Jamie.

— E você é um idiota!

— Eu? — perguntou ele.

— Sim! Você derrubou aquele milk-shake de propósito.

— Era um smoothie — ele disse timidamente.

— Tanto faz! — Virei de volta para David. — Mas você. Você, ouça bem. Porque isso é importante. Você não pode magoar as pessoas e esperar que elas aguentem a porrada. Você não pode chamá-las de *dramáticas* quando ficam chateadas, *porque você as usou e mentiu para elas*. Isso não é coisa de garota. Isso é coisa sua!

— Ei — disse David, baixando os olhos azuis e depois os erguendo novamente para mim. Todo arrependido e apaziguador. — Sofa...

— Não. — Respirei ainda mais fundo que antes. — Eu que tinha uma queda por você, e você me enganou. Mas tanto faz. A piada sou eu, certo? Você está coberto de smoothie, mas eu é que sou a idiota desse cenário. A maior idiota do mundo por achar que você poderia gostar de mim também. E, tanto faz, isso é cansativo demais. É tudo exaustivo.

Joguei os guardanapos usados na cadeira e saí, contornando as mesas, ignorando os olhares e seguindo em direção à porta que levava à rua. A música mudou, começou a tocar Elvis.

Assim que cheguei à porta, me virei.

— Pelo amor de Deus, Jamie! — gritei. — Você vem ou não?

Capítulo 16
QUARTA-FEIRA
```
03 : 16 : 17 : 52
DIAS  HORAS  MIN.   S
```

— **Nossa** — Jamie não parava de dizer. — Nossa. Aquilo foi incrível. Realmente incrível. Você foi tipo uma *Vingadora* ou algo assim! Você tirou sua própria desforra.

Estávamos na Inokashira-dori, rua principal que dava na estação Shibuya. Eu via o cruzamento a distância. Não estava mais chovendo, mas as ruas estavam escuras e escorregadias. A água respingava dos pneus dos carros que passavam, e o ar parecia frio e metálico.

— Ei. — Parei de andar. — Tenho uma pergunta.

— O.k.

Eu o empurrei.

— Por que você estava andando por aí com o David?

Jamie pareceu constrangido, mas não respondeu imediatamente. Estávamos do lado de fora da H&M, com uma onda constante de gente entrando e saindo pela entrada fluorescente, embora já passasse das sete. Alguém passou por nós de casaco preto, o que me fez perceber que Jamie tinha esquecido o dele. E eu tinha esquecido meu guarda-chuva.

— Ele me ligou — contou Jamie finalmente. — Mika não estava atendendo ao telefone, e ele queria que eu fosse ver se estava tudo bem com ela. Eu disse que ela não estava em casa, e ele me convidou para sair.

— Isso não explica por que você foi.

Ele esfregou as mãos. Havia uma ruga de ansiedade entre suas sobrancelhas.

— Imaginei que você estaria lá.

Puxei minha bolsa atravessada e a segurei firme. Estávamos atrapalhando a passagem das pessoas na calçada, mas eu não ligava.

— Ela realmente não estava em casa? — perguntei.

— Estava — disse Jamie. — Ela só não queria falar com ele.

Afrouxei a pegada na bolsa.

— Ela também não quer falar comigo. Não me ligou o dia todo.

— Acho que está preocupada que você esteja zangada com ela.

— Lógico. Mas ela poderia pelo menos tentar. Não quero deixar as coisas assim.

— Você não vai deixar. — Jamie cutucou a ponta do meu sapato com a ponta do dele.

Um ônibus passou voando por nós em direção ao cruzamento. As caixas de som presas nele tocavam, a todo volume, um novo sucesso pop japonês e o distorciam à medida que o ônibus se afastava. Fechei os lábios, comprimindo-os, e senti o gosto do batom, o que me deu pavor.

Jamie cutucou meu sapato novamente.

— Como estão seus joelhos?

— Meus joelhos?

— É, ainda parecem machucados. Você precisa de mais band-aids?

Sacudi a cabeça.

— Bem, o.k. — disse ele. — Mas você deve estar com fome depois de toda aquela bronca.

— Não sei. Acho que estou com um pouquinho de fome.

Ele sorriu sob a luz incandescente da loja por trás dele, e seus olhos verdes pareceram faiscar.

— Essa é uma fome que só lámen pode curar.

No fim das contas, Jamie foi pretensioso quanto ao lámen.

— Esse lugar é grande demais — disse ele, quando passamos por um restaurante com vidraças do chão ao teto e dois balcões compridos com banquetas plásticas. — É industrial. Um bom restaurante de lámen não deve acomodar mais que cinco pessoas de cada vez. A fumaça que vem da cozinha tem que entrar no seu nariz.

Encontramos um pequeno, escondido numa esquina da estação, sob uma passarela. Não tinha janelas, e só havia uma mesa e três cadeiras no balcão.

— Este — disse Jamie, enquanto eu puxava o *shoji*, a porta de tela de papel translúcido, atrás de nós. — É disto que estou falando.

Inserimos dinheiro numa máquina na frente do restaurante e apertamos os botões, escolhendo nossos pedidos. A máquina emitiu nossos bilhetes para cada item. Um missô lámen para mim e um missô lámen com porção extra de algas e dois pratos de guioza — de frango e legumes — para Jamie.

A mesa estava livre, então sentamos.

— Isto é oficialmente o que mais me fazia falta — disse Jamie. Ele encheu os copos com água de um jarro plástico que estava na mesa. — Bem, quase. Você pode comer um pouco de guioza se quiser. Ou pedir alguma outra coisa...

Recostei no sofá plástico do reservado e esfreguei os olhos. O ar estava quente e salobro, e dava para senti-lo em meus poros. Jamie estava certo; os restaurantes de lámen eram melhores assim. Mas não era o que mais me fazia falta. Desde o Palácio Imperial, eu vinha catalogando mil coisinhas que gostaria de não ter de deixar para trás. As luzes natalinas da praça Takashimaya, a pequena fileira de caquizeiros que estavam crescendo em um dos becos atrás da minha casa, *yakitori* quente da barraca perto da estação Yoyogi-Uehara.

Uma mulher mais velha, de avental azul-marinho, saiu da cozinha para pegar nossos tíquetes.

— Eu tenho uma pergunta — eu disse, assim que ela se afastou. — E apenas me diga a verdade, está bem? Isso é uma coisa sulista?

— O que é coisa sulista? — Ele empurrou um copo para mim. Peguei e tomei um gole. A água estava fria e deu um choque nos meus dentes. Bebi tudo em dois goles, então Jamie me serviu outro.

— Você sabe — eu disse. — Esse negócio de cavalheirismo. O negócio de ser o bom garoto. É por você ser sulista?

Ele fungou.

— Você não diria isso se conhecesse o restante da minha família.

— Você não precisa fazer nada para mim. Não vou ter um colapso, entende?

— Eu sei disso. — Uma ruga de preocupação surgiu entre as suas sobrancelhas outra vez. Aquela ruga estava começando a se tornar familiar. — E você está errada. Você e David estão errados. Eu não sou o bonzinho.

— Claro que é.

Ele abaixou o tom de voz.

— Se eu fosse o bonzinho, não teria mandado aquela mensagem de texto. Não teria ido embora sem falar novamente com você.

Sacudi a cabeça.

— Aquilo não foi totalmente culpa sua, Jamie. Eu que disse todas aquelas coisas sobre você. Sobre como você era um...

— Um completo fracassado. — Jamie limpou a garganta. — É. Eu me lembro.

Ele deu um sorriso malicioso quando seus olhos se fixaram no bottom de Totoro no meu suéter. Uma onda estranha e morna me atingiu.

A garçonete voltou e pôs duas canecas pintadas de azul e branco diante de nós. Estavam cheias de chá quente, que cheirava a arroz e folhas de outono. Eu me inclinei para a frente e deixei que o vapor subisse ao meu rosto. Quando ergui a cabeça, Jamie ainda estava me olhando, com olhos pensativos e inquisitivos. Eu poderia fingir que não tinha notado, mas cruzei diretamente meu olhar com o dele. Meu pulso começou a retumbar em meus ouvidos.

— Posse te perguntar uma coisa? — disse ele, debruçando-se sobre a mesa.

— A-hã — respondi, me inclinando ligeiramente para a frente, na direção dele. — Acho que você conquistou esse direito.

— Esse relógio que você está usando... é o mesmo que você tinha quando éramos crianças?

— Ah. — Recostei e segurei meu punho.

— Droga — disse Jamie. — Desculpe.

— Não. Não tem nada de mais.

Ele assentiu, claramente aliviado.

— Foi um presente do meu pai. — Recoloquei as mãos sobre a mesa e estendi os dedos. — Lembra que ele mora em Paris?

Jamie assentiu novamente.

— Quando eu era pequena, detestava ficar indo e voltando. Acho que ficava realmente deprimida com isso. Talvez essa não seja a palavra certa. Não sei outra forma de descrever.

Deprimida. Ou talvez simplesmente tão afundada em mim mesma que ninguém mais conseguia me buscar. Nem minha mãe, nem meus professores.

Ninguém.

Como me senti quando descobri que Mika e David estavam mentindo para mim. Como se o chão estivesse se dissolvendo sob meus pés e não houvesse nada que eu pudesse fazer para impedir a queda que viria a seguir.

— Então, seu pai te deu um relógio — Jamie disse, cauteloso.

— É. — Afastei os sentimentos sombrios e recorrentes e apertei o botão que mudava o visor. — Meu pai programava o relógio para que mostrasse quanto tempo eu tinha até vê-lo novamente. Desse jeito, quando eu ficasse triste, saberia que o tempo estava nos reaproximando, não distanciando. Acho que ele estava tentando fazer com que me sentisse menos impotente ou algo assim. Mas, sinceramente, a única coisa que eu queria era morar lá.

— Sério? — disse Jamie. — Em Paris, em vez de Tóquio?

— Não sei. — Dobrei e desdobrei o papel de embrulho dos hashis. — Agora, decididamente, escolheria Tóquio. Mas, quando eu era pequena, teria ido para Paris num piscar de olhos. Eu falava para todos os meus professores que eu era de lá, embora não soubesse falar francês.

Jamie riu.

— E visitava a cidade todo ano, desde que tinha cinco anos. Desde que... meu pai foi embora.

Uma expressão de incômodo surgiu no rosto dele.

— De abandono de pai, eu decididamente entendo. Por que ele foi embora?

Girei meu relógio no pulso, com força. Detestava falar sobre isso. Sempre fazia parecer que meu pai era o malvado.

— Nós íamos nos mudar para os Estados Unidos... Meus pais se conheceram aqui em Tóquio. Minha mãe tinha um emprego numa universidade estrangeira, e meu pai lecionava inglês. Ele havia acabado de se formar na faculdade... Ele é, tipo, sete anos mais novo que ela. Eles se casaram aqui, e Alison e eu nascemos aqui, mas depois minha mãe arranjou um emprego na Rutgers e meu pai não quis ir. — Eu não conseguia parar de girar meu relógio. Uma pequena bolha estava começando a surgir na pele sensível logo abaixo da palma da minha mão. — Mas não foi só isso. Meu pai não queria viver fora da França para sempre, e minha mãe não entendia isso. Mas sabe de uma coisa? Eu acho que entendo. Se você tivesse um lugar onde se encaixasse totalmente, você o deixaria? Você o *teria* deixado?

Jamie pegou meu punho e delicadamente afastou a outra mão.

Ele não estava tocando minha pele nem nada. Só o relógio. Ele tinha unhas perfeitas e bem aparadas e um polegar largo.

Engoli a saliva com tanta força que estava certa de que ele tinha ouvido. Eu decididamente contara mais do que pretendia. Nunca falava do meu pai, de verdade, e ninguém, exceto minha mãe e minha irmã, sabia da história toda sobre o relógio. Talvez eu só tivesse contado para ele porque estava partindo... porque não tinha tanta importância.

Jamie ergueu o relógio, para que pudesse vê-lo; cheguei à beirada do assento.

— Este é o tempo que falta para que você veja seu pai de novo? — perguntou ele.

Sacudi a cabeça.

— Esse é o tempo que falta para que meu voo decole de Tóquio.

A garçonete voltou, desta vez segurando duas tigelas fundas e cheias quase até a borda de um caldo marrom, macarrão e carne. Ela colocou um à minha frente e outro diante de Jamie. Peguei meus hashis e os separei. Jamie e eu não dissemos nada por um minuto enquanto misturávamos os ingredientes: brotos de bambu, cebolinha verde, alga marinha verde-escura e o lámen.

— Sei que é esquisito — eu disse. — Alison está sempre me dizendo para deixar de usá-lo. E eu realmente deveria. É um relógio de criancinha.

A garçonete colocou os pratos de guioza no meio da mesa. Jamie os cobriu com shoyu e empurrou o prato dos de legumes para mais perto de mim.

Estavam deliciosos — bolinhos quentes e crocantes com um recheio quase quente demais e adocicado. Comemos tudo, dos dois pratos, sem falar. Jamie parecia tentar ficar com os bolinhos na boca o máximo de tempo possível. Parecia que, nos últimos três anos, era o que estava esperando comer.

— Não é um relógio de criancinha — disse ele, engolindo o último pedaço. — Você não é uma criancinha.

Depois do jantar, caminhamos até a estação Shibuya. Minha mãe ligou para dizer que ainda estava limpando as coisas de seu escritório. Eu disse que estava dando uma volta em Shibuya com Mika. Não pude evitar a mentira — a verdade parecia estranha demais para ser dita em voz alta. *Universo alternativo*, lembrei a mim mesma. *Nada disso conta.*

Todo mundo na estação estava vestido para sair. Uma menina com um laço na cabeça do tamanho de um sinal de trânsito, um cara de coturnos amarelos e calça de risca de giz. Eles se aglomeravam em volta da estátua de Hachiko, depois seguiam noite adentro, como satélites traçando novas rotas. Jamie e eu paramos no cruzamento e esperamos o sinal abrir. Os carros passavam velozes, um após o outro e após o outro.

Eu o observei. Iluminado pelos prédios ao redor, ele estava azul, branco, rosa e amarelo. Uma constelação em néon. Ele me viu observá-lo e seu rosto se acendeu. Estava grata por ele não ter perguntado se eu queria ir para casa. Eu nem saberia o que dizer.

Capítulo 17
QUINTA-FEIRA
```
03 :  11 : 50 : 39
DIAS  HORAS  MIN.   S
```

Jamie e eu fomos até a Tower Records e subimos pelo elevador de vidro até o último andar. Fomos a um restaurante de fast-food e pedimos batata frita, depois as espalhamos na bandeja e as contamos, para que cada um tivesse a mesma quantidade de batata crocante, ou não. Estávamos na esquina de uma rua em que o ar cheirava a lembrança de chuva, e Jamie tocou meu cotovelo e disse:

— E agora?

Meia-noite veio e se foi, mas não pegamos o último trem.

Nem tentamos.

O fliperama tinha três andares e era abarrotado de centenas e centenas de games. E o melhor de tudo: ficava aberto a noite inteira.

Jamie e eu ficamos perto dos UFO catchers. UFO catchers são aquelas máquinas com garras, que são uma trapaça total nos Estados Unidos e meio trapaceiras no Japão. Com um pouquinho de estratégia, até vi gente ganhar alguns prêmios do vasto leque ofertado: Rilakkumas de pelúcia, torradeiras da Hello Kitty e caixas gigantescas de doce. Jamie decidiu que deveríamos tentar ganhar uma caixa de chocolate Pocky maior que a minha TV.

— Você não acha que já comemos o suficiente? — perguntei.

— Mas ainda não comemos tudo que tem no Japão — disse ele. — Temos que seguir em frente.

Ele deu uma olhada na máquina e abriu seu maior sorriso. Quando se virou para a máquina, franziu as sobrancelhas, concentrado. Deixei meus olhos tracejar a pequena curva de seu nariz, depois seus cílios, tão claros quanto seus cabelos. O jogo parecia frustrante, porque ele começou a morder o lábio inferior.

— Isso não é seu celular? — ele perguntou.

— Hã?

— Seu celular. — Ele apontou para minha bolsa, que emitia o toque do meu celular.

— Ah! — *Droga! Por que você fica comendo ele com os olhos?!* — É. É, sim. — Era minha mãe, dando boa-noite. Eu tinha enviado uma pequena mensagem para ela um tempinho atrás, dizendo que ia ficar na Mika e voltaria de manhã. As mentiras constantes à minha mãe não pareciam a melhor decisão que eu havia tomado. Mas também não pareciam a pior.

Tentei entregar meu celular a Jamie.

— Você devia ligar pros seus pais.

— Que nada — disse ele.

Franzi o cenho.

— Eles vão ficar muito injuriados. Vão excomungá-lo.

Ele me lançou um olhar torto, divertido.

— Eles não são a Igreja católica. E não sou o Henrique VIII.

— Como você pode ser tão tranquilo com isso?

Jamie sacudiu os ombros e apertou um botão vermelho na máquina. Uma garra avançou, vindo do canto da caixa de vidro.

— Meus pais ficaram aborrecidos com o negócio da expulsão do colégio interno, sim — ele apertou novamente o botão, e a garra moveu-se para o lado; ela agora pairava acima da caixa de Pocky —, mas, a essa altura, eles meio que esperam que eu faça uma cagada. Acho que nem ligam muito. Acho que ligariam se eu fosse filho deles.

A garra tocou o canto da caixa, mas só raspou. Não agarrou.

— Jamie — eu disse. — Você não está falando sério.

— Eu não sei. — O jogo terminou, e ele deixou pender as mãos ao lado do corpo.

— Se realmente estiver, você é um bobo. Porque você é filho deles. Porque eles são *seus pais*.

— Venha — disse Jamie, apontando na direção de outro corredor.

Embora estivesse estranhamente vazio naquela noite, o fliperama ainda fervilhava com sua própria energia. Jamie tinha ficado quieto. Eu torcia para que ele não tivesse ficado chateado com o que eu disse. Torcia para que não quisesse ir para casa. Se bem que, honestamente, isso talvez fosse melhor para nós dois. Isso talvez me poupasse de ter todos aqueles... *sentimentos*. Que me faziam querer passar a noite toda na rua com ele. Ficar nesse vácuo de semana, onde o tempo estava suspenso.

Jamie parou numa máquina, e eu imaginei que ele fosse pegar algumas moedas de cem ienes para jogar. Em vez disso, ele sentou no chão. Sentei ao seu lado, perto o suficiente para sentir o cheiro do amaciante em sua camiseta. Inalei profundamente.

— Desculpe. Eu não devia ter falado sobre seus pais daquele jeito. É óbvio que nada disso é da minha conta.

Ele deu de ombros.

— Eu perguntei sobre o seu pai. Você pode me perguntar o que quiser.

Enfiei o celular na bolsa, e minha mão roçou a lona.

— Então conte-me sobre eles. Seus pais, quero dizer.

Ele deixou a cabeça pender para trás e fechou os olhos — dava para ver seus cílios se mexendo.

— Meus pais se casaram com trinta e poucos anos. Eles queriam filhos, mas não podiam tê-los, então... — Ele ergueu as mãos, impotente. — *Voilà*.

— Você alguma vez a encontrou?

— Minha mãe verdadeira? — perguntou ele.

Assenti.

— A-hã. Algumas vezes. Uma vez, quando tinha três anos, logo depois que o filme foi lançado. E outra, quando eu tinha seis.

— Seus pais a conheciam?

— Mais ou menos. Foi uma adoção aberta. Lauren, esse é seu nome, é de uma cidade próxima de onde meus pais cresceram. Mas a família expulsou-a de casa quando descobriu que ela estava grávida. Tinha dezessete anos.

— Nossa! É a minha idade.

— Eu sei — disse Jamie.

Eu me remexi, sem jeito. O tapete roxo e áspero parecia isopor sob minhas pernas nuas.

Jamie continuou:

— Todo ano meus pais enviavam fotos minhas para Lauren, e ela me mandava cartões de aniversário e essas coisas. Mas meus pais também queriam ajudá-la.

— Ajudá-la?

— A-hã. Eles queriam que ela fosse para a faculdade e se tornasse alguém, eu acho.

— E o que aconteceu?

Ele enlaçou as mãos e as colocou entre os joelhos. Jamie sempre fora leve e aberto, como se não conseguisse conter as emoções, mesmo que tentasse. Mas agora parecia pequeno e fechado. Esse era o Jamie de um novo ângulo, visto através de uma porta fechada, e eu queria fazer algo por ele. Ajudá-lo.

— Lauren não conseguiu lidar com aquilo — disse ele. — Era muito de mim. Eu em fotos, eu num filme, pelo amor de Deus. Além dos meus pais fungando em seu cangote o tempo todo. — Ele ficou em silêncio por um momento. — Sei lá. Ela se mudou para Oregon. Acho que agora ela trabalha com higiene dental.

— Você fala com ela de vez em quando?

— Não. — Ele pigarreou. — Ninguém mais soube dela. Até o ano passado.

— Espera aí. — Eu me aproximei dele. — Você quer dizer que voltou a encontrá-la?

Ele suspirou.

— Ela entrou em contato com o advogado dos meus pais e disse que queria me visitar no Dia de Ação de Graças. Ela deveria ir até a casa dos meus pais, direto do aeroporto, mas... não apareceu. Acho que amarelou e não conseguiu enfrentar toda a situação.

Pensei em Paris. Sobre quanto eu queria morar lá e como fiquei magoada quando descobri que não podia. Porém, por mais que as coisas fossem esquisitas na minha família, nunca duvidei, nem por um segundo, que minha mãe e meu pai me amassem.

— Lamento — eu disse, pousando a mão ao lado da dele, no chão. — Não consigo imaginar isso. Esquecer alguém que você deveria amar.

Jamie subitamente se virou para mim com uma expressão determinada.

— Mas essa é a questão. Ela não deveria me amar. Quem deveria são meus pais. E eles amam, mas têm um monte de expectativas. Depois do último Dia de Ação de Graças, passei a matar aula e levei bomba em todas as minhas provas. Honestamente, eu devia ter sido expulso nas férias de inverno, mas o diretor me deu outra chance porque meus *gloriosos* avós lhe doam muito dinheiro. De qualquer forma, ele não teve escolha quando também fui reprovado no semestre seguinte... — Ele recostou na parede, triste. — Meus pais disseram que eu não merecia aquela escola. E é, tipo, como se eu também não merecesse a família deles. Sei que não mereço.

Uma caixa de som próxima tocava, a cada vinte segundos, uma música repetidamente. Prestei atenção em como nossas mãos estavam próximas, só com uma pequena parte do tapete roxo separando-as, e desejei poder acabar com esse vão.

— Certo — disse ele, endireitando-se. — Certo. Isso é importante. Diga onde você quer cursar a faculdade.

— O quê? — Eu ri. — Não.

— Por que não? Está preocupada que eu possa me candidatar? Porque você não deveria se preocupar. Eu já fracassei e saí da escola. Nunca chegarei a lugar nenhum na vida.

— *Não*. — Bati no ombro dele com o meu. — Não estou preocupada com isso.

— Então você acha que eu não conseguiria entrar?

— Jamie! Isso não tem nada a ver com você.

— Mesmo assim.

Puxei nervosamente a bainha da minha saia.

— MIT.

— Nossa! Sério?

— Sim, *sério*. Bem, eu vou me candidatar. Mas isso não quer dizer que vou entrar. Nem quer dizer que tenho chance.

— O que você quer estudar?

— Não sei.

Ele ergueu uma sobrancelha, incrédulo.

— Mentirosa.

Suspirei. Ele estava certo, mas estava acostumada a não falar sobre isso. Sempre que eu falava, David e Mika ficavam entediados.

— Astrofísica — eu disse. — Acho que eu simplesmente... sempre fui fascinada pelo universo, por todas as coisas que não sabemos e pela forma como tudo é tão *maleável*... — Minha voz foi sumindo. — Certo. Isso foi supercareta. Vou parar agora.

— Não — disse ele.

Corei.

— Realmente, não vale a pena ficar pensando nisso. Eu terei que conseguir uma bolsa, porque meus pais não podem pagar meus estudos. Se eu for para a Rutgers, terei um desconto, por conta da minha mãe.

— Não — disse ele. — Você não vai precisar fazer nada disso. Você vai conseguir uma bolsa e vai cursar o MIT.

A firmeza com que ele disse... como se não tivesse dúvida, nem por um segundo, de que essa era a verdade... fez meu olhar voltar-se para o chão. Quando eu falava para alguém sobre o MIT, sempre faziam um discurso quanto a eu ter outras opções. Senti que um de nós deveria ser prático.

— Você tem ideia de como é difícil conseguir uma bolsa no bendito MIT?

— Não. Muito difícil? Ainda assim, você vai conseguir.

Empurrei o joelho dele, e ele empurrou o meu. Seu sorriso incrivelmente radiante estava de volta e me deixou tonta. Esse era o Jamie de quem eu me lembrava, o que não conseguia conter o que sentia ou o que acreditava. Fiquei tão aliviada por estar com ele, e tão desarmada por sua crença em mim, que me deu vontade de estender a mão e tocá-lo mais uma vez. Só para ter certeza de que isso realmente estava acontecendo.

Ele enroscou a pulseira de couro em volta do dedo indicador.

— De qualquer forma, a Mika me disse como você desbancou todo mundo na aula de física. Se você não for pro MIT, fará alguma outra coisa incrível. Eu sei que isso é um fato.

— *Fato?* — Empurrei novamente o seu joelho, desta vez mais de leve. — Você é um visitante do futuro ou algo assim? Atravessou as fronteiras do espaço e do tempo só para estar aqui, Jamie?

Seus olhos se aqueceram mais dez graus.

— Foi exatamente *isso* que eu fiz.

Lá fora o calor estava voltando.

A música emanava pelas janelas dos caraoquês. As pessoas entravam e saíam de boates, das *konbinis*, dos *izakayas*. Algumas entradas tinham persianas, mas outras eram abertas para a rua, transbordando luz nas calçadas.

Na verdade, eu só conseguia enxergar luz. Pelo chão, nas vitrines, reluzindo em sinais luminosos verticais que perfilavam as laterais inteiras dos prédios. Shibuya crepitava, cheia de luz, afastando a escuridão.

— O que devemos fazer? — perguntei.

Jamie caminhou alguns passos à minha frente, depois voltou.

— O que você quer fazer?

— Realmente, não faço ideia.

— Caraoquê?

Apertei meu rabo de cavalo.

— Não estou a fim. — A ideia de ficar presa num lugar me deu coceira. A ideia de Jamie e eu numa salinha escura... nem podia imaginar.

— Vamos caminhar — eu disse. — Quero ver tudo, antes que suma.

As ruas eram corredores radiantes. Todas estranhas e novas no meio da noite. Até as pessoas pareciam diferentes, menos inibidas que durante o dia. Elas estavam tirando fotos com seus celulares, checando seu reflexo nas vitrines escurecidas, sentadas no meio-fio do lado de fora do McDonald's vinte e quatro horas, tomando casquinhas de sorvetes de cem ienes.

— Não estou bem certo de como devo proceder — falou Jamie. — Sinto que devemos conversar sobre tudo, porque podemos.

— Não podemos falar sobre tudo — eu disse. — Temos um número limitado de horas.

Ele ficou pensando nisso por um instante.

— Isso é uma pressão e tanto.

Chegamos a uma rua mais silenciosa e estreita. Fiquei surpresa quando um grupo de pessoas saiu correndo de um beco e atravessou na nossa frente, num borrão de cores cintilantes e vozes ruidosas.

Jamie e eu ficamos imóveis. Nossos olhares rapidamente se cruzaram, depois se desviaram, o que me deixou leve e agitada. Eu estava me apaixonando por ele. Por isso estava tão decidida a ficar com ele a noite toda. Por isso ficava indo em sua direção, mesmo quando não precisava. Isso era assustador, mas eu estava me sentindo atraída por Jamie, como se ele tivesse sua própria força gravitacional.

— Minha primeira pergunta — disse ele — é: de onde você é?

Toquei a pulseira do meu relógio.

— Hã... França, Japão, Polônia e Nova Jersey.

— Deixa pra lá. Próxima pergunta. — Ele parou na minha frente. Estávamos perto de um cibercafé que tocava música techno que se podia ouvir da rua. Luzes negras perfilavam a escada que levava até a entrada, lançando um brilho azulado em nós dois. Aquilo enfatizava a curiosidade no rosto dele. — Minha pergunta é: você faz ideia do quanto você intimida?

Ajeitei meu cardigã em volta do corpo.

— Intimido?

— Sim. Desde o instante em que te conheci, você me intimidou demais. Você é bem legal. E apavorante.

— *Apavorante?*

— Não quero dizer dessa forma — disse ele. — Você é apavorante de um jeito bom.

— Obviamente. Como aranhas ou serial killers, ou doenças fatais.

— Você é apavorante como um livro, pouco antes de acabar, entende? Quando você tem que largar, porque é demais para assimilar tudo de uma vez. Você é a pessoa mais apavorante que eu conheço.

Ele estava sorrindo para mim. Mesmo sob aquela luz de aquário, eu via as sardas espalhadas em seu nariz e em suas bochechas e os pontinhos dourados em seus olhos, combinando com as sardas.

— Minha pergunta para você — falei — é: por que você tem todos aqueles livros japoneses no seu quarto?

— Isso é fácil — disse ele. — Eu quero ser tradutor.

— Tipo, você quer trabalhar para a onu ou algo assim?

— Não. Acho que quero traduzir livros. Na verdade, romances. Sei que parece bem imbecil.

Lancei um olhar de deboche.

— Não. É incrível. Não sei falar japonês. E também ainda não sei falar francês.

Ele olhou para baixo, constrangido.

— Pode acreditar. Eu tenho que melhorar muito. Neste momento, eu nem teria chance de traduzir uma placa de rua.

— Você é inteligente.

— Certo. Claro. E rusticamente belo e capaz de pular de prédios em um salto.

— Eu me lembro de como a gente costumava falar desses filmes. Você fazia tudo parecer tão...

Lindo. Jamie fazia o mundo parecer mais bonito do que jamais pareceu. E maior. Como se fosse um mar escuro onde eu quisesse nadar. Como um lugar que eu quisesse conhecer.

Eu precisava contar isso a ele. Mesmo que isso nos conectasse de um jeito que eu não pudesse reviver. Mesmo que significasse que eu inevitavelmente me magoaria.

— Você torna tudo bonito. E... me fez sentir que eu não poderia ser engolida inteira pelo mundo. E fez que eu me sentisse o oposto de pequena e imbecil e sozinha. Acho que pela primeira vez na vida.

Enquanto ele me olhava, seus olhos se moviam de um lado para o outro. Como se estivesse lendo um livro. Como se estivesse memorizando uma passagem.

— Parece que esta noite não é real — disse ele. — Você acha que nós dois estamos dormindo?

— Hã — eu disse. — Talvez, *sonâmbulos*.

— Sophia?

— Hum?

— Não acorde.

Capítulo 18
QUINTA-FEIRA
03 : 08 : 39 : 06
DIAS   HORAS   MIN.   S

— **Sumimasen!** — A garota cambaleou alguns passos, se afastando de mim, depois fez uma reverência.

Eu sacudi a cabeça.

— *Sumimasen*. — Pelo menos eu conseguia dizer "desculpe" em japonês.

Estávamos numa esquina cheia do movimento de várias boates. As calçadas estavam caóticas, e eu estava cansada, e o calor ficava mais intenso a cada segundo. Talvez de tanto andar e andar e andar. A garota sorriu para mim. Ela usava plataformas vermelhas e vestido preto.

— *America jin desuka?*

— Hum, *hai*.

— *Nai!* — disse Jamie, sorrindo. — *Tóquio ni sundeiru*.

A fisionomia da garota ficou radiante.

— *Eh...! Nihongo sugoi desune*.

Jamie ficou tão vermelho que achei que todas as veias do seu pescoço fossem explodir. A menina fez mais algumas perguntas e eu fiquei de lado, acompanhando tudo que eles estavam falando, porém constrangida demais para entrar na conversa com meu japonês nível 2 da T-Cad. Os sons de Tóquio se transformaram num murmúrio delicado, e a noite foi ficando mais quente e abafada, e... a minha cabeça estava no ombro de Jamie? Me afastei.

— Cansada? — perguntou ele. A garota tinha sumido. Havia manchas de suor em volta da gola de sua camiseta vermelha do Anpanman.

— Você fala bem japonês, Jamie. Muito bem. Podemos parar de andar agora?

— Não sei como te dar esta notícia, mas não estamos mais andando.

Mas nós tínhamos caminhado. Por muito tempo. Havia pouco tínhamos tentado entrar num bar. Jamie pediu uma cerveja, mas nenhum de nós bebeu. Estava barulhento demais para pensar. Ou conversar — eu queria conversar. Então, em vez de ficarmos lá, nós caminhamos. Lá fora, no escuro imperfeito, podíamos conversar quanto quiséssemos. Havia um monte de espaço acima, muito espaço para onde nossas vozes podiam ir.

— Jamie. — Pisquei, meus olhos querendo se fecharemos. — Eu preciso sentar.

— Precisamos de café. — Ele passou as mãos no cabelo. O suor o transformou numa cabeleira rebelde. Eu estava meio a fim de passar a mão no cabelo dele. A privação de sono estava me dando todo tipo de desejo irracional.

— Aqui não tem café — eu disse. — Você está tendo alucinações.

Ele pegou meu punho e me deu um pequeno puxão. Então começou a correr. Nós começamos a correr. Todas as luzes passando num borrão, as ruas se desvelando de um jeito familiar. Agora tinha menos gente, todos mais devagar e indiferentes, como se estivéssemos numa versão distorcida daquele alvoroço que geralmente era a cidade de Tóquio.

Não tivemos que correr muito, até que a rua nos levasse à margem do cruzamento de Shibuya. Meus olhos se arregalaram mais. Era como correr através do sistema solar e trombar com o Sol. Todos os sinais e telas e gente e carros. Luz e som chegando, chegando.

— Nossa! — exclamei, ofegante.

Jamie apertou meu punho.

— Olhe para trás.

Eu já sabia o que havia ali, é claro. O prédio tinha vidraças imensas que ficavam de frente para o cruzamento. Anúncios piscavam no vidro externo, e um aviso em maiúsculas percorria toda a fachada do segundo andar.

Café Starbucks.

— *Café* — eu disse.

Lá dentro havia tudo de que eu precisava. O ar-condicionado, a máquina de café expresso zunindo, gente de avental verde sorrindo. Uma música folk suave tocava nos alto-falantes, e, assim que entramos, todos os baristas ecoaram:

— *Irasshaimase.*

— Tem cheiro de vida — eu disse, me sentindo meio chorosa. — É daqui que vem a vida.

Jamie enfiou as mãos nos bolsos à procura de algum trocado.

— Tenho um plano. Vou pedir dois cafés enormes com chá-verde, chantili e todas as coberturas que eles tiverem, e você vai lá para cima roubar o sofá.

— O sofá?

— É, tem um único sofá — disse ele. — Fica na frente de uma janela. Você vai lá roubá-lo, e vamos ficar lá até os trens começarem a circular. Esse é o nosso destino.

— O sofá — repeti.

Jamie entrou na fila incrivelmente longa. De alguma forma, minhas pernas mortas me carregaram escada acima, até o segundo andar. Uma variedade de insones se aglomerava ao redor de mesinhas e balcões ao longo das janelas que iam do chão ao teto. A sala inteira pairava acima do cruzamento de Shibuya, como um camarote. Como Jamie previra, havia um sofá marrom situado no centro de todas as janelas, encaixado entre dois balcões.

Fui me arrastando até lá. O sofá estava ocupado pelo corpo adormecido de um cara de jeans apertado e jaqueta de couro. De modo algum eu conseguiria roubá-lo. Como se rouba um sofá exatamente? Acenei para ele.

— Hã... olá?

Ele não respondeu. Provavelmente porque estava dormindo.

— Certo. — Assenti, e minha cabeça parecia estar boiando na água. Eu estava nadando. — Certo. Momentos desesperadores pedem medidas desesperadas.

Deitei no chão na frente dele, num pequeno espaço entre o sofá e a janela. Coloquei minha bolsa embaixo da cabeça, como travesseiro, e peguei no sono. Bem ali, bem na janela, onde todo mundo, no mundo inteiro, podia me ver.

— Sophia?

Levei um minuto para que tudo entrasse no foco. Jamie estava flutuando acima de mim, segurando um imenso copo de papel.

— É de manhã? — perguntei.

— A-hã, tecnicamente — disse ele, com mais energia do que eu poderia sonhar conseguir. — Levante. Tem um sofá para sentar.

Fechei os olhos. Pontos verdes brilhantes surgiram atrás das minhas pálpebras.

— Não posso. Tem alguém aí.

— Ele foi embora.

Eu me ergui, me apoiando nos cotovelos. Jamie estava certo. Não tinha mais ninguém ali. Nenhum homem de jeans apertado.

— Ele foi embora por minha causa? — perguntei. — Eu o afugentei? — E, mais importante, eu estava roncando? Ou babando? Limpei a boca com as costas das mãos, só para ter certeza. Ela ficou com um último borrado de vermelho.

— Não — disse Jamie. — Ele foi embora porque eu lhe dei um café com chá-verde. Aliás, nós só temos um. Vamos ter que dividir.

Ele estendeu a mão para me ajudar a levantar. A mão de Jamie estava morna. E ele devia ter ajeitado o cabelo, porque não estava mais em seu rosto. Os cachos rebeldes caíam por cima das orelhas, fazendo com que ele parecesse acolhedor, como se tivesse secado no ciclo delicado da máquina de lavar.

Despenquei nas almofadas marrons macias. Todos os ossos e músculos do meu corpo doíam, e ficar sentada era um milagre. Eu estava prestes a dizer isso a Jamie, quando percebi que minha mão ainda estava enlaçada à dele. Nenhum de nós tinha tentado soltar.

Meu coração disparou. Eu rapidamente olhei meu reflexo na janela e... credo. Cabelo laranja soltando do meu rabo de cavalo, camisa úmida e amassada e borrões de rímel embaixo dos olhos. Sem falar no fato de que eu provavelmente estava com cheiro de chão gorduroso.

Mas, quando meu olhar cruzou com o de Jamie, nada disso importava. O chiado distante da máquina de café e as conversas sonolentas nas mesas em volta foram sumindo. Eu só via as luzes do cruzamento lá embaixo e Jamie sentado ao meu lado. Queria continuar a tocá-lo. Talvez a exaustão estivesse finalmente se apossando de mim, mas eu não ligava. Imaginei tocá-lo no ponto onde seu pescoço encostava na gola da camiseta. Tracejar a linha que ia do maxilar até a orelha com a ponta dos meus dedos.

— Jamie... — eu disse.

Estou me apaixonando por você.

Meu relógio fez um bipe rápido, e tive um sobressalto.

— Está tudo bem? — perguntou Jamie.

— A-hã. Ele faz isso às vezes. Quando muda a hora. — Soltei a mão dele e mexi nos botões na lateral do relógio. O visor piscou. Eram quatro da manhã.

Três dias.

Restavam-me três dias... depois eu teria partido. Assim, de repente, todas os sentimentos horríveis que eu havia me esforçado tanto para ignorar nas últimas horas voltaram num turbilhão.

— Meu Deus — sussurrei. — Isso é tão insensato.

— O quê? — Jamie pareceu preocupado. Ele colocou o café no chão e se inclinou na minha direção.

Foquei no cruzamento lá embaixo. Ele me lembrava uma maré viva, com toda essa gente se movendo em ondas. Os trens ainda não tinham começado a circular, mas havia passageiros matinais misturados ao pessoal remanescente da noite. O mesmo fluxo e refluxo que prosseguiria, semana após semana. Sem mim.

— Está quase acabando. Esta noite, esta semana. Tudo.

— Ainda não acabou — ele disse baixinho.

Me virei para a frente, agitada.

— Mas vai acabar. E eu fico dizendo a mim mesma para enfrentar isso. Tenho que ser capaz de lidar com isso, certo? Já deixei outros lugares antes. Já deixei *pessoas*.

Ele sacudiu a cabeça.

— Mas, ainda assim, é uma droga. Sempre é.

— E a pior parte é que eu não posso fazer nada a respeito. Quero tanto ficar, mas não posso. E sei que isso vai parecer bobagem, mas eu fico pensando... nos buracos negros. Sobre como sou tragada nessa trajetória, sendo puxada em direção a algo que não posso evitar, e vou acabar sendo... — Fechei os punhos, apertando-os; a palavra ficou entalada em minha garganta.

— Esmagada — disse Jamie.

— É. — Despenquei para trás. — Esmagada.

Nós dois ficamos olhando o cruzamento, por um minuto. Jamie estava com as mãos nos joelhos e remexia a tira de couro em seu punho com o dedo indicador. Ele a torcia e soltava, torcia e soltava. Foi o tempo mais longo que ficamos sem nos falar durante a noite toda. Mas eu ainda estava bem consciente dele. Seu joelho estava encostado no meu. E seu cabelo tinha cheiro de chuva... como nossa noite juntos.

Mas a noite estava quase terminando.

— Em três dias terei partido, e será como se os últimos quatro anos nunca tivessem acontecido — eu disse. — Toda vez que sinto pertencer a algum lugar, o lugar some.

— Nem sempre. — Ele empurrou minha perna com a dele.

Dei de ombros e esfreguei os olhos; sem dúvida eles estavam bem vermelhos.

— E pelo menos agora você sabe que pertence a algum lugar — disse Jamie. — Não tenho certeza se já me senti assim.

— Desculpe — falei, passando a mão na testa. — Eu não deveria ter tocado nesse assunto. Só estou deixando nós dois infelizes.

— Não. — Seu tom era insistente. Ele se virou para mim e não tentou desviar o olhar. — O que eu ia dizer é que nunca senti, de verdade, que pertencia a algum lugar. Sempre senti que estava metade num lugar e metade em outro. Como se nunca estivesse onde deveria estar. Menos agora. Menos estando aqui, com você.

Fechei os olhos, e algumas lágrimas escorreram pelo meu rosto.

— Acho que você escolhe — sussurrou ele. — Acho que você escolhe a qual lugar quer pertencer, e esses lugares sempre estarão lá, para lembrá-lo quem você é. Você só precisa escolhê-los.

Abri os olhos novamente e vi táxis verdes passando pelo cruzamento, e uma cidade que reluzia como um vaga-lume, e o reflexo de Jamie acima de tudo isso. Estendi a mão até a sua mão morna, no momento exato em que ele a estendeu para pegar a minha.

— Eu acho que já escolhi.

Capítulo 19
QUINTA-FEIRA
```
03 : 06 : 18 : 51
DIAS  HORAS  MIN.   S
```

Pouco mais de uma hora depois, o sol nasceu.

Nada mais de insones nos balcões ao nosso lado. Só gente de negócios, em trajes elegantes, bebericando café e lendo o jornal. Jamie se espreguiçou. Seus olhos quase não estavam abertos. Ele parecia um gatinho confuso.

— Por que faz sol? — perguntei, esfregando o rosto.

— Não me pergunte — disse Jamie com a voz rouca. — Eu não sei.

Os trens estavam partindo outra vez. Jamie comprou uma passagem enquanto eu procurava meu cartão, e ficamos dando um tempo na frente das catracas. Eu seguiria rumo à linha Fukutoshin; Jamie pegaria a linha Hanzomon.

— Eu provavelmente vou passar os próximos três dias dormindo.

Jamie riu, mas parecia distraído. Ele passou a mão no cabelo e o sacudiu.

— Você não vai perder seu voo. Você tem um despertador.

— Ah. É.

Ficamos ali pouco mais de um segundo, balançando sobre nossos pés. O quadro eletrônico acima de mim piscou, avisando que faltava mais um minuto para a chegada do meu trem, e eu olhei para meu relógio para ter certeza de que marcava o mesmo horário.

— Bem, acho que eu o verei mais tarde.
— Mais tarde — ele concordou.
Passei pela catraca e desci até a plataforma. Tentei sorrir, mas os cantos da minha boca estavam cansados demais para isso.

Destranquei a porta da frente o mais silenciosamente possível e fiquei no *genkan*, tirando meus sapatos. Eles estavam úmidos demais de andar pelas poças a noite inteira. *Sapatos culpados*, pensei, e os deixei no chão.

O *genkan* estava escuro, uma caverna tranquila, e eu estava bem cansada. Sentei no chão em cima de um monte de panfletos de entrega de pizza e sushi que alguém devia ter enfiado pelo buraco da correspondência. Fechei os olhos e corri o sério risco de pegar no sono.

Acorde, eu disse a mim mesma. *Vá lá para cima.*

Lá para cima. Para o meu quarto. Onde eu poderia vestir meu pijama favorito e dormir o dia todo e sonhar com a noite de ontem. Era só isso que eu queria fazer. Agarrar-me à noite de ontem por mais um tempinho, evitar que viessem a manhã e a tarde e a noite.

Pensei em Jamie afastando o cabelo da testa. Pensei no calor irradiando de sua pele, como o vapor que emana das calçadas na chuva. Sentia falta dele. Embora eu o tivesse visto havia menos de uma hora. Ainda que eu provavelmente fosse vê-lo de novo, em breve. Se eu sentia sua falta agora, como me sentiria quando de fato partisse? Mas não podia pensar nisso ainda. A lembrança dele era melhor e mais forte do que o medo de qualquer outra coisa.

Eu me levantei e empurrei a porta que dava para o restante da casa. Minha mãe estava sentada à mesa de jantar, falando ao telefone. Quando me viu, ela disse:

— Eu ligo de volta. — Ela pousou o telefone na mesa, depois se levantou e me abraçou, me segurando junto à barriga. Seu abraço foi mais forte do que eu esperava.

— Sophia — disse ela. — O que você andou fazendo a noite inteira?

— Eu estava... — Eu estava um lixo. Molhada, com a maquiagem toda borrada e com cheiro do Starbucks. — Eu estava com a Mika. Passamos a noite acordadas, mas está tudo bem. Não estou bêbada nem nada.

— Por que você não me contou o que aconteceu?

Eu me soltei dela. As telas de papel estavam puxadas nas janelas, deixando tudo na casa excessivamente exposto.

— Não sei a qual "o que aconteceu" você está se referindo.

— Sua irmã disse que vocês duas tiveram uma briga. Disse que você saiu como um raio e sumiu para algum lugar, o dia todo.

— Tecnicamente, ela que *saiu* como um raio. Eu só fui ao banheiro. E quando ela te disse tudo isso?

As rugas de preocupação no rosto da minha mãe estavam mais acentuadas que o habitual.

— Ela me acordou algumas horas atrás. Estava frenética porque não ouviu você voltar para casa. Ela me disse que você estava muito aborrecida mais cedo.

— Eu estava com a Mika — repeti. — Enviei uma mensagem de texto para você, e você respondeu. Nós fazemos isso sempre. Não há com que se preocupar.

Nos prédios à nossa volta, portas eram abertas e fechadas. As pessoas estavam acordando. Minha mãe alisou o cabelo que tinha soltado do meu rabo de cavalo e o ajeitou atrás das minhas orelhas. Ela realmente parecia preocupada. Estava com olheiras e tinha uma mancha de chá na blusa. Pegou o telefone na mesa.

— Preciso me aprontar para o trabalho, mas nós ainda precisamos conversar. Você quer tomar café?

Sacudi a cabeça, anestesiada, e segui minha mãe até seu quarto. Era bem maior que o meu quarto com Alison. Tinha seu próprio banheiro e espaço suficiente para uma cama queen size. Agora parecia ainda maior, porque ela tirara muita coisa. Não havia mais nada no criado-mudo, nada pendurado no armário.

Despenquei na cama enquanto minha mãe guardava seu laptop numa bolsa de couro. Ela estava no banheiro, escovando os dentes, e prendeu o cabelo com uma fivela de tartaruga. Fazia calor em seu quarto, mas eu me embrulhei na manta da minha avó e fiquei deitada por cima das almofadas verde-escuras. A manta cheirava a hidratante de amêndoas da minha mãe e me lembrou de quando eu era criança. Da janela, dava para ver o pico arroxeado do monte Fuji.

Minha mãe sentou na beirada da cama.

— Você está zangada comigo? — perguntei.

— Não — disse minha mãe, remexendo a ponta de sua echarpe.

Eu me sentei, mas continuei com a coberta sobre os ombros.

— Não estou bêbada. Nem sob efeito de drogas.

— Era seu pai ao telefone.

— O quê? — Desci da cama. — Por que ele ligou tão cedo? Aconteceu alguma coisa?

— Eu liguei para ele — ela explicou. — Não consegui dormir depois que Alison me acordou. Estávamos falando de você. Sobre como tudo isso tem sido tão difícil para você.

— Claro, é difícil. Voltar para Nova Jersey não é exatamente um sonho a ser realizado.

Minha mãe pousou a mão no meu joelho.

— Eu quis dizer toda essa situação, esse negócio de viver num lugar e em outro. Você não teve muito tempo com seu pai, e isso não é justo.

Eu passava os dedos pelos buracos tricotados da coberta. Detestava isso. Quando minha mãe falava do meu pai, ela ficava triste. Uma vez, eu tinha visto uma foto deles caminhando por Kamakura quando eram recém-casados. Ela estava rindo de alguma coisa que meu pai disse, estava com a cabeça jogada para trás, dando um tapinha brincalhão no braço dele. Eu nunca vira minha mãe rir daquele jeito.

— Mãe — eu disse. — Eu quase morei lá, lembra?

Ela pareceu sofrer.

— O momento não era adequado.

— Eu sei — eu disse. Mas a verdade era que não sabia. Na verdade, não. Sabia que fora feliz em Tóquio e que adorava minha mãe e que teria sido uma droga deixá-la para trás. Mas nunca havia esquecido a sensação de pensar que poderia ir para Paris e ficar lá, e isso me foi tirado.

— Além disso — acrescentou minha mãe —, nenhuma outra possibilidade fazia sentido. Vocês duas vivendo com ele metade do tempo e comigo, a outra metade? Isso teria sido um desastre. Principalmente quando ele tinha aquele apartamento.

— Eu gostava daquele apartamento.

Minha mãe apertou meu joelho.

— Quando você esteve lá, mal conseguia dormir à noite. Ele era tão jovem, mal tinha organizado a vida. Mas agora é diferente. Ele tem um bom emprego, uma família e uma casa.

— Você tem um bom emprego, uma família e uma casa.

Minha mãe arrumou a fivela no cabelo e respirou fundo.

— Se você quiser se mudar para Paris este ano, você pode.

Larguei a coberta.

— Mãe. Isso é uma piada?

— A Escola Americana em Paris só começa em três semanas — disse ela. — Seu pai falou que poderia matriculá-la. Você moraria na casa dele, e tem um ônibus perto que a levaria direto para a escola.

Eu tentava processar o que estava ouvindo. Para minha surpresa, surgiu um milhão de objeções em minha cabeça.

— Eu não falo francês — disparei.

— Você aprenderia bem depressa. E estaria na Escola Americana.

— Os bebês não falam inglês — eu disse. — Devo morar na casa deles e gesticular para eles o ano inteiro? Ou falar com eles sobre pedaços de frutas?

— Pedaços de frutas?

— Algumas das únicas palavras em francês que me lembro são nomes de frutas. Não sei por quê.

Minha mãe riu.

— Mãe — eu disse com firmeza. — É sério que você decidiu me mandar para Paris às seis horas da manhã? *Por telefone?*

— Ninguém está te mandando para lugar algum — falou ela, escolhendo cuidadosamente as palavras. — Todas as suas coisas irão para

Nova Jersey, e os bilhetes aéreos já estão reservados. Vamos voltar juntas, e, se você decidir que quer ir para Paris, faremos suas malas.

— *Malas?*

— Você tem coisas lá — lembrou minha mãe. — E um quarto.

Isso era verdade. Sylvie o tinha decorado com abajures de renda rosa e cortinas floridas que Alison disse que a faziam se sentir como a jovem Miss Havisham. (Sabe Deus o que isso significa.)

— Você não precisa decidir nada agora — disse minha mãe. — Isso é com você, e o que você resolver está bom. — Ela tocou as costas da minha mão. — Preciso ir. Podemos falar mais sobre isso depois.

Ela se levantou e pendurou a bolsa no ombro. Eu fui para meu quarto. Dorothea Brooks estava dormindo no meu travesseiro, soltando seu pelo cinza em cima. Deitei ao lado dela e liguei o ventilador na minha mesinha de cabeceira. Ele ganhou vida e começou a girar, mandando minha pilha de cartões-postais e fotos para o chão.

Fechei os olhos e pensei em Paris, tentando vislumbrar uma imagem com o máximo de detalhes.

Sempre fora uma cidade de contos de fada para mim. Uma cidade de bulevares encharcados de chuva e confeitarias cheias de croissants de amêndoas e parques com cantinhos escondidos, onde eu poderia me encolher e ficar olhando os prédios seculares acima. Era minha âncora, o lugar que se mantinha constante, mesmo quando o restante da minha vida estava repleto de abalos sísmicos.

Minha mãe dissera que meu pai me queria lá. Em Paris.

E eu poderia frequentar a Escola Americana. Talvez o tipo de amigos que eu teria lá seria o que eu queria. O tipo da T-Cad, com o sarcasmo voraz de Mika e um senso melhor de moda. E eu teria uma madrasta e um irmãozinho e uma irmãzinha. Isso poderia ser legal. Eu poderia ser a irmã mais velha. A irmã mais velha que entendia muito de frutas.

Mas não sei... Fazia anos que eu não tinha pensado (*seriamente*) sobre morar em Paris. A possibilidade parecia súbita, estranha e inviável. Quer dizer, meus irmãos eram pequenos e falavam francês. E berravam. Será que eu realmente poderia manter o nível das minhas notas morando com criancinhas que falavam francês e berravam? Será que meu pai me convidaria para os passeios em família? Será que as pessoas achariam que Sylvie era *minha mãe?*

Eu sentiria falta da minha mãe. Ela me amava. Ela fazia *pierogi* de queijo e cebola no Dia de Ação de Graças porque era meu prato predileto, e sempre se lembrava de marcar o meu dentista.

E se meu pai não soubesse marcar consultas no dentista?!

Sentei e ergui as mãos na frente do ventilador, com o vento passando por entre meus dedos.

Imagino que Paris ainda seja melhor que Nova Jersey.

Superava a Escola de Edenside, e os mesmos garotos que me ignoravam no ensino médio e nas festas de fim de semana, para as quais eu nunca era convidada. Paris talvez fosse o lugar onde eu poderia me encaixar... o lugar ao qual poderia pertencer. Era assim que sempre pensava a cidade, desde que era pequena.

Alison está sentada em minha cama, comigo, puxando violentamente a manga do meu pijama.

— Eu vou ligar pro papai no Skype, me dê o tablet da mamãe. Vou ligar agora mesmo.

— Não faça isso — sussurro e choro ao mesmo tempo.

Alison puxa a manga de seu moletom, cobrindo a mão, e limpa meu rosto.

Entre as minhas cortinas, vejo o dedo curvo de um carvalho, me chamando. E, embora seja uma hora da madrugada, ouço um grupo de pessoas caminhando pela rua, o riso delas ecoando pela noite.

É junho. Daqui a alguns meses estarei deixando Nova Jersey, rumo à Tóquio. Mas eu não deveria ir para lá. Eu deveria ir para Paris.

— Ele é muito babaca — Alison estrila. — Ele disse que você poderia morar lá.

Esfrego o rosto no meu ombro.

— É por causa dos bebês. A mamãe disse que eles vão me deixar doida.

— Ela está preocupada com você — Alison debocha.

Pego um chaveirinho com a Torre Eiffel, que fica no parapeito da janela, e o seguro com força até marcar a palma da minha mão.

— Mas Paris é um lar — sussurro. — Eu realmente achei que deveria ser um lar.

Alison ergue o queixo.

— A mamãe que é o nosso lar.

— Não funciona dessa forma. — Eu fungo. — O lar tem que ser um lugar.

Alison suspira e vira para o lado, e seu perfil é iluminado pela luz da rua.

— Não — ela acaba dizendo, ainda olhando pela janela. — Na verdade não precisa ser.

Capítulo 20
QUINTA-FEIRA
```
03 : 01 : 20 : 26
DIAS  HORAS  MIN.   S
```

Só dormi algumas horas. Embora estivesse exausta, embora dormir fosse o que eu mais queria fazer. Mas não consegui. Eu ficava acordando a cada cinco minutos, achando que já era noite. O ar estava abafado e úmido, e meu quarto parecia menor do que nunca.

Conferi meu e-mail, caso meu pai tivesse escrito para dizer que eu decididamente deveria ir para Paris. Mas ele não tinha escrito. Liguei para o celular dele, depois lembrei que eram três horas da madrugada lá e desliguei.

Andei de um lado para o outro no quarto.

Quando eu ficava a noite toda fora, geralmente Mika e eu passávamos o dia seguinte em sua cama imensa, com as cortinas fechadas. A gente comia umas barras de chocolate que a mãe dela deixava escondidas no fundo do freezer e ficava assistindo a episódios de *Minha vida de cão* em seu computador.

Recostei na minha cama bagunçada. Dorothea Brooks ronronava e mexia no meu cabelo. Meu relógio estava úmido e me dando coceira, então eu o tirei e o joguei em cima da cômoda. Depois fui para a cozinha.

Alguém estava batendo na porta da frente. Que estranho.

Estranhíssimo.

As únicas pessoas que batem em nossa porta são o cara da NHK, por falta de pagamento da TV a cabo, e o nosso único vizinho que fala inglês, um cara canadense que nos traz manteiga de amendoim Reese's sempre que vai à América do Norte em viagens de negócios. Por uma fração de segundo, achei que fosse o Jamie. Ele queria fazer alguma outra coisa. Um passeio pelo Japão no *shinkansen*. Voar até Sapporo e voltar. Algo que pudesse ser feito num furacão de setenta e duas horas. Abri a porta.

Era Mika.

Minha mão ficou paralisada na maçaneta.

— E aí? — disse ela, erguendo o queixo, num cumprimento rijo.

Eu queria bater a porta na cara dela. Queria trancar e passar a corrente e dizer para ela: VÁ. EMBORA.

— Posso entrar? — perguntou ela.

Hesitei antes de abrir mais a porta. Ela entrou e ficou sem jeito no *genkan*, como se não conseguisse decidir se tirava os sapatos.

Cruzei meus braços e tentei parecer zangada. Mas eu estava tão cansada e confusa que a raiva ficou anestesiada — como uma lâmina cega.

— Você cortou o cabelo — eu disse.

— É — disse ela, tocando a lateral da cabeça, constrangida.

Mas Mika não tinha apenas cortado; tinha *raspado*. No talo. Isso realçou ainda mais os seus traços: olhos perfurantes, nariz pequeno, lábios finos. O piercing de sua sobrancelha se transformou num pedaço frio de metal.

— Você está parecendo a Debra, do *Império dos discos*.

— Meus pais me acharam parecida com a Annie Lennox.

— Eles ficaram injuriados?

Ela deu um sorrisinho.

— A-hã. Inevitavelmente. Mas, não sei, também acharam engraçado.

Assenti.

— Você pode tirar os sapatos. Se quiser.

A sala estava bagunçada e caótica, os tapetes cinzentos e as almofadas de franjas e os móveis, tudo fora do lugar. Mika ficou mexendo nervosamente um buraco no punho de sua camisa verde-escura.

— Quer café ou alguma coisa?

— Não, valeu.

— Tudo bem. Eu vou fazer café. E café da manhã. Imagino que você também não queira.

Ela me seguiu até a cozinha, onde fiquei caçando nos armários, procurando algo para comer. Não tinha muita coisa. Alguns sacos de arroz, suco de laranja, duas bananas já escurecidas no parapeito da janela.

— Cara — disse Mika. — Você está legal? Andou dormindo na sarjeta?

Não. Só estou me recuperando, depois de passar a noite em Shibuya com o Jamie, e também talvez me mude para um continente diferente do que o originalmente planejado, e TAMBÉM *pensar em você e no David, juntos, me faz sentir que o mundo está girando sob meus pés.*

— Tudo bem — eu disse. — Eu estou, quer dizer, eu estou bem.

— A-hã — disse ela. — Você está meio esquisita neste momento.

Abri a geladeira e vi uma caixa de pizza amanhecida, provavelmente do jantar de ontem, da minha mãe. Havia três fatias de pizza de legumes, e eu devorei uma em algumas mordidas.

— Como assim? — perguntei de boca cheia.

Mika coçou sua cabeça nova.

— Não sei. Imaginei que você fosse me chamar de cachorra traidora ou algo assim. Imaginei que fosse me pôr pra fora.

— Quer que eu ponha?

— *Não*.

Comi outro pedaço de pizza. Havia uma banqueta num canto, mas Mika não sentou, e eu não ofereci. Peguei uma caneca no escorredor de louça. Precisava fazer isso antes que amarelasse.

— Você e o David realmente ficaram?

Ela pareceu repensar. O que era ridículo. Era uma pergunta para ser respondida com *sim* ou *não*.

— A-hã — ela finalmente disse. — Nós ficamos.

Engoli o bolo em minha garganta.

— Estou com raiva porque você nunca me contou.

— Não foi nada de mais — ela disse rapidamente. — Ficamos algumas vezes, mas, depois a gente falava como tinha sido uma estupidez. Não sou namorada dele, nem nada.

Pousei a caneca na bancada da cozinha. Minhas mãos estavam tremendo.

— Algumas vezes? Quantas vezes?

— Você realmente quer saber?

— Não. Mas, se você não me contar, vou presumir que era todo dia.

— Meu Deus! Óbvio que não foi todo dia.

— Quantas vezes?

— Cinco. — Ela pegou a caneca e a segurou. Provavelmente estava com medo que eu fosse jogá-la no chão. Ou nela. — Quatro vezes no último verão. Uma vez neste verão.

— Ao dizer "neste verão", você quer dizer segunda-feira, certo? A noite em que nós três estávamos andando juntos? A noite da véspera de David e Caroline terminarem?

Ela mexeu na argola de prata em sua orelha esquerda.

— Foi uma estupidez.

— Então por que você fez? — perguntei.

— *Ah!* — Ela começou a esfregar o alto da cabeça com as duas mãos, como se estivesse conferindo se todo o seu cabelo realmente havia sumido. — Eu não sei! Porque ele não é repulsivo? Porque eu estava entediada? Às vezes dá vontade de ficar com alguém, e é melhor que seja um amigo, assim você pode rir depois.

— Isso é conversa de lunático. *Ficar com alguém* não é comer pizza. Ou assistir a todos os episódios de *Buffy* de uma vez. Fazer *sexo* não é uma atividade casual.

Ela fungou.

— Ah, certo. Porque você é uma especialista?

Segurei a caixa de pizza junto ao peito, como se fosse um escudo.

— Eu realmente gostava dele. Você sabia disso.

Ela revirou os olhos.

— Ele usa as pessoas. Tudo que ele toca vira pedra.

— Bem. — Sacudi os ombros. — Não fui eu que dormi com ele.

Mika parou de esfregar a penugem no topo da cabeça. Ela realmente ficou incrível de cabelo curto. Perspicaz e andrógina. Ela me lembrou as garotas que às vezes eu via em Paris, nas calçadas, de jaqueta de couro e echarpes enormes, fumando cigarro com um olhar carrancudo.

Pensar em Paris me fez sentir ainda mais fora de controle. Eu ainda estava zangada com Mika, mas também queria falar com ela. Precisava da minha melhor amiga.

— Ele gosta de você — eu disse, baixando a caixa de pizza. — Acho que ele quer ser seu namorado.

— Isso é problema dele, porra — falou Mika. — Estou aqui porque estou preocupada com você. Não quero que você me odeie para sempre. Não por um idiota como o David.

— Você mentiu pra mim. Você mentiu, e era minha melhor... — Girei e comecei a fuçar no armário, procurando o pó de café. Mika veio por trás de mim e puxou o tecido da minha camiseta.

Quando virei, ela parecia mais tímida e menor do que alguns minutos antes.

— Espero que você ainda venha ao nosso aniversário e bota-fora amanhã — disse ela, hesitante. — Foi isso que eu vim dizer.

Por alguns segundos, só me permiti respirar novamente. Tudo que eu queria era perdoar Mika. Só queria sentar no chão da cozinha e tomar café e contar a ela sobre ontem à noite, sobre Jamie e Paris. Queria confiar nela de novo.

Mas então pensei nela e em David, neles dizendo que iam sair, mas, em vez disso, indo para o apartamento dela, apagando a luz e se beijando. Meu estômago deu um nó.

— Não sei se consigo perdoá-la — falei.

Mika piscou.

— Então você realmente vai deixar que o David faça isso conosco? Você vai mesmo deixar que ele fique entre nós?

— Não é só o David. Não posso perdoá-la por... por outras coisas também. Pelo jeito que você me trata, como se eu fosse uma criancinha às vezes. Por me dizer para ficar longe do David e debochar de mim, porque não bebo, não faço sexo e tudo o mais. Foi por isso que você dormiu com ele, certo? Porque vocês são experientes e eu sou apenas a tonta e inocente *Sofa*?

A expressão de Mika era cautelosamente neutra.

— Você não está realmente zangada por isso.

Contive um berro. Peguei a caixa vazia de pizza e a enfiei na lata de lixo.

— Ah, qual é? — disse ela. — Você sabe que namorar o David seria uma catástrofe. Em nível de intervenção governamental. Ele não merece você. Ele merece alguém que... se divorcie dele. E pegue todo o seu dinheiro.

— Não me interessa se teria sido um erro! O erro era meu, eu tinha que descobrir!

— Meu Deus! — falou ela, depois abrandou a voz. — Apenas... por favor. Eu nunca quis que você me odiasse. Nunca quis que as coisas explodissem desse jeito.

Eu debochei.

— Ah, foi muito além de explodir. *Muito*.

— *Por favor* — ela disse novamente, com algo que podia ser aflição estampado em seus olhos. — Eu ainda não estou abdicando de minha posição de melhor amiga. Ainda podemos falar sobre isso. Podemos voltar a isso. Certo?

Cruzei os braços e não disse uma palavra. Por um minuto, nenhuma de nós moveu um músculo. As cigarras lá fora estavam tão ruidosas que o barulho parecia preencher a sala, enchendo a minha cabeça, me afogando ainda mais.

— Tudo bem — disse Mika. — Sabe de uma coisa? Tudo bem. Faça como quiser. Eu te vejo mais tarde. Talvez não. Tanto faz. — Ela saiu da cozinha.

Ouvi a porta do *genkan* se abrir e depois fechar. Seguida pela porta da frente.

Abrindo. Fechando.

Capítulo 21
QUINTA-FEIRA
02 : 22 : 35 : 12
DIAS HORAS MIN. S

De: jamiethinksyourecool@foster.collins.net
Para: sophia_wachowski@tcad.ac.jp
Assunto: Babei no ombro de um cara, no trem :-/

Bom dia! (Mais ou menos.)
Então, não faço ideia se esse ainda é seu endereço de e-mail. Ou se você ainda usa e-mail. Eu provavelmente deveria ter enviado uma mensagem via pombo-correio. Seria mais o meu estilo.
Espero que isso não seja bobagem. Eu poderia ter tentado ligar, mas não temos um telefone em casa e Hannah não me empresta o celular. Ela diz que eu "estou aprontando alguma". Claro que estou. Eu não pediria o celular se não estivesse.
O que estou tentando dizer (tentando articular) é que vou até o Templo Meiji. Acabei de olhar no Google, e fica aberto até o pôr do sol. Portanto, estarei lá por volta de quatro e pouco e acho que vou dar um tempo perto da entrada, e, se você estiver por lá, legal. Se não estiver, legal também. Você deve dormir. Eu devo dormir.

Não. Estou mentindo. ACORDE, SOPHIA!! EU ESTAREI LÁ, DANDO UM TEMPO!

Capítulo 22
QUINTA-FEIRA
```
02 : 20 : 16 : 05
DIAS HORAS MIN.   S
```

Para chegar ao Templo Meiji, peguei o trem em Harajuku e caminhei por uma avenida com butiques bregas, que se transformavam numa fileira de prédios de apartamentos, que se transformavam no Yoyogi-koen.

Dentro do *koen*, tudo era verde. Árvores substituíam prédios. O som do tráfego ia ficando cada vez mais abafado, até ser completamente substituído pelos milhares de cigarras cantando. A entrada do templo era um *torii* alto, um portão japonês no formato de um imenso e elegante símbolo pi. Era ali que Jamie estava. No Templo Meiji, dando um tempo do lado de fora. Vestido com uma camiseta do Studio Ghibli e usando óculos de armação quadrada e vermelha. Ele estava com a mão no bolso e observava a multidão que passava.

Toda vez que eu o via, era diferente. Desta vez, foi ao acordar. Minha briga com Mika, a conversa com a minha mãe, essas coisas não existiam mais. A noite que Jamie e eu passamos juntos em Shibuya ganhou vida novamente. Era real. Era a única coisa do mundo que era real.

— Oi — eu disse quando cheguei até ele.

— Oi. — Ele empurrou os óculos para cima, para a cabeça. Havia marcas rosadas sob seus olhos. — Você está aqui.

Ele estava sorrindo. E era um sorriso tão afetuoso, tão aliviado, que me deu vontade de beijá-lo. De beijar e acabar com essa timidez nervosa dele. De beijá-lo abaixo de seus olhos, um lugar delicado e escondido sob os óculos de sol.

— Você parece cansada — disse ele.

— Ao contrário — eu disse, puxando a manga de sua camisa, como se fosse o fio de uma pipa. — Estou o contrário de cansada.

Ai. DROGA.

Tínhamos passado pelo *torii* e estávamos seguindo o caminho sinuoso que dava no prédio principal do santuário. E eu não tinha ideia do que fazer. Será que deveria segurar novamente a mão dele? Deveria tocá-lo? Ele não estava me tocando, o que não queria dizer nada.

Eu sabia que ele gostava de mim. Ou, pelo menos, achava que gostava. Ele tinha dito todas aquelas coisas sobre ter a ver comigo, mas talvez ele se referisse a, tipo, ter a ver com *nossa amizade*. Do jeito que eu tinha a ver com a Mika.

Mas não era assim que eu me sentia. Em relação a ele, me sentia como antigamente, só que dez vezes mais. Muito. Não estávamos nos tocando, porém a energia entre nós crepitava e estalava. E fui muito idiota de algum dia achar que ele era *bonitinho*. Cachorrinhos são bonitinhos; os bolinhos vendidos em Kinokuniya são bonitinhos. Jamie é... elétrico.

Quando eu olhava para ele... com esse cabelo rebelde e as mãos ansiosas... sentia uma tempestade de raios na minha pele. Quando olhava para ele, queria beijá-lo. Era uma reação automática. Como cheirar um biscoito e querer um biscoito. Tentei lembrar a mim mesma de todas as coisas que eram esquisitas e patetas e nada atraentes nele. *Ele é esquisito. Ele leu* O senhor dos anéis *e* Harry Potter *pelo menos vinte vezes cada um. Ele faz piada sobre história e literatura.*

Cada uma dessas coisas me fazia querer beijá-lo ainda mais.

Mas talvez beijar Jamie fosse uma ideia terrível. Para começar, isso tornaria completamente impossível deixar Tóquio. (Tipo, impossível em termos físicos. Eu simplesmente abraçaria a cintura de Jamie e me recusaria a partir.) Segundo, isso tomaria minha alma e não deixaria nada além de um miolo líquido e quente.

Beijar Jamie...

Seria como Harry encontrando sua varinha mágica. Frodo pegando o anel. Transformaria esta semana em algo que eu nem podia imaginar.

— Por que você quis vir aqui? — perguntei com a voz mais alta do que queria. O caminho era fresco e silencioso, com cigarras cantando e as árvores fazendo eclipses em nossas sombras. Esse era um lugar para estar em paz.

E eu estava tagarelando como uma esquisita nervosa.

— Porque é histórico — disse ele —, e também porque não é meu apartamento.

— Achei que você talvez quisesse ir a um café-gato — eu disse.

— Um café-gato? — Ele riu. Um riso alto e contagiante.

— Sei lá. É um café. Cheio de gatos. Podíamos dar um tempo... com alguns gatos.

Ele estava achando isso muito engraçado. Mas eu não estava brincando. Estava falando de gatos porque precisava falar alguma coisa. Gatos, cachorros, periquitos, a imprevisibilidade do clima. Precisava distrair meu cérebro embolado, em vez de ficar notando que estávamos cercados de árvores. Lugares escuros e cheios de sombras...

Caramba. Eu estava sendo tão inapropriada... Quem pode imaginar ficar com alguém *num santuário*?

— Você chegou bem em casa? — Jamie perguntou.

— A-hã — eu disse. — Quer dizer, acho que sim. Minha mãe estava me esperando quando cheguei lá.

— É? — Ele pareceu surpreso. — Ela estava brava?

— Acho que não. Só estava preocupada porque Alison e eu tivemos uma briga ontem.

— Você teve uma briga com a sua irmã? — Ele pareceu preocupado, o que era muito injusto. Uma demonstração genuína de emoção era a última coisa que eu precisava dele. *Não olhe para os lábios dele... nem para o seu pescoço... nenhum dos dois! Sua idiota! Sua idiota! Não faça nenhum dos dois!*

Atravessamos uma ponte de madeira.

— Eu e minha irmã sempre brigamos. Somos como aquelas patinadoras rítmicas. Só que, em vez de patinar, a gente briga. Em nível olímpico.

— Sei.

— Pois é. Então, imagino que seus pais não tenham ficado muito contentes quando você chegou em casa hoje de manhã.

O sorriso dele desbotou um pouquinho.

— Pode-se dizer isso. Mas os dois foram passar o dia fora, e Hannah disse que me daria cobertura se voltassem cedo, então... — Ele ergueu as mãos, as palmas viradas para cima. — Aqui estou eu.

Ali estava ele.

E eu não conseguia parar de ENCARÁ-LO. Fiquei imaginando se ele havia notado. Imaginando se ele estaria captando minhas vibrações cheias de êxtase. De jeito algum eu era a primeira pessoa a ficar tão obcecada por ele. Talvez Jamie até já tivesse tido namorada. Pensar nisso fez meu estômago se corroer por dentro. Mika nunca tinha mencionado nenhuma namorada dele, mas ela nunca chegou a falar de verdade sobre ele. Pelo menos, não comigo. Uma vez ela fez uma piada para David, dizendo que Jamie geralmente gostava de "mulheres mais velhas".

Mulheres mais velhas.

Tentei imaginar isso. Mulheres mais velhas com carteira de motorista e batom escuro. Mulheres mais velhas que lhe davam cigarros e rolavam em sua cama com ele.

Eu era oito meses mais velha que Jamie, portanto, tecnicamente, eu também era uma mulher mais velha. Mas meu cabelo estava preso em duas tranças, e eu nunca tivera um namorado, e pensar em beijar alguém me dava vontade de respirar dentro de um saco de papel.

Então. Eu provavelmente não contava.

— De qualquer forma — disse ele —, o que aconteceu com a sua mãe?

— Hã? — Pisquei. Como se estivesse tentando desviar minha visão dele. (Porque *isso* era impossível.)

— Você disse que ela estava preocupada?

— Ela estava. Ela falou com meu pai esta manhã. Aparentemente, posso me mudar para Paris se eu quiser.

— Tipo, para fazer faculdade ou algo assim?

— Tipo, semana que vem.

— Merda. — Ele esfregou atrás da cabeça. — Isso... é pouco tempo de aviso.

— Pode-se dizer isso.

— Você acha que vai?

Toquei meu punho, mas o senti vazio e estranho. Eu tinha esquecido de colocar meu relógio de volta.

— Sim? Quer dizer, eu devo ir, certo? É *Paris*.

— Posso imaginá-la em Paris — disse ele. — Bebendo vinho, usando echarpes, indo a museus. Você pode se dar bem fazendo isso. — Ele sorriu, e os óculos de sol caíram em seu nariz. Ele os empurrou novamente para o alto.

— Minha mãe ficaria sozinha, mas não *sozinha*, sozinha — falei. — Alison estaria no estado ao lado. Não sei. Parece bem estranho. Quando eu era pequena, tudo que queria era me mudar para Paris, e agora isso pode realmente acontecer.

Respirei o ar pesado, com gosto terroso e amargo. Talvez em poucas semanas eu estivesse em Paris, mergulhando *pains du chocolat* em tigelas de chocolate quente e caçando vestidos nos meus brechós prediletos. Talvez eu fosse estar em algum lugar onde realmente queria estar.

Tentei focar nisso, em vez de pensar na forma como estava me desfazendo por dentro, minhas moléculas se desintegrando e se rearranjando toda vez que olhava para Jamie.

— Então — disse ele, curvando o canto da boca. — A questão é: você tem certeza de que ainda quer isso?

Chegamos ao *torii* que demarcava a entrada da região central do templo. Antes de entrarmos, tivemos de lavar mãos e boca numa fonte, um *temizuya*. Segurei a água com a mão em concha, primeiro na esquerda, depois na direita e na esquerda de novo. E enxaguei a boca.

— Minha mãe vem aqui no Ano-Novo — eu disse. — Ela sempre nos envia e-mails com fotos de milhares de pessoas esperando na fila para entrar.

— Você não vem com ela?

Senti uma pequena pontada de culpa, que rapidamente superei.

— Alison e eu vamos para a casa do meu pai passar o Ano-Novo. Em Paris. Ela passa sozinha.

Ele assentiu. As pessoas à nossa volta estavam lavando as mãos no *temizuya*. Eu já tinha ido a templos com a minha mãe e em excursões da escola, mas ainda receava ficar constrangida.

— Eu me sinto tão exposta aqui... — sussurrei. — Você acha que parecemos *gaijins* ruidosos e detestáveis?

— Em primeiro lugar — disse ele —, você está cochichando. E, segundo, este é um dos santuários mais famosos do Japão. Não somos os únicos estrangeiros aqui, eu juro.

Passamos pelo *torii* — fazendo uma reverência — e então estávamos no meio de uma praça pavimentada com pedras cinzentas estriadas. As margens da praça eram demarcadas por edificações baixas de madeira com telhados verdes inclinados. Estávamos de frente para uma edificação ligeiramente mais alta que as demais, com o telhado curvo nas pontas. O templo. O corredor externo dele, segundo Jamie. Grupos de pessoas estavam nas arcadas, batendo palmas, fazendo reverências e jogando moedas para pedir boa sorte. Havia mais gente no centro da praça, tirando fotos e consultando guias. Jamie estava certo. Decididamente não éramos os únicos estrangeiros ali.

— O que devemos fazer? — perguntei.

— Devemos conversar — disse Jamie. — Essa que é a nossa função.

Nas inúmeras barracas em volta da praça, você podia comprar berloques, amuletos trançados que pendiam de cordas grossas e coloridas e prometiam saúde, ou segurança, ou sucesso. Jamie tentou ler os sinais pintados em *kanjis* que descreviam o que cada berloque supostamente fazia. Eu gostava do jeito como ele corava e ria de si mesmo quando falava besteira. Gostava do jeito como ele ria de si mesmo ponto. Pensei em David, que andava de nariz empinado, era espalhafatoso e levava os holofotes com ele para onde fosse. Jamie era o tipo de pessoa com quem você podia falar a noite toda sem ficar entediado. Ele era engraçado, mas de um jeito quieto, observador. E, agora que eu havia notado isso, não tinha como deixar de notar. Não podia imaginar prestar atenção em qualquer outra pessoa se ele estivesse no ambiente.

Chegamos a uma árvore com três muros ao redor, no canto direito dos fundos da praça. Os galhos da árvore se espalhavam por cima dos muros, que eram cobertos com ganchos e pequenas tabuletas de madeira penduradas. Centenas de tabuletas de madeira, todas com mensagens escritas à mão.

Paramos ali.

— Elas se chamam *ema* — disse Jamie, lendo uma placa próxima.

Meus olhos percorreram as tabuletas. Algumas tinham fileiras verticais esmeraldas de *kanjis*; outras tinham fotos de flores ou personagens animados.

— O que elas dizem? — Eu estava meio tentada a tocar numa delas. Havia muitas, umas por cima das outras. Algumas estavam penduradas precariamente, com os fios de corda quase não se encaixando nos ganchos. Fiquei pensando se não cairiam no chão como castanhas.

— São pedidos — explicou ele. — Quer escrever um?

— O que eu pediria?

— Que tal "Eu gostaria de ficar em Tóquio para sempre"?

— Ah. Isso é o que você pediria?

Ele respirou fundo.

— Se você pedisse.

Olhei para o lado, meu rosto queimando. Queria que fosse verdade... Era aterrorizante quanto eu queria que isso fosse verdade.

— Eu gostaria que você não estivesse se mudando — disse ele, deixando escapar as palavras. — Se eu pudesse pedir alguma coisa.

— Jamie. — Eu não conseguia olhar para ele. Minhas orelhas estavam zunindo.

— Eu gostaria de ir para Paris no ano que vem — disse ele. — Gostaria de nunca ter ido para o colégio interno. Eu gostaria...

— Jamie — pedi. — Pare.

— Está bem. — Senti que ele deu um passo, afastando-se de mim. Deu para ouvir a decepção na voz dele. — Desculpe.

Virei e, antes que ele pudesse recuar, antes que o momento se cristalizasse e se estilhaçasse em mil pedaços... eu o beijei.

Capítulo 23
QUINTA-FEIRA
02 : 19 : 04 : 21
DIAS HORAS MIN. S

Foi quase um beijo. Meus lábios estavam no canto de sua boca, e minha mão em seu pescoço. Havia uma pulsação quente na palma da minha mão. Quando seu pescoço se mexeu, eu o senti em minha pele.

Ele ficou parado, de olhos fechados, as mãos segurando levemente minha cintura. Eu me aproximei mais dele, e Jamie passou os dedos na bainha da minha camiseta.

Ele recuou somente o suficiente para que nossas bocas se desencostassem. Mas eu não estava pronta para soltá-lo. Ainda não. Passei meus lábios nos dele e segurei seus cabelos. Minha respiração tinha ficado toda esquisita e trêmula. Meu coração estava batendo disparado, e tudo que eu queria era beijá-lo mais. Beijá-lo completamente. Grudar nele e abrir minha boca e sentir seu corpo inteiro se mexendo junto ao meu. Eu me inclinei um pouquinho para a frente e minha camiseta se ergueu atrás, as mãos dele percorrendo a minha pele. Engasguei e me afastei dos braços dele.

— Desculpe — eu disse. Meus lábios estavam formigando muito.

— Desculpe — ele repetiu, com o pescoço corando. — Eu não deveria...

— Não, não foi isso que eu quis dizer... — Eu queria beijá-lo de novo, mas estava constrangida pelo fato de não estarmos sozinhos. As pessoas ainda estavam jogando moedas no santuário. Uma brisa repentina balançou os galhos da árvore, fazendo as *emas* tilintar, chocando-se umas contra as outras.

Eu o peguei pela ponta dos dedos. Ficamos assim por um momento, nossas mãos enlaçadas só na pontinha.

— Eu só quis dizer que isso não foi planejado.

Ele corou.

— Não, acho que não.

Eu o observei. Os cantos de sua boca, suas sobrancelhas... eram de um tom castanho-claro. Eu o observava, parte por parte. A interrupção no perfil do nariz, os pontinhos brancos na borda de seus dentes.

— Isso está legal? — perguntou ele, dando uma olhada nervosa para nossas mãos. — Quer que eu a solte?

Instintivamente, me aproximei. Nossas mãos se mexeram juntas.

— Não — sussurrei. — Não, obrigada.

Ficamos assim, enquanto caminhávamos para ver o espaço interno do templo. Estava quieto, e eu me senti sonolenta. Não cansada, mas sonolenta. Como naquele momento em que você deita na cama, no escuro, e tudo parece aquecido e seguro.

Caminhamos de volta pela floresta sagrada, de volta à cidade cinzenta. Eu estava esperando que o feitiço acabasse, que Jamie se afastasse ou mexesse em seu cabelo ou algo assim. Que sacudisse os ombros, se desculpando. *Bem, acho que podemos concordar que aquilo foi esquisito. Estou certo?*

Mas ele não fez nada disso.

Continuamos caminhando, passamos por Harajuku e seguimos todo o caminho até Omotesando. O céu estava começando a escurecer. As árvores que perfilavam o *dori* cintilavam sob a luz das lojas. Isso me fez pensar em mil luzes piscantes. Era a Champs-Élysées, em Paris, e a Quinta Avenida, em Nova York, todas numa só. Senti um nó no estômago quando me lembrei que logo estaria voando para uma dessas cidades. Na verdade, o pessoal da mudança vinha amanhã...

Soltei a mão de Jamie.

— Ai, que merda!

— O que foi? — perguntou ele. — Está tudo bem?

— Tudo bem. — Eu remexi na bagunça de recibos e panfletos e *purikura* na minha bolsa, até encontrar meu porta-cartão plástico com meu cartão do metrô. — Só que não. Eu preciso ir. Tenho que arrumar minha mudança. Tipo, estou além do ponto de ter outra opção.

— Claro — disse ele. — Está tudo bem.

— Certo. — Eu torcia para não soar tão desiludida quanto me sentia. Torcia para que ele não conseguisse ouvir a falha em minha voz. — Acho que o verei por aí. Amanhã, talvez?

— Não.

Ele abriu as mãos e estalou os dedos. Eu queria pegá-las de novo. Ou beijá-lo. Talvez pudesse lhe dar um beijo de despedida. Talvez pudesse lhe dar um beijo de despedida e sair correndo pela avenida, e então nós não teríamos que lidar com uma despedida de verdade mais tarde. Essa era provavelmente a melhor ideia que já tive. Bravo, Sophia...

— Quer dizer, tudo bem. Vou com você. Vou ajudá-la a fazer as malas.

Eu me aproximei dele.

— Você não quer me ajudar a fazer as malas.

— Claro que quero. — Ele estava sorrindo. — Sou um ótimo empacotador, e, de qualquer jeito, o que mais eu poderia fazer esta noite?

— Hum... alguma coisa que não seja chata.

— Você é ridícula. — Ele segurou a minha mão e cochichou no meu ouvido: — Eu vou com você.

Na minha porta da frente, soltei a mão de Jamie outra vez. Todo aquele espaço entre nós era bizarro e súbito.

— Desculpe — eu disse. — É que minha mãe provavelmente está aí dentro. E minha irmã. Ela seria impiedosa.

As cortinas estavam fechadas na maioria dos apartamentos em volta. Estava escuro, mas não havia silêncio. Alguém estava ouvindo o noticiário. Alguma outra pessoa estava ensaiando uma canção de Yann Tiersen ao piano. Nossa casa tinha um pequeno jardim, cercado por muros de pedra, e parte de mim queria ficar ali, no escuro, com Jamie e a música da cidade.

— Sem crise — disse ele. — Minha irmã faria exatamente o mesmo. Ela detestava a última garota que namorei. Elas se conheceram no verão. Acho que Hannah talvez tenha roubado vinte dólares da carteira dela. — Ele parou. — Honestamente, entre nós, acho que ela é provavelmente uma delinquente.

— Ah. — Peguei a chave na bolsa e esfreguei o dedo no panda de plástico do meu chaveiro. Então eu estava certa. Tinha havido uma namorada.

Uma *mulher mais velha*.

Fiquei pensando se eu não estaria indo fundo demais. Cinco dias antes, Jamie apareceu em Tóquio e eu estava convencida de que ele só estava ali para tornar minha última semana infeliz. Cinco dias antes, queria que ele pegasse outro avião e me deixasse em paz para sempre. Cinco dias depois, me desagradava quando ele não segurava minha mão. Em determinados aspectos, isso era maravilhoso. Mas outra parte de mim se apavorava com isso.

Tipo, por exemplo, quais eram as possibilidades de que Jamie fosse virgem?

Quer dizer, ele havia estado no colégio interno, pelo amor de Deus. *Colégio interno*. Não há pais no colégio interno. Somente imensos dormitórios destrancados e adolescentes nadando em hormônios. E por que eu estava pensando nisso? Se eu tivesse mais tempo, provavelmente não estaria. Estaria pensando em coisas práticas, como se eu tinha pastilhas de menta em minha bolsa. Mas a semana estava me apertando, e uma porção de pânico do meu cérebro tinha engrenado. *Que rumo isso está tomando? Você vai beijá-lo de novo? Vai fazer algo* ALÉM *de beijá-lo? Será que você não percebe quanto está despreparada para isso, Sofa?!*

— É melhor a gente entrar — disparei, empurrando a porta para abri-la e irrompendo no *genkan*. Minha mãe e Alison estavam na sala de jantar, e eu fiquei quase grata ao vê-las. Grata e depois... horrorizada.

— Mas que droga!

O interior da casa tinha sido limpo. Nada de papéis e livros espalhados pelo chão, nada de som, ou de pilhas de CDs. Em vez disso, havia caixas. Caixas empilhadas junto às janelas e em torres no meio da sala de estar. As únicas coisas que ainda restavam eram alguns ventiladores, algumas velas meio derretidas e o laptop de Alison, ligado a caixas de som portáteis, tocando Joanna Newsom.

— Nós empacotamos — disse Alison.

— Vocês empacotaram *tudo*? — perguntei.

— Eu cheguei em casa cedo — disse minha mãe.

As mangas de sua camiseta estavam enroladas até os ombros, e ela estava comendo sushi e tempurá de uma caixa laqueada.

Não havia mais almofadas ou mantas nos sofás, nada de livros nas prateleiras. O sapo de cerâmica que usávamos para manter a porta do *genkan* aberta tinha desaparecido completamente.

— Onde você se meteu o dia inteiro? — perguntou Alison.

Ela não estava usando os hashis para comer e pegava pedaços de tempurá com o polegar e o indicador. Pela expressão injuriada em seu rosto, dava para notar que ela ainda estava aborrecida por ontem. Mas agora não era hora de lidar com isso. Não com Jamie atrás de mim, imóvel como um garoto à beira da piscina, aterrorizado para pular dentro.

— Eu estive fora com... — gaguejei. — Eu fui buscar o Jamie. Ele vai me ajudar a fazer as malas.

Alison franziu o nariz com desdém.

— Deus, por quê? Você vai pagá-lo?

Minha mãe abaixou os óculos para a ponta do nariz e deu uma olhada geral em Jamie.

— Olá — cumprimentou ela. — Você quer sushi? Pedi uma tonelada. Vocês dois podem comer sushi, depois arrumam as coisas.

— Eu não o conheço — disse Alison. — Nós o conhecemos?

— Ele é amigo da Mika.

Minha mãe se mexeu na cadeira para ficar de frente para nós.

— Você voltou do colégio interno, não foi? — Ela parecia incrivelmente tranquila com isso, como se estivesse sentada esperando que eu chegasse com um garoto loiro estranho.

— Isso mesmo — confirmou Jamie. Ele ergueu a mão para tocar um cacho atrás de seu cabelo, depois o soltou. — Eu vim num voo com meus pais no fim de semana passado.

— Tenho certeza de que Sophia trocaria de lugar com você num segundo — disse minha mãe despreocupadamente, mas eu sabia que ela estava pensando em nossa conversa sobre Paris. O que me fez perceber que eu *não* tinha pensado nisso havia horas. O que fez com que eu me sentisse totalmente culpada. — Vocês dois, comam — disse minha mãe. — Comam o que quiserem. Nós praticamente terminamos.

— Eu não terminei. — Alison mergulhou um pedaço de batata-doce frita numa pequena tigela com molho de tempurá.

— Eu vou provar um pouquinho — disse Jamie. — Muito obrigado.

Imaginei que a gente fosse sentar ali silenciosamente e enfiar uns *onigiris* na boca antes de fugir lá para cima. Mas Jamie estava determinado a puxar conversa. Ele perguntou em que minha irmã estava se formando; perguntou à minha mãe se ela estava animada em voltar para Rutgers. Que maluquice. Talvez isso tivesse sido ensinado por seus pais. *Coma de boca fechada. Faça perguntas educadas e assegure-se de que seus anfitriões se sintam à vontade.*

Minha mãe respondeu a suas questões, depois perguntou sobre o colégio interno. Ele deu uma resposta aparentemente sincera, porém vaga.

— Eu não voltaria. Sorte minha, acho, pois não vou precisar fazê-lo.

Alison ficava me encarando com um olhar apavorado, como se tentasse enviar mensagens telepáticas: *Ai. Meu. Deus. Você não consegue fazê-lo parar?!*

Não tenho certeza de quanto tempo ficamos ali sentados. Mais tempo do que eu queria, isso é certo. Minha mãe e Alison não eram pessoas fáceis. David, por exemplo, evitava as duas a todo custo. Mas ali estava Jamie, sem nenhuma intenção de evitá-las. Tratando-as como se fossem convidadas em uma dança de salão ou algo assim.

Depois do jantar, minha mãe disse que ela e Alison iriam levar um monte de sacos de lixo até a lixeira perto da estação e comprar uma fita de embalagem na *konbini*. Antes de sair, minha mãe nos ofereceu chá de ervas, e Jamie aceitou. Assim que ela entregou nossas canecas (a minha tinha o desenho de um gato perseguindo um rato; a do Jamie dizia: Esta é a minha caneca de chá), dei um salto.

— Vamos tomar esse chá lá em cima.

Na metade da escada, ouvi a porta dos fundos se abrindo. Lá no alto, eu a ouvi sendo fechada. Jamie e eu paramos. Estava quieto, como se a própria casa tivesse pegado no sono. Entramos no meu quarto, e acendi todas as luzes e fechei a porta atrás de nós.

— Antes que você pergunte — eu disse —, sim, é sempre assim.

— Assim o quê?

Mostrei minha melhor fisionomia de *Qual é, por favor*.

— Traga de volta o charme sulista, coronel Sanders. Estou falando da minha mãe, de Alison e de mim. Nós somos como... as três bruxas de *Macbeth*.

— Hã? — Ele riu e sacudiu a cabeça.

— Você sabe. Somos três mulheres temperamentais que ficam por aí, acendendo velas e tomando chá.

— E daí? — Jamie ergueu os ombros. — Eu gosto de chá. Sabe do que mais eu gosto? Incenso. E Enya. Aquela canção do primeiro *O senhor dos anéis*, o filme... Adoro aquela música!

— Você está desafiando todas as regras de gênero neste momento — eu disse, dando um sorrisinho debochado.

Jamie olhou a parede atrás de mim. Quando ele falou, foi com um sotaque sulista exagerado:

— Caramba. Olhe pra isso! Grande fã do Ghibli, hein?

Deu uma olhada no meu pôster de *A viagem de Chihiro* e nos brinquedos de Totoro.

— Sou, sim. Não precisa extrapolar.

Jamie não parava de sorrir. Ele caminhou até minha mesinha de cabeceira e pôs sua caneca lá.

— Funcionam? — disse, olhando para as luzinhas pisca-pisca no teto.

Apontei para seus pés.

— Ah, aquele é o fio.

Ele enfiou na tomada, e eu apaguei a luz principal. O teto começou a reluzir.

— Legal — disse Jamie.

Larguei minha caneca e limpei um lugar no chão, ao lado da minha cama. Nós sentamos no meu tapete de arco-íris.

— Sou eu ou está quente aqui? — perguntou ele.

— O quê? — Dei uma risadinha. — O que quer dizer? Ah, o ar-condicionado. É, não funciona. Espere aí. Vou abrir a janela.

Eu abri, mas deixei a cortina fechada e sentei de novo. Era como estar preso num pote cheio de vaga-lumes. Preso com uma pessoa linda que você quer beijar.

E ele queria me beijar. Disso, eu tinha cem por cento de certeza. E eu queria beijá-lo. Por isso tinha fechado a porta. Por isso havia sentado com ele no escuro. Eu estava criando uma atmosfera propícia para ficarmos.

Uma atmosfera propícia para ficarmos. Eu realmente não sabia o que estava fazendo. Tipo, nem um pouco. Gostaria de apertar um botão de pausa e me permitir ficar sem ar por um minuto. Ou ligar para a Mika, para que ela pudesse me dizer que o que eu estava sentindo era perfeitamente natural e para simplesmente seguir em frente. Não que eu ainda pudesse ligar para ela. Não depois de nossa briga esta manhã. Se eu tentasse, ela provavelmente mandaria eu me foder e deixar seu melhor amigo Jamie em paz.

Não, não o seu melhor amigo Jamie. Apenas Jamie. Sentado bem ali, com as bochechas ligeiramente rosadas do sol.

— Eu gosto da sua mãe — disse ele. — Gosto do jeito como ela confia em você. Vocês ficam bem à vontade uma com a outra.

— Claro que ela confia em mim. — Peguei um cachorrinho de pelúcia e o joguei na cama. — É por isso que ela me deixa sair à noite. Por isso não liga se a minha roupa suja cheira a cigarro e birita.

Ele tirou os óculos de sol da cabeça e mexeu no cabelo.

— Ela confia em você porque não é você quem está fumando cigarro e tomando uma birita.

— Ela confia em mim porque sou inteligente. Inteligência é a moeda da família.

— Na minha, não — disse ele secamente. — Nós, os Foster, somos grandes em aparência.

— Só os Foster? E quanto aos Collins?

— A família do meu pai foi absorvida pela órbita do famoso Wyatt Foster. Todos eles são grandiosos na questão das maneiras. Usam *senhora* e *senhor* quando falam com adultos. Nada de brigar na frente de estranhos ou, pior, na frente do famoso Wyatt Foster. Vá à academia. Sorria bastante. — Ele sorriu como exemplo.

— Você decididamente ganha na questão das boas maneiras — eu falei. — Você foi apavorante lá embaixo.

Ele se afastou, afrontado.

— Apavorante? Como posso ter sido apavorante?

— Ainda bem que você não chamou minha mãe de *senhora* — eu disse. — Se a chamasse assim, tudo estaria terminado.

Ele estreitou os olhos numa expressão adorável de confusão. Seus óculos de sol estavam entre nós, então eu os coloquei na mesinha de cabeceira. Quando baixei o braço, ele estendeu a mão e passou os dedos nas costas da minha mão. Meu braço ficou todo arrepiado. Então não consegui mais suportar. Peguei a mão dele e fiquei passando o polegar em cima dos nós de seus dedos. Repetidamente.

Ele fechou os olhos.

— Quantas garotas você beijou? — sussurrei.

— O quê? — Ele abriu os olhos.

— Quantas garotas você beijou? — perguntei novamente.

— Você quer saber isso?

— Claro que quero saber isso. Caramba. Quem não ia querer?

Ele mordeu o lábio inferior.

— Sinto que o número pode enganar.

— Ai, Deus — Gemi. — O que isso quer dizer?

— Significa que beijei pessoas pelos motivos mais imbecis. — Ele sentou mais perto de mim. — Frequentei um *colégio interno*. Se você não tem carro, pode ficar sem sair do campus durante meses. Teve muito beijo só como passatempo.

— Que fique claro que agora você está confirmando os meus piores temores.

— Droga. — Ele inclinou a cabeça para a frente. — Eu estava tentando melhorar a coisa.

— Quantas namoradas você teve?

Ele pareceu pensar nisso por um tempo. Eu o imaginei fazendo a conta. Doze, treze, catorze, quinze...

— Três — ele respondeu.

— Três?

Ele assentiu.

— Minha última namorada foi aquela de quem te falei, a que a Hannah detestava. Seu nome era Sam. Nós namoramos por um ano e meio.

— Isso é exatamente metade de sua vida adolescente.

Ele puxou minha mão para seu colo, depois virou a minha palma para cima e começou a traçar o número oito, repetidamente. Meu corpo inteiro estremeceu.

— Nós terminamos em janeiro — disse ele. — Mas já havia acabado seis meses antes. Quando ela foi para a Universidade da Flórida. Longa distância. O relacionamento estava condenado.

Longa distância.

— A namorada antes dessa — continuou ele — foi uma das minhas primeiras amigas na escola. Nós namoramos porque todos em nosso pequeno grupo de amigos namoravam. Ela me dispensou depois de duas semanas.

— E antes dessa?

Seus dedos pararam de mexer.

— Mika.

— *Mika?*

— Não foi nada sério. — Ele me puxou um pouquinho mais para perto, então me segurou levemente pela cintura e pelo antebraço. — Quando comecei a estudar na T-Cad, eu estava no jardim de infância e a Mika no primeiro ano. Ela viu que os outros garotos não brincavam comigo, então disse a todos eles que era minha namorada. Nós costumávamos andar pelo playground de mãos dadas.

Pensei em mim e em Jamie... andando por Tóquio de mãos dadas. Recuei um pouquinho.

— Foi só isso?

— Não exatamente — disse ele. — Nos *beijamos*. Uma vez. Quando eu estava na sexta série.

— O quê? — Dei um solavanco, afastando o braço. — Um ano antes de eu me mudar para cá?

Surgiu uma ruga no meio de suas sobrancelhas.

— Foi numa noite, no trem. Depois disso, Mika me fez jurar que eu não contaria a ninguém, e ela disse que jamais voltaria a acontecer. Eu fiquei decepcionado, mas superei.

Cruzei os braços.

— Mas ela ainda é sua melhor amiga. Você ainda fala com ela, o tempo todo.

— É, mas... honestamente? Mika e eu nunca fomos muito bons com coisas sérias. Quer dizer, nós brincamos muito e crescemos juntos, então acho que ela sabe muito de mim. Mas, ei, ouça. — Ele estendeu a mão e me segurou cuidadosamente pelos cotovelos. — Ela não é minha *melhor* amiga, está bem? — Nós estávamos recostados um no outro, como se houvesse ímãs em nossos ombros. — Já que estamos no assunto de vidas românticas passadas — ele sussurrou —, eu tenho que te fazer uma pergunta.

— Qual? — sussurrei de volta.

— Merda. Está certo. Tenho que perguntar: você *realmente* gostava do David? Antes, quando costumávamos... andar sempre juntos?

Eu parei.

— Sim. Quer dizer, eu gostava. E lamento. Lamento ter iludido você.

Ele chegou ainda mais perto; nossas testas estavam quase se tocando.

— Ouça-me, Sophia. Você não me iludiu. Nós éramos amigos. Você me tratava como um amigo. Era problema meu se eu queria que fosse diferente.

— Eu realmente gostava de você, Jamie. Mas, não sei, eu também gostava do David. Ele era tão... confiante e engraçado, e charmoso...

— Valeu — disse Jamie. — Entendi.

— Não. — Revirei os olhos. — Quer dizer, ele era imponente. Eu achava que, se alguém como ele prestasse atenção em mim, eu devia ser especial. No fim das contas, ele era apenas viciado na onda da confiança.

— Ele gostava de você — insistiu Jamie. — Mas você é incrível demais para que o cérebro dele suporte.

— Ah. — Bufei. — Não sou.

— Você é — confirmou ele. — Sophia. Gosto de você. Os três últimos anos não pareceram reais para mim como esses três últimos dias. Gosto de conversar com você. Gosto de ouvi-la falar. Não quero que isso acabe.

Me aproximei mais. Nossos joelhos se encostaram.

— Isso é porque eu sou boa falando. Talvez você pense que meu único ponto forte é a ciência, mas tenho uma porção de outras habilidades. Sei falar, sei ouvir e parecer séria ao mesmo tempo, assentindo de forma perspicaz.

Jamie ergueu minha mão esquerda e a apertou entre as suas. Ele levou meu punho até a boca e o beijou uma vez, no local onde a pele era fina e cheia de terminações nervosas.

Eu realmente torci para que não estivesse suado, nem fedorento ou algo assim. Torci de verdade para que ele não detestasse. Torci muito para que ele não achasse constrangedor quando ofeguei.

Sentei sobre os joelhos e enlacei o pescoço de Jamie, erguendo o rosto dele para mim. Seus lábios se abriram facilmente, e seus olhos se fecharam. Quando ele os abriu de novo, eu disse:

— Eu também não quero que acabe.

Sua boca encontrou a minha, seus braços enlaçaram as minhas costas. Beijando. Eu estava beijando alguém! E aquilo... aquilo fez minha boca ficar instantaneamente anestesiada. Foi como mergulhar numa água gelada. Meu corpo dizia, tipo: *Eu não tenho mapa pra isso! Socorro!*

Respirei rapidamente, e nossos lábios se separaram. Me afastei, sentando em meus pés, tentando encher os pulmões de oxigênio. Jamie inclinou-se para a frente, usando uma das mãos para afastar o cabelo que tinha ficado colado nos meus lábios.

— Está tudo bem?

Todas aquelas sombras e curvas do rosto dele. Toda aquela preocupação em seus olhos verdes mágicos. *Tudo bem. Estou bem.* Minhas mãos seguraram seu rosto. Então...

Nós nos beijamos de novo.

Abri mais a boca, e a língua dele sugava suavemente a minha, e eu sentia o gosto de chá e menta. As mãos dele deslizaram por baixo dos meus joelhos, me puxando para o seu colo. Minha barriga tocou a dele. Minha boca se abriu um pouquinho mais, e seus dentes bateram nos meus, algo que Mika tinha dito que era ruim, mas não pareceu tão ruim. Não pareceu um desastre.

Ele se encostou na estante de livros. Sentei e deslizei as mãos por seus ombros, subindo por seus braços. Seus olhos estavam fechados e seus cílios se moviam furiosamente, mandando todo tipo de código Morse. Aquilo me fazia querer beijá-lo ainda mais.

Então eu beijei.

Eu queria me enroscar toda nele. Queria tirar todo o seu ar e devolver, e tirar de novo. Seus braços se ajustaram em volta da minha cintura, e ele afastou a boca. Ele tocou o nariz em minha bochecha, depois no meu queixo.

— Você até que é bem boa nisso também — ele sussurrou.

Eu beijei sua orelha e pousei o nariz ali, na parte iluminada de seu cabelo. Sussurrei:

— O MIT ficará feliz em saber.

Ele riu com a boca junto ao meu pescoço, e os nervos do meu corpo se desconectaram, um por um.

Capítulo 24
QUINTA-FEIRA
02 : 05 : 15 : 00
DIAS HORAS MIN.   S

Jamie estava certo. Ele era bom em fazer as malas.

— Essa é a vantagem de ser repetidamente despachado para outras nações — disse ele. — Sou um mestre Jedi para fazer as malas.

— Se isso fosse verdade, eu também seria. Mas sou uma droga nisso.

— Você — ele me apontou com um pacote de papel de carta do *Pingu* — só está negando seu potencial.

Foram três horas para empacotar tudo no meu quarto. Deveria ter ficado um clima estranho entre nós depois da sessão de pegação, mas não ficou. Eu estava leve demais para ficar ansiosa. Efervescente demais, como se estivesse preenchida, até o topo, com algo gasoso.

Beijar Jamie tinha feito o tempo parar. Ou, pelo menos, desacelerar. Cada segundo era intenso demais para me preocupar com o segundo seguinte. Eu não conseguia nem pensar em entrar num avião em dois dias, porque havia centenas de milhares de segundos entre este momento e aquele. Segundos que eu podia passar com Jamie. Beijando-o.

Nós só tínhamos nos abraçado por dez minutos, quando ouvimos a porta dos fundos abrir novamente. Minha casa era pequena o suficiente para *sentir* se outra pessoa entrasse. O chão do meu quarto tremeu quando minha mãe e Alison entraram na cozinha.

Dei um salto, acendi a luz e escancarei a porta. Quando virei, Jamie tinha começado a arrumar as coisas. Montamos as caixas, etiquetamos, enchemos. Jamie era um dobrador de roupas incrível. E ele embrulhou todos os meus livros de ciência com camisetas velhas e os carregou com as duas mãos, antes de colocá-los numa caixa. O que me fez querer me espremer entre ele e a caixa, passar meu nariz em seu pescoço e beijar atrás de sua orelha. (Minha imaginação estava bem mais aguçada do que eu poderia pensar.)

Logo o meu quarto estava tomado de caixas. Elas estavam em volta da minha cama, embaixo da minha escrivaninha e na frente do armário. Fizemos uma mala para eu levar no avião, já que o restante das minhas coisas seria despachado para os Estados Unidos.

Fiquei em pé, ao lado da minha cama, para assimilar toda a mudança. As paredes estavam vazias, sem os pôsteres e as fotos, o tapete de arco-íris tinha sido guardado e as luzinhas piscantes estavam enroladas numa caixa, em vez de penduradas no teto. Fui até lá embaixo pegar um copo de água e deixar nossas canecas de chá, enquanto Jamie terminava de passar a fita na última caixa. Quando voltei, tinha acabado.

— Parece tão pequeno.

Jamie jogou meu cachorrinho de pelúcia para o alto e o pegou.

— Já parecia pequeno antes.

Bati o braço dele com o meu, e ele bateu no alto da minha cabeça com o cachorrinho. Era difícil não beijar a lateral de seu pescoço, mas dava para ouvir Alison andando em seu quarto, ao lado, ouvindo música de violoncelo.

— Ei. — Jamie colocou o cachorrinho em cima da minha mala. — Não se esqueça disto. — Ele pegou o relógio da cômoda vazia e me entregou.

— Certo. Obrigada. — Ele pareceu quase quente em minha mão. Olhar o visor desbotado em roxo e branco me deixou sóbria por um segundo... o inevitável estava chegando. O único motivo para que Jamie estivesse ali era para me ajudar a empacotar as coisas do meu quarto. Para que eu entrasse num avião e partisse.

Eu o soltei em cima da mala.

— Você vai perder o último trem — eu disse. — Vou acompanhá-lo até a estação.

Minha mãe estava sentada à sua escrivaninha, em seu quarto, digitando em seu laptop. Bati na porta e disse que ia acompanhar Jamie até a estação.

— O.k. — Ela empurrou os óculos para o alto da cabeça e nos deu um sorriso cansado. — Ainda falta muito para mim. Obrigada por toda a ajuda, Jamie.

Jamie assentiu e puxou a pulseira de couro. Eu olhava intensamente para um pedaço solto de gesso na parede.

Descer foi como entrar numa cena de crime, com tudo organizado e delimitado. E então estávamos lá fora, e Jamie segurava novamente minha mão. A noite se abriu ao nosso redor: uma brisa fazia esvoaçar a roupa de alguém no varal de uma varanda, as cigarras cantavam nas árvores que cercavam os prédios. Eu sentia cheiro de yakisoba e um vago perfume dos caquizeiros, tudo flutuando, rumo ao céu escuro e embaçado.

Como era pouco antes da meia-noite, todas as lojas pelas quais passávamos estavam com as persianas fechadas, mas algumas máquinas automáticas iluminavam nosso caminho colina abaixo. Alguém passou por nós de bicicleta com um cachorro sentado no cestinho. Depois eles se foram e nós ficamos sozinhos.

Jamie ergueu nossas mãos enlaçadas e apontou para o céu.

— Dá uma olhada — pediu ele. — Tem exatamente quatro estrelas aqui em cima.

Olhei para cima.

— Provavelmente são aviões.

— Tão cínica — disse ele. — Eles contam.

Ele parou de andar, então parei também.

— Uma pergunta idiota — falou ele, parecendo subitamente nervoso. Ele estava balançando minha mão. — Você sentiu a minha falta? Quando eu estava nos Estados Unidos?

Franzi o cenho.

— Isso não parece uma pergunta idiota. Parece uma pergunta capciosa.

Ele enlaçou a outra mão à minha, como se fôssemos começar a dançar pela rua vazia. Como se estivéssemos num daqueles filmes bregas dos anos 1950, com grandes sequências noturnas de dança sob as estrelas. Eu podia ver Jamie num daqueles filmes. Todo aquele encanto bobo e aquele rosto largo, expressivo.

— Na verdade — disse ele —, não responda. Vou parar de falar antes de me constranger ainda mais.

Eu me desviei dele. Um gato estava sentado num beco entre duas lojas e seus olhos de lanterna piscavam para nós.

— Eu não sei o que dizer. Achei que a gente tinha cagado tudo quando você foi embora. Achei que você fosse a prova viva de que eu era a perdedora incapaz de fazer ligações genuínas com outros seres humanos.

— Nossa. — Ele ergueu as duas sobrancelhas. — Isso é um elogio e tanto.

Revirei os olhos e dei um empurrãozinho nele. Durante os três últimos anos, eu tinha me esforçado muito para não pensar nele. Quando sentava no pátio, na hora do almoço, quando assistia a meus filmes favoritos, quando olhava meu e-mail e sabia que nunca mais veria seu nome ali.

— Você foi meu primeiro amigo de verdade — eu disse, percebendo que cada palavra era verdadeira. — Claro que senti sua falta. Todo santo dia.

Ele não disse nada, nem sorriu. Só me beijou, com todos aqueles aviões piscando lá no alto.

Capítulo 25
SEXTA-FEIRA
01 : 18 : 38 : 11
DIAS HORAS MIN. S

Não levantei quando minha mãe bateu em minha porta, mas quando Alison entrou e arrancou o meu lençol.

— Arruma sua tralha — disse ela. — O pessoal da mudança chegou.

— Estou acordada — murmurei, enfiando a cara no travesseiro. — Minha tralha está arrumada.

Alison bufou.

— É, você parece bem alerta. Troque de roupa.

Peguei a primeira coisa que encontrei na mala. Uma camiseta listrada em verde e preto, um jeans justo e um cinto plástico forrado com desenhos de quadrinhos e meu nécessaire. Tinha gente lá embaixo. Ouvi o barulho dos móveis sendo arrastados pelo chão e das caixas batendo nos batentes.

Ver a casa sendo totalmente esvaziada era pior ainda pela manhã, com a luz do sol e a poeira preenchendo cada canto. Nada disso nos pertencia mais... Pertencia a um estranho.

— Não pense nisso — sussurrei.

Fui até o banheiro e escovei os dentes com uma escova em miniatura e um tubo de pasta de dente de viagem. Quando puxei a blusa por cima do ombro, senti o cheiro de menta. As lembranças da noite anterior acenderam minhas terminações nervosas — a boca de Jamie e os círculos que ele desenhou, subindo e descendo o dedo em meus braços.

O nó em meu estômago afrouxou quando lembrei que, independentemente do que acontecesse hoje, eu veria Jamie. Ele não tinha celular, então não podia ligar para ele. Mas ontem, antes que ele entrasse no trem, combinamos de nos encontrar no Hachiko, às quatro horas. Pensar nisso era como vestir uma armadura. Era como colocar headphone para abafar o barulho lá embaixo.

Eu praticamente saí pulando do banheiro e voltei ao caos das caixas.

Os carregadores ficaram lá a manhã inteira. Alison e eu ao redor deles, e minha mãe dando instruções em japonês. Era meio-dia, depois, uma, depois já passava das duas.

As últimas caixas foram empilhadas em pequenos montes, junto ao *genkan*. O restante da casa havia se transformado em nada além de paredes vazias e carpete esponjoso. Do alto da escada, minha mãe gritou que partiríamos para o hotel em uma hora.

Depois disso, eu iria para o Hachiko.

Minha barriga roncou. Dei um pulo na cozinha para ver se havia sobrado alguma comida e quase trombei com Alison, que estava sentada perto da porta dos fundos, calçando os sapatos.

— A mamãe me deu dinheiro. Ela disse pra gente comer no Mister Donut antes de sairmos.

Girei meu cinto para colocá-lo na posição correta.

— Está falando comigo de novo?

Agora eu ouvia a mamãe no corredor, explicando alguma coisa a um dos carregadores. Alison levantou.

— Ordens da capitã.

Jamie tinha deixado seus óculos de sol vermelhos no meu quarto, então eu os usei a caminho da estação. Minha irmã me olhava desconfiada.

— Você está sorrindo muito — disse ela. — Bateu com a cabeça em alguma coisa?

— Outro dia você achou que havia algo errado porque eu estava triste — frisei. — Agora acha que há algo errado porque estou feliz.

— Sei, sei — disse ela. — Seu rosto mostra uma nova emoção cada vez que eu a vejo.

Mister Donut era uma loja de donuts na estação Yoyogi-Uehara. Esperei na fila com Alison, oprimida por notar como tudo era tão familiar. As vitrines envidraçadas de donuts e a decoração num tom alegre de amarelo e o rugir dos trens acima. Eu sempre perambulava por ali com Mika e David, em tardes tediosas de domingo. A gente sentava numa das mesas dos fundos, e eles riam e provocavam um ao outro durante horas, talvez flertassem, agora me ocorria...

— Alô? — Alison estalou os dedos diante do meu rosto. — Você vai pedir o quê?

Alison e eu pedimos dois donuts cada uma. Ela pediu café preto e eu, um café com creme, e joguei três cubos de açúcar dentro.

— Credo — disse Alison quando nos sentamos. — Este café está um lixo.

— Mas eles dão o refil grátis. — Acenei para os funcionários de uniforme amarelo que caminhavam rapidamente por entre as mesas, enchendo os copos de todo mundo. Dividi meu donut com glacê rosa em duas partes, depois em quatro. Gostaria de não ter me permitido pensar em Mika e David. Agora eu estava obcecada pela falta que sentia deles. Jamais voltaria ao caraoquê com eles, nem iria às barracas de *purikura* depois da escola, nem ficaria enviando mensagens de texto a eles sem parar quando eu ficasse em casa doente.

Dei um gole no meu café com creme e tentei me concentrar em Jamie. Alison me encarava.

— Então. Você ainda está brava comigo, certo?

— Não. — Como eu não estava usando meu relógio, busquei meu celular para ver o horário. Mas eu não o tinha mais. Minha mãe o levara à loja da Docomo para cancelar meu contrato.

Alison deu uma mordida em seu donut com geleia e mastigou.

— Mas você estava brava comigo. Na Tóquio Tower. Estava superbrava.

— Não estou com raiva de você.

Já deviam ser quase três horas. O que significava que eu tinha de me apressar. Eu precisava chegar a Shibuya para encontrar Jamie. Para ouvir sua voz e tocar sua pele. Porque, quando eu o fizesse, não sentiria que tudo estava terminando. Não sentiria o futuro me arrastando em direção a algo que eu não podia controlar.

Alison debruçou por cima da mesa, e uma cortina de cabelos escuros pendeu perto do meu café.

— Para onde você foi naquela noite? Depois da Tóquio Tower?

Suspirei.

— A mamãe te falou. Eu estava com a Mika.

— Não — disse ela. — Você não estava.

— Sim. Eu estava.

Alison franziu o cenho. Profundamente.

— Eu ouvi você e a Mika na cozinha ontem. Não pareceu que vocês tinham acabado de se divertir numa festinha.

Senti uma onda de irritação.

— Você estava ouvindo a gente?

— Deus, Sophia. Você já esteve em nossa casa? Dá pra ouvir quando você respira, porra.

Pensei em ontem à noite e em Jamie, e senti meu rosto todo queimar.

— Olha, é legal que você se importe. Estranho, também acho, mas legal. Mas me faz um favor. No futuro, se você se pegar preocupada porque eu me tranquei num banheiro público pelo resto da minha vida, pode me ligar. Não acorde a mamãe no meio da noite. Não a deixe em pânico.

Alison recostou-se na cadeira e fez um som de reprovação.

— Você ainda não é adulta. Você estava agindo como uma maluca, e a mamãe deve saber quando você age assim.

— Bem, ela sabe — eu disse. — E é por isso que estou me mudando para Paris.

— Espere... o que você acabou de dizer?

— É. A mamãe ligou pro papai, e eles disseram que eu posso morar em Paris este ano. Se eu quiser.

Alison não pareceu se abalar.

— Mas você não vai.

— Na verdade, você não opina em nada quanto a isso. Nada.

— Você não vai — disse Alison. — Que droga, Sophia! Você não está pensando seriamente nisso, está?

Enfiei dois pedaços grandes de donut rosa dentro da boca.

— Já pensei sobre isso. — Engoli. — *Seriamente*.

— Sophia — disse ela, agora zangada. Mais zangada. — Você não pode fazer isso. Não pode deixar a mamãe sozinha.

— Por que não? Ela já disse que eu devo ir.

— Porra! — Alison bateu com a mão na bandeja amarela, me dando um susto. — Você está brincando comigo? Ela é nossa *mãe*. Você não pode abandoná-la. Não por alguém que nos largou, por ser francês demais, ou porque não éramos francesas o suficiente, ou sei lá que merda de motivo.

— Ele não... — Sacudi a cabeça. — Ele era jovem. E eu sei que ele não era confiável, mas ele não é mais assim. Agora ele tem uma família.

— É, a família que ele quer. Uma família de verdade.

— Pare de dizer essas coisas! — gritei, depois baixei o tom de voz. — Apenas pare de falar da gente como se pudéssemos ser substituídas.

— Tudo bem. — Alison balançou o dedo no ar. — Então por que você não vai para Paris? Por que não vai descobrir quanto ele é *confiável*? Pra ser honesta, parte de mim realmente quer ver o circo pegar fogo.

Me enfureci.

— Por que você sempre é tão asquerosa quanto a isso? Da última vez, eu quase fui...

— Ele não a queria lá! Será que você não entende isso? Ele que decidiu que não daria certo. *Ele* que disse que você não devia ir. A mamãe não te falou porque achou que isso a deixaria arrasada.

Senti um aperto no peito e na barriga. Isso não fazia sentido... Minha mãe tinha explicado por que eu não deveria ir a Paris naquela época. Ela havia conversado a respeito disso com meu pai, e eles decidiram juntos que eu deveria vir para Tóquio.

— Não foi isso que aconteceu.

— Claro que foi! Meu Deus! Será que você faz alguma ideia de quanto isso é difícil? Ver você se agarrando a essas ideias ridículas sobre ele? Você quer pensar que ele é um pai normal pra gente, mas ele não é. E se você for para lá, vai ver isso. Verá como importa pouco pra ele.

Olhei para a mesa. Não podia acreditar... Eu *não* ia acreditar em nada disso.

— Não é assim — insisti.

— Sophia, eu estou te implorando — disse Alison, agora com a voz falhando. — Se você for para Paris, ele não vai tratá-la como se lá fosse o seu lugar. Você vai se magoar.

A confusão me engolia. Eu queria discutir com ela, mas não sabia como. Alison estava mentindo. Estava dizendo isso para me assustar e me fazer desistir.

Não estava?

— Por favor — sussurrei. — Será que você pode parar de falar nisso agora?

— Então, quando você quer falar sobre isso? — ela gritou, o choro irrompendo em suas palavras. — Quando estiver embarcando num avião para a porra de Paris?!

Um dos funcionários que servia café parou antes de chegar à nossa mesa.

— Não faça isso conosco — disse Alison. E agora ela estava chorando. Minha irmã estava chorando. — Por favor, não nos abandone.

Capítulo 26
SEXTA-FEIRA
01 : 12 : 49 : 38
DIAS HORAS MIN. S

O hotel tinha uma vista panorâmica de Tóquio, dos prédios cinzentos, de letreiros vermelhos e do céu borrado. Alison e eu não nos falamos quando deixamos nossas coisas em lados opostos do quarto. Provavelmente porque estava tudo arruinado. Além da possibilidade de reparos. Além de qualquer possibilidade. Minha irmã me odiava, e estávamos partindo, e esta semana estava me alcançando, me agarrando pelos tornozelos.

Alison pegou um cartão-chave do quarto e saiu novamente, batendo a porta. Deixei a ranzinza Dorothea Brooks sair de sua gaiolinha e corri até o telefone na mesinha de cabeceira para ligar para meu pai. Eu ligaria para ele, que me diria que Alison estava errada.

Mas, enquanto eu segurava o fone, senti um aperto cada vez mais forte no peito, quase me impedindo de respirar. Eu deveria ter encontrado Jamie... deveria tê-lo encontrado dez minutos atrás. Perceber isso foi uma paulada, mas eu não podia me preocupar com isso agora. A única coisa que eu podia fazer era afastar a ideia para o mais longe possível e sentar na beirada da cama, com o fio do telefone esticado atrás de mim.

— *Allô*, Philippe Moignard. — Fiquei surpresa ao vê-lo atender em francês, mas acho que fazia sentido. Meu número não apareceu em seu visor.

— Pai — eu disse. — Oi.

— Sophia? Está tudo bem? — Ele parecia arrasado. Dava para ouvir os gêmeos brigando ao fundo e Sylvie gritando com eles. Também havia outros sons: o trânsito de uma rua movimentada, buzinas de carros.

— Estou bem — respondi. — Só estou ligando porque...

— Sua irmã está bem? Sua mãe? — A voz dele ficou distante, e ele falou alguma coisa para Sylvie, algo em francês.

— Pai — eu disse, subindo o tom de voz. — Estão todas bem. Sério.

— Emmanuelle — ele falou à minha meia-irmã — *Calme-toi*.

Encolhi as pernas para cima da cama. Todo aquele café com açúcar do Mister Donut estava pulsando em minhas veias. Havia um anúncio de papelão de pacotes baratos para a Disneylândia de Tóquio em cima do criado-mudo, e eu estendi a mão para apertar o canto do encarte.

— Desculpe — meu pai disse depois de um momento. — Será que podemos conversar mais tarde? Estamos a caminho do mercado, e a Emmanuelle diz que está com dor de estômago.

— Pai — repeti. — Eu queria te dizer uma coisa. Queria te dizer que... que resolvi me mudar para Paris. Sei que a mamãe disse para eu repensar e sei que é uma decisão importante, mas eu já repensei. Tipo, muito. E queria dizer primeiro para você e para Sylvie.

Outra pausa. Ouvi a voz fina de Emmanuelle começando a berrar, Luc juntando-se a ela nos gritos.

— Nós devemos falar sobre isso depois — disse ele. — Quando você estiver nos Estados Unidos.

De alguma forma, seu tom estava meio vago — mais frio que o habitual. Senti um calafrio percorrer minha pele.

— Mas vocês falaram sobre isso — eu insisti. — Você falou sobre isso com a mamãe ontem.

— Sophia. — Meu pai pareceu sério. Quase do jeito de Alison, na verdade. — Nós precisamos pensar em tudo, minuciosamente.

Pensar em tudo minuciosamente?

— Mas... A mamãe falou que a escolha era minha.

— É claro — meu pai disse. — Mas haveria muita mudança, não? Você vindo para cá.

Não, eu quis dizer. Seria o oposto de mudança. Seriam as mesmas frutinhas e os parques que eu visitei todos os Natais. As mesmas paradas de metrô e os mesmos passeios pelo Sena, e os mesmos museus, os sapatos rangendo nos mesmos pisos lustrosos. Seria o lugar onde eu queria morar desde que tinha cinco anos de idade, quando meu pai me explicou, pela primeira vez, que estava de mudança de volta para lá.

Mas eu não disse isso. Ele não quis dizer que seriam muitas mudanças para mim.

— Tudo bem — eu disse, tomada pelo constrangimento que deixava meu rosto e pescoço dormentes. — Desculpe incomodar.

Meu pai disse mais alguma coisa — tchau, provavelmente —, mas sua voz foi sobreposta pela estática, e a ligação ficou muda.

Por um momento fiquei sentada completamente imóvel. Foi como se a minha visão estivesse mudando. Como se, por um momento, eu conseguisse ver as coisas do jeito que Alison devia ver. Os e-mails que ele mandava algumas vezes por semana, que pareciam apressados e superficiais. As ligações telefônicas que ele encurtava por conta do fuso horário. E uma desculpa atrás da outra para que eu não morasse lá.

Coloquei o fone de volta no gancho. Depois o peguei e o bati com toda a força. Dorothea Brooks disparou de onde estava, embaixo da cama, para dentro do banheiro. Levantei e sentei, e levantei de novo. Recostei na mesinha de cabeceira, desejando poder fazer alguma coisa. Desejando poder gritar tão alto que todos no hotel ouvissem. Desejando poder achar minha mãe e passar os braços em volta de seu pescoço e cair em prantos em seu ombro, durante horas.

Desejando poder pegar novamente o fone e parti-lo em mil pedaços.

Ele era meu pai. Seu lar deveria ser meu lar. Eu deveria simplesmente... fazer parte de lá. Como deveria pertencer a Tóquio. Como deveria combinar com Mika e David. Mas eles também tinham me decepcionado. E eu não podia ficar em Tóquio... não podia ficar com nada disso.

Então eu não ia mais tentar.

Segundos, minutos e horas vieram e passaram. O sol estava começando a se pôr, e eu estava sentada no chão entre as duas camas. Mas não sabia como tinha ido parar lá. Ou por quanto tempo estava sentada ali. Surgiu um movimento no corredor, e meu coração veio parar na garganta. Se fosse Alison, de jeito algum eu poderia falar com ela. Sem chance de contar qualquer coisa que meu pai dissera. Peguei um cartão extra e corri até a porta, desesperada para sair antes que ela entrasse. Desesperada para chegar a algum lugar onde pudesse ficar totalmente sozinha. Empurrei a porta, bem na hora em que alguém começou a bater.

— Sophia?

— *Caroline?* — Abri a porta e ali estava ela, com um vestido regata roxo e chinelos de dedo rosa-choque. Seus olhos se acenderam no instante em que me viu.

— Ei!

— O quê? — Cambaleei para trás, desejando poder dar sentido a essa situação seriamente insensata. — O que você está fazendo aqui?

— Ah. — Ela ergueu o celular. — Eu te mandei uma mensagem.

— Você me mandou uma mensagem? — Sacudi a cabeça enfaticamente. — Não recebi. Não tenho mais celular.

— Eu sei. A sua mãe ligou quando viu minha mensagem. Ela disse que estava cancelando o seu contrato telefônico, mas me disse onde vocês estavam hospedadas. — Ela corou e começou a remexer na alça azul e branca de sua bolsinha. — De qualquer forma, estava pensando que a gente talvez pudesse ir juntas esta noite? Eu sei que é meio chato, mas me sentiria melhor do que aparecer lá sozinha.

— Ir aonde? — perguntei.

Ela inclinou a cabeça, confusa.

— No seu lance de despedida. Aniversário da Mika. Você não se esqueceu, não é?

Senti um nó no estômago. Ai, Deus. Aniversário da Mika. O negócio da minha despedida.

— Não — eu disse. — Eu não vou.

— O quê?! — Caroline entrou no quarto. — Você tem que ir! É sua última noite em Tóquio!

— Tecnicamente, amanhã é a minha última noite em Tóquio.

— Você estava dormindo ou algo assim? Está superescuro aqui dentro.

Ela estava certa, o quarto estava ficando mais escuro a cada segundo. Do lado de fora, os prédios iam se transformando em algo maior e mais estranho, algo com milhares de olhos ávidos. Ela caminhou até o abajur no canto, e eu senti minha paciência se esgotando. Mas que droga ela estava *fazendo ali*?

Por que eu não podia ser deixada em paz?

Ela acendeu a luz e virou para me examinar.

— Tem certeza de que está tudo bem? — Ela estreitou os olhos. — Isso não tem a ver com o David, tem?

— Ai, Deus. — Eu me encolhi na poltrona perto da janela. Minha cabeça estava doendo, mas eu não estava pensando em David. Estava pensando em Jamie.

Em como ele devia ter ficado esperando durante horas.

Em como eu nem sequer tentei entrar em contato com ele.

E em como eu não queria ir.

— Sophia?

Enfiei as mãos nos bolsos do meu moletom e pressionei a testa nos meus joelhos.

— Você não pode ir sozinha? — perguntei. — Que diferença faz, se eu estiver ou não com você?

— Você está brincando? — disse ela. — Claro que faz diferença. Você é, tipo, minha única amiga aqui.

Ergui a cabeça.

— Quer dizer — Caroline lambeu seu lábio rosa brilhante —, eu tenho amigos no Tennessee e tudo o mais. Mas não *aqui*.

— Eu sou sua amiga — disse, depois percebi como havia soado áspero. — Quer dizer, claro que sou sua *amiga*. — Eu me encolhi de novo e esfreguei o rosto com as duas mãos. — Desculpe. Estou tendo um dia de merda.

— A-hã. — Caroline sentou na beirada da minha cama. Ela estava sendo solidária e compreensiva, embora não tivesse ideia do que acabara de acontecer.

— Eu só fiquei surpresa — eu disse. — Com o negócio de ser amiga. Eu só, você é tão... popular.

Ela riu um pouquinho.

— O que a faz pensar que sou popular?

Apontei para o celular dela, que ela agora segurava com as duas mãos.

— Você está sempre enviando mensagens para as pessoas.

— Sim, pessoas do Tennessee. E, às vezes, acho que só respondem por pena. Eu realmente não tenho amigos em Tóquio. Bem, exceto você. Você é, tipo, minha melhor amiga, na verdade.

— Por favor — bufei.

— Não! — disse ela. — Estou falando sério! Nunca tive amigos superpróximos. Eu frequentava uma escola gigantesca, fora de Nashville, e era muito tímida. Minhas únicas amigas eram as que jogavam tênis e nadavam comigo. E elas meio que me tratavam como se eu fosse uma intrusa.

— Tenho certeza de que isso não é verdade — falei, com uma onda de culpa por todas as vezes que eu a tratara exatamente dessa mesma forma.

Ela sacudiu os ombros e ficou com as bochechas vermelhas. E, para minha surpresa, meus sentimentos frios em relação a ela começaram a se abrandar.

Ainda assim, ela não poderia pensar em mim como sua melhor amiga. Eu sempre vira Caroline como um personagem de filme americano adolescente. A Rainha da Formatura. A garota perfeita, linda e popular. Ela era namorada de David, e eu era a bocó que ficava de lado, a semidivertida.

Mas talvez isso não fosse verdade. Talvez tivéssemos mais em comum do que eu havia imaginado. Ambas perdidas em escolas americanas imensas, ambas imaginando se nossos amigos gostavam tanto de nós quanto gostávamos deles. E eu acho que ela saía com David desde que se mudara para Tóquio, um ano atrás. O que significava que eu era uma das poucas pessoas com quem ela andava com regularidade. Praticamente todo dia. O que significava...

Puta merda. Nós realmente éramos amigas.

E eu tinha sido uma cretina com ela desde o momento em que a conheci.

— Eu não vou perder a sua última noite aqui por causa do imbecil do David. Depois desta noite, talvez a gente nunca mais se veja.

Alguém vinha andando pelo corredor, e o pânico voltou a explodir dentro de mim. E se agora fosse a Alison? E se eu tivesse que falar com ela?

— Tudo bem — eu disse, levantando.

— Tudo bem? — Caroline também levantou. — Foi fácil assim?

— É. Vamos dar o fora daqui.

Caroline ergueu os ombros e me deu uma olhada, de cima a baixo. Subitamente ela era a Rainha da Formatura Americana, e tudo que eu queria era ir para minha cama, me esconder embaixo das cobertas, até a hora de ter que pegar o avião.

— O que foi? — perguntei. — Você está me olhando com uma cara esquisita.

— Sem querer ofender — disse ela, cruzando os braços —, mas, se nós vamos sair, você precisa muito se trocar.

Caroline escolheu uma roupa para mim: uma saia de helanca preta que aprovei porque cobria meus joelhos, ainda ralados, e uma blusa solta azul, que era ligeiramente transparente. A blusa, eu aprovei menos. Meio que dava para ver o meu sutiã, que era *verde fluorescente*.

Era forçado demais, mas eu não estava nem aí.

A única coisa que eu queria era ir para algum lugar cheio... algum lugar onde pudesse ser absorvida pela música estrondosa e espremida pelos corpos. Algum lugar que *não fosse ali*.

Depois que me vesti, Caroline insistiu para fazer uma trança francesa no meu cabelo.

— Eu nem sabia que as pessoas ainda faziam isso — eu disse.

— Adoro trança francesa! — falou Caroline. — Minhas irmãs e eu sempre fazemos umas nas outras.

— Acho que você e suas irmãs têm um relacionamento bem diferente do que eu tenho com a minha — murmurei.

Alison não voltou, graças a Deus, e eu não bati na porta da minha mãe para dizer que ia sair. Embora provavelmente devesse bater. Mas ela logo saberia que eu estava aborrecida — ficaria em pé na porta, batendo a caneta na palma da mão, com cara de preocupada, e isso me derrubaria. Eu lhe contaria tudo.

Enviei uma mensagem para ela, do celular da Caroline, avisando que ia sair para o aniversário da Mika. Ela escreveu de volta, dizendo para eu me divertir.

Capítulo 27
SÁBADO
01 : 04 : 12 : 23
DIAS HORAS MIN. S

— **Este lugar está infestado** — disse Mika, enrugando o nariz.

— Infestado de quê? — Jamie estava com a mão apoiada no balcão do bar, então a tirou de lá e a esfregou no jeans.

— De gente da T-Cad. — Mika ergueu seu drinque acima da cabeça e gritou: — Esta porra deste lugar está infestado de gente da T-Cad!

— Cuidado. — Jamie pegou o drinque dela e o pousou no balcão. — Você quase derramou isto na sua cabeça.

— *Ah*. Ou na sua. — Ela deu um sorriso de doida.

Mexi o canudo do meu refrigerante de melão. O gelo tinha derretido, e o copo estava morno e suado.

Essa era nossa terceira boate da noite. Até agora meu plano de me distrair *não* estava dando certo. Todo lugar a que íamos era irritante demais. Lotado de alunos da T-Cad e tocando aquela música techno que só falta derreter as caixas de som, como um coro de motores de dentista. Como não estava com meu relógio nem meu celular, não fazia ideia de que horas eram. Provavelmente já passava da meia-noite? E eu ainda estava esperando que algo mudasse, que todos subitamente ficassem à vontade uns com os outros.

O que jamais iria acontecer. David tinha ficado todo emburrado quando percebeu que eu viera com a Caroline, e Mika mal reconhecia a minha existência. Mas Jamie foi o pior. Havia tanta incerteza em sua voz quando ele disse "oi", como se esperasse que eu explicasse onde tinha passado o dia todo. O porquê de não ter aparecido.

Mas eu não podia. Não dava para explicar como tudo parecia tão sem sentido. Não dava nem para pensar, com todo aquele barulho na minha cabeça.

E agora David saiu para algum lugar, e Mika estava me ignorando, e Jamie mal olhava em minha direção. (Ao menos agora ele estava ligeiramente mais à vontade; havia tomado duas cervejas.) A única pessoa que eu podia tolerar era Caroline, e ela tinha ido ao banheiro.

Fiquei na ponta dos pés para ver se ela estava voltando, mas não dava para enxergar muita coisa no meio da galera. Havia paredes pretas cobertas de tinta rachada e pôsteres tortos. Alguns adesivos fluorescentes pendiam letárgicos no ar. Mika estava certa. Aquilo ali estava *infestado* de gente da T-Cad. Não apenas esta boate, em particular, mas Roppongi em geral. O pessoal da T-Cad adorava Roppongi, embora fosse seriamente desprezível. As ruas eram repletas de boates e bares mais espalhafatosos que as boates e os bares de qualquer outro lugar de Tóquio.

Mika provavelmente diria a mim que não gosto de Roppongi porque sou muito *inocente*. Se ela ainda estivesse falando comigo. Mas não estava. Não estava falando com ninguém, exceto com Jamie e com o pessoal da T-Cad com quem trombávamos a noite toda. Aqueles que falavam sem parar de suas férias de verão e reclamavam do começo das aulas e alegremente se apresentavam a Jamie. Alguns não apenas se apresentavam. Algumas garotas tocavam seu braço. Diziam esperar *vê-lo por aí, qualquer hora*.

Caroline veio por trás de mim e agarrou meus ombros.

— Ei! — disse ela.

— Ei — respondi, suspirando.

Jamie ainda estava observando Mika, sorrindo para ela naquele seu jeito preguiçoso e relaxado.

— Eles abriram a pista de dança lá de cima — avisou Caroline. — Temos que ir! Temos que dançar!

— Eu tenho que terminar isto — falei, mexendo o canudo do meu refrigerante.

— Eu vou — disse Mika. Ela deu um gole em seu drinque e o entregou a Jamie.

— Ah — disse Caroline, olhando-a de cima a baixo.

Até então as duas pareciam tranquilas uma em relação à outra. Não amistosas nem nada, mas tranquilas. Caroline nem parecia assim *tão* irritada com David. Ela não falou com ele, mas não chorou nem jogou drinques em sua cara.

Caroline endireitou os ombros e olhou para Mika, como se tivesse acabado de decidir algo importante.

— Ótimo! Vamos!

Elas abriram caminho pela multidão, em direção a uma escada metálica frágil que já estava apinhada de adolescentes.

Permanecemos Jamie e eu.

Sozinhos.

Parte de mim queria recostar em seu peito, tocar seu rosto. Mas outra parte — a parte mais forte — não conseguia fazê-lo. Não podia tentar se agarrar a outra coisa que eu sabia que ia perder.

Coloquei meu refrigerante no balcão. Depois de um minuto tenso, ele perguntou:

— Como foi a mudança?

Forcei-me a olhar para cima, para encará-lo. Ele estava com um gorro marrom e uma camiseta cinza com as palavras VIDA PASSADA. Quase dava para contar as sardas cor de mel em seu nariz e suas bochechas.

— Bem — eu disse.

— Então — começou ele bruscamente —, você vai me dizer o que fiz pra te deixar zangada?

Passando o indicador num remendo do balcão, dei de ombros. As palavras estavam na ponta da língua — *você não fez nada* —, mas não consegui pronunciá-las.

— Caramba. — Jamie passou as duas mãos no cabelo, seu gorro caiu, mas ele não o pegou. — Estou aqui sem saber o que fazer. Esperei por você a porra da tarde inteira.

Fechei meus olhos com força. Ele parecia tão zangado que eu quase o detestei por isso. Será que ele não entendia quanto isso era impossível? Será que não via quanto doía só estar aqui, com ele?

— Eu estava fazendo minha mudança — disse. — Estava ocupada.

— Você estava ocupada. — Jamie continuou com as mãos na cabeça, agarrando o cabelo. — É isso. É tudo que tem para me dizer?

Peguei um canudinho e o enrolei nos dedos.

— Dane-se você — sussurrei. — Você não tem ideia do que estou passando.

— Meu Deus. — Ele bateu o punho no balcão, fazendo o tampo reverberar. Tive um pequeno sobressalto. — Claro que sei o que você está passando. Eu já me mudei também, Sophia.

— Então você devia entender! Estou indo embora em dois dias, lembra? Um dia, na verdade, já que passa da meia-noite. Por que tenho que ficar com você? Eu não *quero*.

Ele caiu num silêncio, perplexo. Uma garota que estava ao meu lado começou a rir tanto que caiu para trás, batendo nas minhas costas. Fiz um movimento brusco para desencostá-la. A pulsação em minhas têmporas acompanhava a batida da música irritante. Amassei o canudo e me esforcei o máximo que pude para conter as lágrimas. Não queria ter dito nada daquilo, mas estava tão... *furiosa*. Furiosa com Jamie, por querer me enganar que isso poderia dar certo. Que esta semana poderia terminar de qualquer forma, menos com um desastre.

— Você está sendo bem egoísta — ele acabou dizendo.

— Não — falei. — Estou sendo realista.

Ele se retraiu.

— Você não é a única que tem coisas com que lidar esta semana.

— Ah, tanto faz — estrilei. — Você deixou a Carolina do Norte. Eu estou prestes a deixar tudo que importa. Tóquio e meus amigos e a minha vida aqui. *Você* pode ficar. E você vai ficar com meus amigos. *E você vai ficar com a minha vida!*

Ele se afastou de mim, mas eu não conseguia parar de falar.

— E, para completar, você quer que eu goste de você! Quer que eu sinta a *sua falta*. O que é isso? É algum tipo de vingança? Fazer que eu goste de você para que veja qual é a sensação de ir embora com o coração partido, para que me sinta tão mal quanto você se sentiu... — minha voz foi sumindo. Por dentro, eu estava gritando comigo mesma pelo que tinha acabado de dizer. Por dentro, estava implorando a ele: *Por favor, saiba que estou mentindo, Por favor, saiba que estou mentindo, Por favor, saiba que estou mentindo.*

Mas, por fora, não estava dizendo nada.

Nem ele. Seu rosto, em geral expressivo, estava totalmente fechado. Ele estava de pé, bem na minha frente, mas a quilômetros de distância.

Os alunos da T-Cad à nossa volta pulavam e berravam. Jamie recuou, pegou o drinque de Mika e seguiu rumo à escada.

O zunido em meus ouvidos passou a um rugido... um som tão violento quanto o de uma tempestade. O cara ao meu lado socava o ar vigorosamente e derramou bebida no meu pé. *Ai, Deus, ai, Deus, ai, Deus,* eu ia desmoronar, bem ali, na frente desse bando de alunos bêbados.

— Merda — eu disse baixinho a mim mesma. Minhas têmporas continuavam a latejar. Pronto, já era. Eu tinha conseguido... tinha oficialmente estragado tudo. Jamie jamais me perdoaria depois disso. E ele não devia; eu não merecia ser perdoada. E, mesmo que ele me perdoasse, agora não importava, porque estava acabado. Tudo acabado. Eu já havia praticamente partido.

— Merda.

Eu me afastei do bar e me forcei a passar pela multidão, até chegar ao banheiro. Não tinha fila; graças a Deus, não tinha fila. Tranquei a porta e recostei nela com todo o peso do meu corpo. Fechei os olhos e vi a imagem de um buraco negro. Algo poderoso e gigantesco, algo que destrói qualquer coisa que toca. Estava me cercando por todos os lados. Era como uma armadilha me encurralando; estava me tragando.

O.k., o.k. Lide com isso, Sophia. Lide com isso.

Havia dinheiro na minha carteira, o que significava que eu poderia pegar um táxi até o hotel. O que significava que podia ficar sentada no ar-condicionado com minha gata e minha mala e fingir que nada disso aconteceu.

Vá lá para fora e ache um táxi. Lide com isso.

Cambaleei para trás, me afastando da pia, e escancarei a porta do banheiro e... trombei com o rosto de alguém.

— Caramba! — David trombou em mim.

— David? — Fiquei na porta por um segundo. — O que você está fazendo aqui?

— Caramba. — Ele jogou a cabeça para trás e segurou o nariz, como se tentasse evitar que sangrasse. (Não estava sangrando.) — Isso é jeito de tratar alguém que está tentando te ajudar?

Bati a porta atrás de mim, e ela vibrou no batente.

— Para que preciso de sua ajuda? Eu estava no *banheiro*!

Se ele tivesse quebrado o nariz, eu não ligava.

— Eu estava prestes a bater — disse ele.

— Na porta do banheiro feminino?!

— Vi você correndo aí pra dentro. Imaginei que talvez estivesse chorando, então vim dar uma olhada em você. — Ele sorria como se esperasse que eu o louvasse, ou lhe desse o Prêmio de Garoto Mais Sensível do Ano. Eu estava com vontade de socá-lo.

— Bem, tenho uma boa notícia — estrilei. — Não estou chorando.

Uma garota de vestido amarelo e salto alto estava tentando passar por nós, então agarrei a manga de David e o arrastei para o lado. Estávamos à margem da aglomeração, bem no lugar onde todos os bêbados agitavam os braços.

— Então — disse ele, balançando ligeiramente a cabeça ao som da música. — O que está rolando? Tem certeza de que não está chorando?

— Estou bem. Só não suporto este lugar.

Ele ergueu o queixo, concordando.

— Bem caído, né? Fui lá fora dar uns tragos e resolvi ficar por lá... longe deste frenesi. — Ele apontou para a multidão de alunos da T-Cad.

Puxei a minha saia por cima dos joelhos ralados. Ele era um babaca, mas eu não conseguia dispensá-lo. Tudo nesta noite parecia errado; pelo menos ele estava sendo o cretino habitual.

— Por que você está falando comigo? — perguntei. — Eu ainda estou incrivelmente zangada com você. Você tem noção disso, certo?

— Credo, Sofa. Quando foi que você ficou tão má?

— Pare de tentar ser engraçadinho. — Cutuquei seu braço com o indicador. — Você não ouviu o que acabei de dizer?

— Sim, sim — disse ele. — Você está zangada comigo. — Ele se curvou um pouquinho. O que me lembrou de quando costumava perambular com ele depois da aula de educação física. Eu comprava doce Ramune na máquina e ele ficava de cabeça baixa, fazendo bico, até que eu dividisse o doce com ele. David me pegava e girava quando eu concordava em dar só um teco.

— *Ainda* estou zangada com você.

Ele ergueu uma sobrancelha.

— Por quê? Por causa do que aconteceu com a Mika?

— Isso! E outras coisas. Muitas outras coisas! Coisas que eu lhe disse duas noites atrás!

— Isso tem a ver com você ser a fim de mim, né?

—Ai, Deus! — Mika estava certa. Ela sempre esteve certa. Dizer a David que gostava dele fora uma ideia terrível. Eu tinha passado tanto tempo guardando o segredo que acabei me iludindo, achando que ele gostaria de saber. Que me diria que também gostava de mim.

Mas agora estávamos falando a respeito, e ele não parecia nem um pouco chocado. Parecia estar com pena de mim.

— Não quero falar sobre isso — gaguejei e segui em frente, trombando em dois caras que bebiam um líquido marrom em copinhos pequenos. Um deles me deu um tapinha nas costas e tentou brindar em meu copo inexistente. Eu desviei. Todo o ambiente claustrofóbico estava exalando birita, suor e perfume. Continuei seguindo em direção à saída.

David foi atrás de mim.

— Qual é? Isso não tem nada de mais. Você ficou a fim de mim! Isso é totalmente normal!

—Ah! Pare! Não estou ouvindo!

— Ei. — Ele segurou meu ombro. — Ei. Sophia.

Parei. Todos no bar estavam sendo barulhentos e horríveis. Mas David parecia melancólico. Uma mecha de seu cabelo escuro lhe caiu nos olhos, e ele não a afastou.

— O que é? — perguntei bruscamente.

— Nossa — disse ele. — Você vai mesmo me dar uma canseira, né?

Cruzei os braços.

— Certo — falou ele, subitamente com um tom sério. — Certo. É melhor a gente parar de brigar. Você deve parar de me odiar agora mesmo.

Bufei.

— Espera! — disse ele. — Eu ainda não terminei. Você não deveria estar zangada comigo porque você é... você é a Sofa! Você é a única Sofa do mundo. É com você que eu falo sobre as coisas. E você é engraçada, mesmo sem querer. E me deixa à vontade. E... — ele cutucou meu ombro — eu realmente gosto de você.

— O.k. — respondi.

— E! — disse ele. — Eu não estou *amaaaando* a Mika, como todo mundo parece achar. E também eu posso ter traído a Caroline, mas ela me traiu primeiro, portanto não sou o Maior Babaca do Mundo, o.k.?

Estreitei os olhos para ele.

— A Caroline traiu você?

Ele assentiu, sacudindo a cabeça com força. Ele parecia aqueles bonecos de cabeça de mola.

— Quando foi para casa, no último Natal, ela ficou com o namorado do Tennessee. — Ele tentou falar "namorado do Tennessee" com sotaque sulista, mas saiu tão ridículo que eu ri. O rosto dele se animou. David realmente adorava me fazer rir.

— Quando você descobriu isso?

— Ela me disse outro dia. Quando estava me dispensando.

— Bem, só porque ela te traiu, isso não apaga sua traição.

— Verdade. — Ele tocou meu ombro de novo. — Mas parece não haver um indicador significativo de que estávamos destinados um para o outro, né?

Suspirei.

— Tanto faz.

Uns caras do time de basquete da T-Cad passaram por nós, trombando em David. Ele cambaleou, e eu estendi a mão para segurá-lo pelo braço. Ele sorriu seu sorriso de comercial de pasta de dente.

— Valeu.

Eu o soltei.

— Ei. Sofa. — Ele puxou a alça da minha bolsa. — Você ouviu o que eu disse, certo? Sobre quanto gosto de você?

A voz de David estava bem mais baixa, mas eu tinha o suficiente para ouvi-lo. Apesar do ambiente turbulento, ele estava com os olhos fixos em mim. Seus olhos profundos e escuros.

— É — acabei dizendo. — Mas você me fez pensar que gostava, tipo *gostava* de mim.

Ele não soltou a minha bolsa.

— Qual é, Sofa? Nós dois sabemos que sou um namorado terrível. E você nunca me chamou para sair. Eu poderia ter ficado em casa a noite toda, com roupa de festa, esperando que você me convidasse para sair.

— Por favor. Você teria rido da minha cara.

Ele debochou.

— Não teria, não.

— Tanto faz — eu disse.

O rosto de David estava endiabrado outra vez. Ele não era mais o David melancólico. Era o que buscava a minha atenção a qualquer custo, que curtia ser a pessoa mais encantadora do ambiente. De todos os ambientes. Como sempre, ele tinha se arrumado para a noite. Camisa nova, jeans escuro, sapatos elegantes. Uma vez, um cara do terceiro ano acusou David de ser gay, por ele se preocupar tanto com a aparência, e David só sorriu e respondeu: "A sexualidade é uma balança em queda, meu amigo".

Deus, eu realmente gostei daquela resposta. Realmente gostei *dele* por aquela resposta.

A música mudou de techno para um rap pesado. David começou a se sacudir um pouquinho.

— Ei — disse ele. — Ei, Sofa. Eu gosto dessa música. Quer dançar?

— Não.

— Claro que quer. — Ele me deu um sorriso travesso. — Mas, primeiro, vou te pagar um drinque.

Capítulo 28
SÁBADO
01 : 02 : 50 : 47
DIAS HORAS MIN. S

Quando David e Mika bebiam e eu não, eu ficava me perguntando qual era o sentido daquilo. Beber deixava as pessoas tontas e cruéis. Fazia com que elas rissem de coisas que não tinham graça e chorassem por coisas que não eram tristes. Fazia-as dizer coisas que alunos do jardim de infância achariam sem sentido.

Mas, no fim das contas, também fazia com que se sentissem bem. Ótimas, até. Eu me sentia mais do que ótima, como se minhas preocupações e angústias tivessem sido arquivadas. Como se eu tivesse um viés neurótico menor. Quando as pessoas esbarravam em mim, nem notava. Quando pensava em Jamie, não tinha vontade de deitar de bruços no chão e cair em prantos.

Caramba, eu estava praticamente livre das aflições.

David pediu um refrigerante de melão com vodca para mim. Tinha um gosto diferente.

— Parece que alguém despejou uma droga aqui dentro — falei.

— Exatamente! — disse David. — Foi exatamente o que aconteceu.

Bebi dois refrigerantes de melão tóxicos e comi os cubos de gelo do fundo de cada copo.

— Venha. — Agarrei a mão de David. — Hora de dançar.

— Hora de dançar? — perguntou ele. — Você quer dançar?

— Sim! Hora de dançar!

A escada metálica estava girando bem mais do que uma hora atrás. Meus pés não pareciam mais ligados às minhas pernas, e eu segurei o corrimão com as duas mãos.

— Não me lembro como fazer isso — resmunguei.

David colocou as mãos em minha cintura e murmurou atrás do meu pescoço:

— Um passo de cada vez, pequena Sophia.

Quando chegamos ao topo da escada, não pude acreditar na quantidade de gente que havia ali. Provavelmente mil alunos, todos se retorcendo numa massa enorme, todos cantando uma música que eu não conhecia. David também estava cantando. Ele me arrastou para o olho do furacão, e nós dois começamos a pular.

Sim! Pular! Pular é ótimo!

David estava superlindinho com seu cabelo espetado batendo na testa. Como ele era alto e eu baixa, eu tinha uma visão excelente de sua barriga e de seu peito. Ele era comprido e fino, e todas as vezes que eu o abraçava sabia qual era a sensação. Flexível e forte.

Joguei as duas mãos para o alto e comecei a cantar uma letra que acabara de inventar para uma música que eu não conhecia. Algo sobre texugos usando cartolas. David caiu na gargalhada e agarrou a minha mão, enlaçando os dedos nos meus.

De mãos dadas! Sim! Isso é ótimo!

David era meu amigo. Ele era meu amigo porque éramos dois cretinos e podíamos ser dois cretinos juntos. Tirando todo o desejo sexual da equação, éramos só dois cretinos. Dois cretinos desfrutando da companhia um do outro.

Ele soltou a minha mão e passou os braços em volta da minha cintura. Ergueu uma sobrancelha e deu um sorrisinho travesso. Eu o imitei, e isso o fez rir novamente e se inclinar sobre mim. Ele tinha um riso muito bonitinho.

Girei e saí de seu alcance, e foi quando eu a vi. Cabeça careca e blusa preta rasgada na gola. Mika estava de pé, no alto da escada, olhando para a multidão. Jamie e Caroline não estavam com ela, o que me fez sentir pânico por baixo de todas as outras sensações. Sensações de felicidade e vertigem. Ela fixou o olhar em mim, depois começou a acenar que nem maluca.

Pulei para alcançar a orelha de David e apontei para Mika.

— Estamos sendo intimados!

David parou de pular. Ele apertou minha mão e me puxou de volta para a escada, para segui-la.

— Está frio! — falei, assim que as portas do bar se fecharam atrás da gente.

— Não está, não! — disse David.

Revirei os olhos.

— Eu quis dizer relativamente.

Jamie e Caroline estavam perto da parede externa de tijolinhos do bar, conversando. Estavam com expressões sérias. Expressões sérias e *entediantes*.

O bar ficava no meio de Roppongi-dori. A rua se estendia de mim até o outro lado, num borrão de néon. As pessoas indo e vindo eram zumbis. Zumbis, de olhares vagos, que se arrastavam. A rua inteira... um borrão de néon. Bem embaçado...

Despenquei no ombro de David, e foi como cair numa almofada sólida e aquecida. Senti seus músculos reagindo quando ele me equilibrou.

— Opa — disse ele.

— Todo mundo lá dentro é retardado — Mika declarou. — Austin Cormack acabou de tentar esfregar a minha cabeça para ter boa sorte, e essa foi a porra da última gota. Estamos indo nessa.

Continuei descansando a cabeça no ombro de David.

— Eu até que gosto lá de dentro. A energia vai crescendo na gente.

— Como uma micose de pé — disse David, e nós dois começamos a rir. Eu ainda estava segurando a mão dele, ou talvez ele estivesse segurando a minha. Então a soltei.

Quando Caroline me viu, ela caminhou até a gente e enlaçou o braço ao meu, me afastando de David. O cabelo dela estava preso num coque no alto da cabeça, e o pescoço e as bochechas estavam vermelhos.

— Onde você estava? — ela cochichou. — Está tudo bem?
— Estou ótima — respondi.

A porta do bar se abriu novamente, expelindo uma onda de música alta. Um grupo de garotos saiu cambaleando. Mais zumbis, bem embaçados.

Caroline franziu o cenho.

— Oh, meu Deus — disse ela, ainda cochichando, por algum estranho motivo. — Você está bêbada?

— *Dããã...* — eu disse. — Todo mundo está, não?

David nos fez parar numa *konbini* para que pudesse comprar aquelas minigarrafinhas de líquido que previne ressaca. Ele estava certo: não estava fazendo frio lá fora. Caminhar por Roppongi era como andar por uma imensa sauna. Todo mundo estava com a roupa grudando.

Mika disse que seu estômago não aguentaria outra boate, então, em vez disso, fomos a um caraoquê. Pegamos uma sala com janela e sofás plásticos vermelhos. David sentou ao meu lado e passou o braço em volta dos meus ombros.

— É bom que você não tenha nenhuma intenção romântica com isso — avisei.

Jamie e Mika e Caroline ficaram do outro lado da sala. Eles não estavam mais falando comigo, nem mesmo Caroline. O rosto de Jamie estava tão triste... Jamie, com sua cara imbecil de triste. Só porque ele tinha feito um filme, uma vez, não significava que podia atuar triste toda vez que quisesse. Olhei para ele, fulminando-o. Mas ele não estava prestando atenção em mim. Estava passando o polegar na borda de seu copo de cerveja. O imbecil e triste Jamie, com seu polegar imbecil e triste.

Mika estava cantando algo. Na verdade, berrando.

Eu não fazia ideia de quantas músicas já tínhamos cantado, ou há quanto tempo estávamos ali. Cada segundo emendava no seguinte; eles todos se fundiam até se tornarem uma *coisa* monstruosa e infinita. Esta noite não era algo que eu pudesse medir. Era maior e muito mais apavorante, tão inimaginável quanto a eternidade.

Jamie estava cantando uma música do Radiohead, com a voz baixa e murmurante, e David sussurrou:

— Que cara baixo-astral.

Eu estava tomando outro refrigerante de melão tóxico, mas este estava aguado e sem gosto. Precisava ir ao banheiro.

— Banheiro — eu disse.

Passei por cima das pernas de David a caminho da porta, e ele rapidamente segurou meu punho.

No banheiro, lavei o rosto com água fria. Meu reflexo estava confuso. Eu era alguém completamente diferente.

Que horas são? Por que estou aqui?

Abri a porta e ele estava recostado na parede, de frente para mim.

— O que foi? — perguntei, abanando o pescoço.

David não respondeu. Só segurou meu rosto, me pressionou contra a porta de outra sala de caraoquê e me beijou ao som de alguém cantando "Manic Monday".

Não retribuí o beijo. Mas também não o detive.

Capítulo 29
SÁBADO
01 : 01 : 22 : 56
DIAS HORAS MIN. S

— Mas que porra é essa?

Alguém estava gritando para a gente.

Coloquei as mãos no peito de David e consegui afastá-lo, para me permitir um pouco de espaço para respirar. Ele tinha uma expressão confusa. Suas pálpebras estavam pesadas, e sua boca estava meio aberta. Virei a cabeça para o lado. Mika estava em pé, na porta da nossa sala de caraoquê. Com Jamie.

— Mas. Que. Porra. É essa? — Mika perguntou de novo. Seu novo corte de cabelo realçava a intensidade em seu rosto. A projeção séria de seu maxilar, a fúria em seus olhos.

— Qual é, Miks? — disse David calmamente. — Só estamos à toa. Está tudo bem por aqui.

— O que você está *fazendo*? — Mika berrou.

— Mika — disse Jamie. Ele parecia distante, como se o seu verdadeiro eu estivesse guardado, fechado. Como se ele fosse outra pessoa. — Não faça isso.

Caroline veio até a porta.

— Alguém se machucou?

— Fora! — disse Mika. Ela estava apontando para David. — Eu quero você fora. É meu aniversário, e estou dando uma de aniversariante, e você pode dar o fora daqui. *Agora!*

Meus joelhos dobraram. Me segurei junto à porta, que vibrava com a música. Não era mais "Manic Monday". Era "Bohemian Rhapsody".

— Não é culpa dele — consegui dizer.

— O cacete que não é! — Mika veio como um raio e empurrou David. — Acha engraçado fazer isso com ela?

David enfiou a mão no bolso para pegar um cigarro. Seu tique nervoso.

— Acalme-se, garota. Todo mundo aqui está se divertindo.

Divertindo. Que diversão? Será que isso era bom? Meus lábios pareciam frios e molhados. Meu queixo também parecia molhado.

— Sophia? — chamou Caroline. — O que acabou de acontecer?

Respirei fundo. Jamie estava ao lado dela, a apenas alguns palmos de distância.

— Jamie... — eu disse.

Ele virou e deu um soco na porta da nossa sala de caraoquê; socou com tanta força que a porta bateu na parede.

— Porra — disse ele. Depois, mais alto. — *Porra.*

Caroline encostou na parede, surpresa. Uma música perfurante pairava no corredor.

— Jamie... — E agora eu estava chorando, *de verdade*. Deslizando pela parede e me desmanchando completamente. Eu não poderia consertar isso. Não havia jeito neste mundo para que eu arrumasse isso.

— Não. — Jamie me deu as costas. — Não fale comigo.

Passei as costas das mãos nos olhos e tentei pensar em algo que pudesse fazer. Algo além de chorar e me sentir anestesiada.

Mas ele já estava saindo, cabisbaixo. Desaparecendo pela escada, desaparecendo de tudo. Puxei minhas pernas para junto do peito. Mika e David ainda estavam gritando.

— Você não pode decidir quem eu beijo — disse David. — Isso não tem nada a ver com você.

— Ah, vai se ferrar! — ela gritou. — Só porque não namoro você, não significa que você pode ficar de sacanagem com a Sophia. Porque você não pode! Não quando eu estiver de olho!

David não disse nada.

— Isso não é brincadeira — disse Mika, cuspindo cada palavra. — Quero que você suma daqui. Quero você fora, agora!

Descansei a cabeça nos joelhos. As lágrimas caíam facilmente, algumas escorrendo pelas minhas panturrilhas. Caroline se agachou ao meu lado, observando meu rosto, obviamente preocupada. Ela estava segurando um copo de água.

— Você precisa beber isto.

— Tudo bem — disse David. — Você quer que eu vá? Sem problemas. Feliz maldito aniversário pra você.

Ele não falou nada para mim ao sair. E eu não fiquei olhando.

— Ei? Sophia? — Mika e Caroline estavam me erguendo. — Sophia — Mika disse novamente, afastando um pouco o meu cabelo grudento dos olhos. — Temos que te levar para casa. Ou pro seu hotel, sei lá.

Eu a abracei com força, com o rosto em seu ombro. Ela me abraçou ainda mais forte.

Antes de deixarmos o caraoquê, Mika e Caroline me fizeram beber três copos cheios de água. Mika os pediu no bar, lá embaixo. Eu bebia e chorava, encolhida no canto de um dos sofás. Chorei até meu nariz ficar sensível e coçando, até meus olhos arderem. Mika pegou o celular e começou a digitar.

— Você está escrevendo pro David? — perguntei, erguendo o rosto do encosto plástico.

— Porra nenhuma — disse ela. — Estou dizendo ao Jamie para ir embora.

Limpei o nariz na minha camisa, o que foi tão nojento que eu teria que jogá-la fora.

— Acho que ele já foi — eu disse, infeliz. Arrasada.

— Não — disse ela. — Ele estaria esperando lá embaixo, caso eu precisasse de alguém para me levar para casa.

Isso me fez começar a chorar outra vez. E fez com que Caroline me abraçasse e começasse a chorar também.

— Vocês duas são ridículas pra cacete — disse Mika.

Caroline e Mika me levaram até o hotel. Quando entramos pela porta do meu quarto, Alison disse:

— Meu. Bom. Deus. Isso está pior que um reality show da MTV.

Mika deu um sorrisinho malicioso, em aprovação.

Era tarde e nós todas estávamos cansadas, então elas decidiram ficar para dormir. Emprestei camisetas para elas, e Alison emprestou leggings. Tinha Advil no meu nécessaire, e eu o tomei.

— Não bebi tanto assim — eu falei, quando estávamos todas no banheiro branco e cegante do hotel. Caroline estava sentada na borda da banheira, enquanto Mika e eu lavávamos os nossos rostos.

— Você bebeu o suficiente — disse Mika, esfregando o rosto com uma toalha. Fiquei boquiaberta, olhando as gotas de água em sua cabeça raspada, ainda hipnotizada com seu novo corte.

— Eu jamais poderia ter a cabeça raspada.

— Não — concordou Mika. — Eu sou mais punk rock do que todas vocês juntas.

Eu ri, depois solucei.

Caroline riu, depois flexionou uma das pernas e pousou o queixo no joelho, pensativa.

— Não entendo por que todo mundo bebe tanto aqui. Isso leva a gente a fazer coisas tão ridículas...

— Pois é — disse Mika. — Ser ridículo é o que a gente faz melhor. Mas, só pra constar — ela se virou da pia, num movimento dramático, e disse: — não bebi exatamente nada esta noite. Só refrigerante.

Soltei meu lencinho na bancada de mármore. Ele aterrissou com um barulho molhado.

— Bem, eu me sinto horrível.

— Horrível como? — perguntou Caroline.

— Não sei. Acho que ainda estou bêbada.

— Bêbada! — Mika bufou.

— Parece que tem alguém empurrando a minha cabeça. E olha a minha cara; eu pareço o Jigglypuff do Pokémon. Ah, e a minha boca está *engomada*.

— Escove os dentes — disse Mika, jogando um pouquinho de água em mim.

Joguei um pouquinho nela também.

— Jamie estava bebendo — eu disse, pegando novamente o lencinho e o dobrando. — Você acha que ele está bem?

— A-hã — disse Mika. — Acho que ele só fica segurando as cervejas. Ele não bebe de verdade.

Falar do Jamie fez com que eu me sentisse completamente exposta; fez com que tudo de horrível que acontera nessa noite voltasse à tona... o que a Alison tinha dito, o que meu pai tinha dito, o que o Jamie tinha dito. E o que eu havia feito. Tentei deixar pra lá, mas devo não ter conseguido disfarçar, porque Mika estava me olhando pelo espelho. Ela cruzou com meu olhar e ergueu uma sobrancelha, como se estivesse tentando responder a uma pergunta que eu não fiz. *Quanto ela sabia sobre mim e Jamie?* Pensei em como Jamie confiava nela, como eles haviam ficado conversando a noite toda. Se Mika soubesse o que ele achava de mim agora, não queria que ela me dissesse.

— De qualquer forma, bêbada — Mika pegou um dos copos do hotel da pia e o encheu para mim —, é hora de ir para a cama.

Dormi na cama da Alison, e Mika e Caroline dividiram a outra. No meio da noite, acordei. Alison estava sentada ereta, me olhando. Minha cabeça parecia querer rachar ao meio, e minha boca estava ainda mais *engomada* do que nunca. *Então, é assim que se fica sóbrio.*

— O que foi? — perguntei, com a voz rouca.

Alison suspirou.

— Se você se asfixiasse em seu próprio vômito e morresse esta noite, eu nunca, jamais me perdoaria.

— Só tomei três drinques — eu disse. — Eram drinques misturados! Nem tinham *tanto* álcool.

— Você nunca bebeu, irmãzinha caçula. Isso é praticamente uma garrafa de tequila.

Eu virei de lado.

— Meu Deus, Alison. Pare de ser tão dramática.

— Bom — ela sussurrou. — Fique assim. Desse jeito, se você vomitar, o vômito vai sair para o lado, e você não morre.

Capítulo 30
SÁBADO
00 : 19 : 21 : 44
DIAS HORAS MIN. S

Acordei.

De ressaca.

Ai. Meu. Bom. *Deus*. Que ressaca! Levei um minuto para que todas as sensações se acomodassem — dor de cabeça, náusea, um gosto pútrido na boca. Puxei o edredom por cima da cabeça e tive *ânsia*. A cama estava cheirando a bebida. O odor me deixou enjoada, mas já me sentia enjoada, então só senti vontade de vomitar.

O que era o total oposto de incrível.

Mergulhei embaixo das cobertas. Alison não estava ao meu lado, e parecia não haver ninguém no quarto. Eu nem ouvia nada lá fora. Nada de noticiário matinal, nem portas rangendo ao serem abertas. A manhã estava silenciosa e apagada. Fiquei ali deitada por um tempo, sentindo pena de mim mesma. Lamentando não estar mais na minha casa. Lamentando por este ser meu último dia em Tóquio. Lamentando que minha cabeça estivesse tentando se soltar do corpo.

Mas, acima de tudo, lamentava por Jamie.

— Oi — disse uma voz do outro lado do quarto.

Joguei o edredom de lado e sentei. A cama girou; era como um daqueles brinquedos horríveis em que Alison e eu andávamos sempre que íamos a Jersey Shore. Mika estava ali, sentada numa poltrona junto à janela, lendo o cardápio do serviço de quarto.

— Oi — eu disse, a voz rouca.

— Está acordada? — Ela lambeu o dedo e calmamente virou a página. Era óbvio que não estava de ressaca, e eu tive a sensação de que ela estava saboreando a inversão de papéis.

— Talvez eu me sinta... não tão bem.

— É, imaginei. Este quarto inteiro cheira a toalha velha encharcada de leite azedo.

Segurei a barriga e me curvei.

— Menos. Descrições. Nítidas. Por favor.

— Batismo de fogo, cara. — Ela fechou o cardápio. — Vamos providenciar um pouco de café da manhã para você.

Caroline tinha deixado um bilhete para mim em cima da mesinha de cabeceira, escrito no bloco do hotel. *Tive que ir trabalhar de salva-vidas! Divirta-se nos Estados Unidos! Mande um e-mail quando chegar lá? Beijos*

— Você vai, sim, mandar um e-mail para ela. — Mika estava lendo por cima do meu ombro. — Não vai?

Guardei o bilhete no bolso da frente da minha mala.

— Cala a boca. Você também gosta dela.

Quando me mexia, meu corpo gritava comigo. Tinha um gosto choco na boca, que não passava. Sentei na beirada da cama e ergui as pernas junto ao peito. O sentimento de autopiedade ainda não havia diminuído.

Mika pegou umas roupas na mala para mim. Minha camiseta que dizia CIÊNCIA É INCRÍVEL. É ISSO. Meu shorts rosa de algodão.

— Você tem roupa rosa? — disse Mika, jogando o shorts para mim.

Peguei-o lentamente.

— Não julgue. De qualquer forma, você está esquecendo que meu relógio é meio rosa.

Mika olhou para meu punho nu, mas não comentou nada. Ela me disse que era um milagre que eu não tivesse vomitado, e Alison havia saído com minha mãe, para dar uma volta.

— E mantê-la longe do fedor — disse ela. — Tipo, literalmente, do fedor.

Joguei uma das minhas meias nela, e Mika riu.

Lá fora estava quente, mas não de matar. O céu estava limpo, e havia até uma brisa. Eu não conseguia concluir se o mundo estava debochando de mim ou tentando me animar. Caminhamos até uma *konbini*, e eu segui a passos lentos pelos corredores, pensando que era a última vez que entrava numa loja dessas. A última vez que percorria essas prateleiras, com geleias de chá-verde e porções individuais embrulhadas de *kare pan*. Mika pegou um pouco de *onigiri* e duas garrafas de café de uma das geladeiras.

— Eu quero comer tudo — brinquei, quando ela me entregou. — Tudo no Japão.

— Hã? — disse ela.

O arrependimento me revolveu por dentro.

— Deixa pra lá.

Sentamos a uma mesa de piquenique de pedra no Kitanomaru-koen, que parecia ser o local aonde todo mundo em Tóquio decidira ir. Famílias e corredores e ciclistas e casais de mãos dadas. Era tão cheio de vida, quase como estar num festival ao ar livre — um *matsuri* cheio de barracas de comidas e boxes de games e gente vestida de *yukata*. Coloquei meus óculos de sol — na verdade, os óculos de sol de Jamie — e comecei a desembrulhar meu *onigiri*.

— Aliás, feliz aniversário — falei. — Não te disse isso ontem.

— É, valeu — disse Mika. — Agora sou oficialmente, tipo, adulta.

— Tipo, último ano do ensino médio.

— Aluna legítima do último ano em dois dias.

— Ah, é. Você tem razão.

Mika batucava impacientemente no tampo da mesa.

— Sophia, eu vou te fazer uma pergunta.

Consegui arrancar o *onigiri* da embalagem sem separar as algas do miolo triangular de arroz.

— Tudo bem.

— Você simplesmente iria se mudar para Nova Jersey sem jamais me contar sobre você e o Jamie?

Segurei o *onigiri* no meio do caminho até a boca.

— Essa é... uma pergunta interessante.

— Pode crer.

Pousei meu *onigiri*, pensando na melhor maneira de responder.

— Mas, tecnicamente, eu poderia te perguntar a mesma coisa. Quer dizer, se tudo não tivesse sido inadvertidamente revelado do jeito mais dramático possível, você teria me contado sobre você e o David?

Mika mastigava. Ela parecia bem cansada, vestida com a mesma roupa da noite anterior, com maquiagem preta pesada em volta dos olhos.

— Isso é diferente — disse ela. — Somos estúpidos e inúteis. E eu decididamente teria te contado se estivesse *apaixonada* por ele.

Meus olhos se arregalaram.

— Eu não estou apaixonada por ninguém.

Mika pensou em alguma coisa por um minuto. Estava agindo de forma bem neutra, e eu não conseguia identificar o que ela realmente achava disso tudo.

— Tanto faz. Não vou discutir com você. Mas, se não consegue ver que Jamie está apaixonado por você, você é bem imbecil.

— Ele disse isso? — sussurrei.

— Não! — respondeu ela. — Ninguém me conta porra nenhuma. Mas vocês dois são pateticamente transparentes. Toda vez que ele me ligava, nos últimos três anos, ele perguntava de você. Toda vez que eu o mencionava na sua frente, você ficava estranha e corada. Sim! Está vendo? Exatamente assim!

Peguei um grãozinho de arroz solto no meu *onigiri*. Tudo que tinha acontecido com Jamie parecia tão secreto...

— Quanto você sabe? — perguntei.

Ela suspirou.

— Tentei perguntar pra ele sobre isso outro dia, mas ele foi todo vago. Sei que ele gosta de você. E sei que vocês dois andaram, tipo, se pegando pelas esquinas, a semana toda. E sei que você teve um rompante ontem.

Meu estômago se contorceu.

— Como você sabe de tudo isso?

A expressão dela ficou solene.

— Eu espero seriamente que você não pretenda ter uma carreira lucrativa na CIA.

Mika abriu sua garrafa de café gelado. O saco plástico que estava na mesa, entre nós, farfalhava ao vento. Embora eu soubesse que era meu último dia ali, ainda não podia acreditar. O ar estava mais leve do que havia sido a semana inteira. Eu poderia ficar sentada ao ar livre durante horas, a perder de vista.

Mas, é claro, isso iria acabar. Assim como eu e Jamie tínhamos acabado. Meu cérebro só podia estar em algum tipo de piloto automático demente, porque toda hora me levava de volta a ele. À mágoa e à determinação de seu *não fale comigo*. Outro nó na barriga.

— Você quer caminhar? Estou com vontade de caminhar.

Juntamos a comida e o café e seguimos quase pelo mesmo caminho em que eu tinha passeado com Jamie na terça-feira. Só que agora estava mais movimentado. As pessoas esbarravam no meu ombro, ou me forçavam a seguir em frente, em sua pressa de atravessar o parque. Duas garotinhas passaram por nós correndo, o riso delas flutuando na brisa. Fiquei olhando para elas, e isso fez minha dor de cabeça ficar mais forte. O sol estava desconfortavelmente quente, e os sintomas pós-consumo de álcool voltaram com força total. Peguei Mika pelo braço e a levei até a sombra de uma árvore.

— Você está bem? — ela perguntou.

— Eu devo te dizer uma coisa — falei. — Mas você já sabe. Ah, tanto faz. Esse é o tipo de coisa que eu preciso dizer em voz alta.

— A-hã.

— Eu realmente gosto do Jamie — falei de uma vez. — E gosto há, tipo, muito tempo. E o único motivo para que eu não quisesse que ele voltasse para Tóquio era porque, pouco antes de partir, ele me disse que eu ficava me jogando pra cima do David, depois eu berrei com ele e...

— Espera aí — começou Mika. — Ele *disse* isso?

— Na verdade, mandou uma mensagem de texto. E ele pretendia enviá-la para você. Eu sempre imaginei que era assim que vocês falavam de mim quando eu não estava por perto.

— Sophia. Claro que não. Ele provavelmente estava sendo um merda porque estava enciumado.

Chutei um tufo de grama.

— Sei lá. Agora não importa mais. Não mais, já que estou indo embora e beijei o David e... sei que o magoei. Eu magoei o Jamie. O que significa que ele me odeia, e você me odeia, e é por isso que não posso enviar um e-mail para ele.

Mika me olhou, me avaliando.

— Pode acreditar, isso faria diferença.

— Como você sabe?

— Porque eu sei. Jamie gosta de você, mais do que gosta da maioria das pessoas. Apenas corte a autopiedade e seja legal. Deus, se você soubesse como estão estranhas as coisas com a família dele neste momento...

— É — falei, me sentindo ainda mais enjoada. — Ele me disse.

Mika fez uma cara feia. Ela girou a tampa da garrafa, abrindo-a, depois fechou.

— Bem, fico feliz que ele fale com *alguém* a respeito. Comigo, ele não fala, mas eu sei que as coisas têm andado ruins o ano todo. Entreouvi os pais dele brigando no corredor outro dia, sobre manter longe a mãe biológica.

— O quê? — perguntei.

Por que ele não tinha mencionado isso?

Mika coçou a orelha.

— Ele estava superinfeliz, toda vez que a gente se falava pelo Skype. A única coisa que o deixava animado era se mudar para cá. E não me mate por dizer isso, mas ele ficou seriamente aliviado quando descobriu que ia chegar antes de você partir.

Pensar nisso fez tudo doer ainda mais. Jamie gostava de mim. Ele continuou se *importando* comigo... até que eu o deixei de lado, do modo mais violento que pude.

— Meu Deus. Na verdade, eu sou uma pessoa horrenda.

— Não é, não. — Ela apontou para mim com a garrafa plástica. — Mas você deve ir vê-lo. Hoje.

Minha cabeça estava girando de tanta informação. Sentei, encostando no tronco da árvore. Mika sentou também, e ficamos lado a lado.

— Por que você quer que eu vá vê-lo? — perguntei, fechando os olhos. — Eu estava tão brava com você por ter mentido sobre o David. Você tem permissão para ficar com raiva por isso.

— Cara, eu não estou. Eu totalmente sabia que o lance entre você e o Jamie iria rolar. Você percebe que tive três anos para me acostumar com sua fossa de longa distância, certo?

— Mas você está zangada comigo por alguma coisa — eu disse. — Não está?

Houve um silêncio. Um silêncio hesitante. Abri os olhos, e Mika estava olhando para os sapatos, corando.

— O negócio é que... — disse ela — é realmente chato você estar se mudando, o.k.? Porém, sabe o que é mais chato? Ficar. Tipo, eu tenho conhecido pessoas novas e me despedido delas desde o jardim de infância. Elas sempre vão para algum lugar novo e têm novas vidas e se esquecem de mim, e isso é o pior.

Mika parecia vulnerável. O oposto do que havia sido a semana toda, carrancuda e na defensiva em relação a mim. Eu imaginava que fosse por causa de Jamie e de David. Mas talvez não. Talvez ela estivesse tentando se proteger de também perder algo.

— E sabe do que mais? — disse ela, sentando-se ereta. — Eu nem sei se seria amiga do bobo do Jamie se não morássemos no mesmo lugar há tanto tempo. Mas você, você é muito importante. Então, não me importo com você e o Jamie. Não me importa se vocês se casarem e tiverem bebezinhos esquisitos, de cabelinho encaracolado, e morarem num castelo na França, ou sei lá. Só... não se esqueça de mim, o.k.?

— É claro que não — eu disse, e agarrei seu pulso. Porque talvez a nossa amizade não fosse perfeita, e talvez nós duas tivéssemos feito pequenos estragos, mas ela sempre estivera presente para mim. E eu não ia abrir mão disso. — Eu vou sentir muito a sua falta.

Ela estava tentando ser indiferente, mas seus olhos hesitaram. Mika não tinha o mesmo rosto emocional de Jamie, mas agora eu podia ver.

— Tanto faz. Mas se você se esquecer de mim, nojenta, vou assombrar os seus sonhos.

Empurrei seu ombro, provocando-a. Ela caiu para o lado, sentou e me empurrou também.

— Ei. Se algum dia eu morar num castelo, na França, você pode totalmente ter a sua torre ou algo assim.

Ela parou, depois sorriu. O sorriso mais autêntico e lindo que eu já tinha visto Mika dar.

— Combinado — disse ela, estendendo a mão para apertar a minha. — Mas só se tiver uma porra de um fosso.

Caminhamos de volta para o hotel e ficamos no lobby, aproveitando o ar-condicionado. Mika tinha que voltar para casa. Ela ia encontrar uns garotos para uma corrida de pré-temporada *cross-country*, depois ia passar a tarde toda ocupada.

— Meus pais estão me fazendo escrever amostras de trabalhos de faculdade — disse ela. — Porque, aparentemente, isso faz parte da vida adulta.

Assim que passou pela porta automática de vidro do hotel, ela virou e voltou, e me abraçou. Mika mergulhou o rosto no meu pescoço, e eu senti quando ela respirou fundo. Quando se afastou, seus olhos estavam cheios de lágrimas. E eu também estava chorando.

— O.k., o.k. — Ela ergueu a gola da camisa para limpar o rosto. — As pessoas estão vendo isto. Estamos em plena luz do dia.

Peguei o elevador para o meu quarto, escancarei as cortinas e despenquei na cama desfeita.

Capítulo 31
SÁBADO
00 : 15 : 16 : 02
DIAS HORAS MIN. S

Alison estava sentada na outra cama. Estava de pernas cruzadas, balançando-as para cima e para baixo. Havia uns óculos escuros em cima do seu cabelo emaranhado, e ela usava os tênis que eu mais gostava — de cadarços vermelhos e costura cruzada dos dois lados.

Há quanto tempo ela estaria ali? Será que eu estava dormindo?

— Espero que você tenha tomado água — disse ela. — E espero que não tenha ficado dormindo todo esse tempo.

Puxei o lençol por cima dos ombros, como uma capa. Dorothea Brooks estava no chão, bebendo algo de sua tigela de viagem. Estendi a mão para coçar suas costas.

— Não estou dormindo. Estou de ressaca.

— Isso não é saudável — disse ela. — Você precisa de luz do sol, e precisa ficar ao ar livre.

— Não sou uma planta.

— Levante — disse ela, ainda balançando a perna. — Isso é importante.

— Por quê? — perguntei. — Por que você está fazendo isso de repente? Por que está tentando me expor à vida? Exponha-se você, sua grande hipócrita.

— Descobri um lugar aonde você precisa ir. — Ela agora estava de pé e andava de um lado para o outro no vão entre nossas camas. Algo estava errado. Havia suor em sua testa e na blusa.

Eu me ergui, me apoiando nos cotovelos.

— Você andou fazendo *exercícios*?

Ela soltou os chinelos de dedo à minha frente.

— Sophia.

Suspirei.

— Qual é? Estou exausta e triste. Será que você não pode me deixar sentir pena de mim mesma?

Alison chutou levemente a cama.

— Isso é importante.

— Dormir durante o dia faz mal — disse Alison quando a porta do hotel se abriu. Ela colocou os óculos escuros.

— Ah! — exclamei. — Você é tão...

Sob a luz cegante do lado de fora do hotel, vi um garoto. Um garoto com um gorro frouxo de tricô se curvando para pegar alguma coisa de uma mochila.

Era ele.

Era ele, e eu ia sair correndo dali.

Era ele, e eu tinha que chupar uma bala de menta, porque meu hálito provavelmente estava terrível.

Era ele, e eu lhe pediria desculpas, depois desapareceria na névoa do tempo para sempre.

Mas não era ele.

Suspirei e caí sobre Alison. Ela me empurrou com o ombro.

— Pelo amor de Deus. Não fique desfalecida em cima de mim.

— Desculpe — murmurei, dando uma olhada na direção do garoto de gorro frouxo.

Ele não era realmente um garoto. Provavelmente tinha vinte e poucos anos, era mais velho que Jamie. Mais alto também, e estava com um cigarro apagado na boca. Em meu estado meio atordoado, eu talvez tivesse ficado ali mais tempo, me forçando a aceitar a prova de que essa pessoa — provavelmente um mochileiro, um turista — não era Jamie. Mas Alison já seguia adiante pela rua, se distanciando de mim. Tive que correr para alcançá-la.

Passamos pelas dependências do Palácio Imperial e continuamos rumo a Iidabashi. O ar estava fresco, e nem parecia mais verão. O sol já estava mais baixo no céu, e a luz estava quase dourada.

— Para onde estamos indo? — perguntei, torcendo para conseguir acompanhar o passo de Alison.

— Não muito longe — respondeu ela. — Só vamos caminhar.

— Da última vez que você e eu caminhamos juntas até algum lugar, não acabou bem.

O sinal da travessia de pedestres ficou vermelho, deixando Alison sem alternativa, a não ser parar seu passo veloz.

— Isso foi porque você se recusou a me dizer o que estava acontecendo com você e sua gangue de infames.

Minha irmã tinha razão.

— Quer que eu te conte sobre minha gangue de infames agora? — perguntei.

O sinal abriu.

— Bem, nós ainda vamos caminhar — disse ela.

Contei a Alison sobre Jamie. E sobre Mika e David. Contei a ela sobre ficar em Shibuya a noite inteira e sobre ficar bêbada e deixar que David me beijasse. Disse como é horrível saber que você sentirá falta de alguém, mas sabendo que toda essa falta será tragada por um vácuo, porque, assim que você partir, a pessoa de quem você gosta não será mais uma pessoa completa, genuína. Apenas uma lembrança embaçada e inconsistente.

Dizer isso em voz alta fez com que eu me sentisse maluca. Também fez com que sentisse estar no chão de vidro da Tóquio Tower, mentalmente ensaiando o que aconteceria se a plataforma transparente se dissolvesse. E isso também fez com que eu me sentisse bem. Um pouquinho menos sozinha.

Viramos numa rua estreita, perfilada de árvores e prédios de apartamentos. Alison parou, e eu parei também.

— O que foi? — perguntei.

— Nada — disse Alison. — Só que. É isto. — Ela ergueu uma das mãos e fez um gesto de floreio. Um *tcharam*.

— O quê? — perguntei.

— O lugar — respondeu ela. — O apartamento.

— O apartamento?

Alison me pegou pelos ombros e apontou para um prédio de tijolinhos atrás da gente. Ele tinha varandinhas de metal preto em todos os andares e um estacionamento na lateral.

— Terceiro andar — disse ela, erguendo meu queixo. — O apartamento onde moramos com o papai.

Não parecia muito. A varanda preta inócua tinha duas cadeiras de plástico vermelhas e estava cheia de plantas. Atrás das cadeiras havia uma porta de vidro de correr, mas o vidro era espelhado. Não dava para ver lá dentro.

— Você está brincando?

Alison sacudiu a cabeça.

O apartamento onde moramos com o papai, na primeira vez em que vivemos em Tóquio. Achei que ele ainda existia, claro, mas nunca tinha voltado aqui. Porque era muito distante e estranho, esquisito demais. Além disso, eu não tinha ideia de onde era.

Virei para Alison, súbita e inexplicavelmente furiosa com ela.

— Há quanto tempo você sabe que isso era aqui?

Alison mudou o peso do corpo de um pé para o outro.

— Eu fiz a mamãe me trazer esta manhã. Achei que não fosse querer, mas ela estava estranhamente em paz com a coisa toda.

Eu procurava algo para dizer, mas tudo que pensava era errado. Talvez pudesse tentar sentir o que eu senti na última vez em que estive aqui. Mas isso era impossível; eu tinha cinco anos naquela época. E esse prédio podia ser qualquer prédio de apartamentos, em qualquer parte do mundo.

— Isso não é o que eu esperava.

Alison suspirou.

— Eu sei. Eu me lembro de ser mais alto.

— Não foi isso que eu quis dizer.

Uma mulher saiu do estacionamento. Tinha um corte de cabelo chanel e estava falando ao celular, em francês. A escola francesa era bem próxima dali, me dei conta. Esse era o bairro onde todos os franceses moravam.

— Achei que você devia ver — disse Alison. — Sabe, antes de partirmos para sempre.

— Bem. — Cruzei os braços. — Aí está.

— Venha — disse ela. — Estamos aqui. Vamos dar uma olhada na porta da frente.

Juntas, caminhamos pelo estacionamento. E foi quando me lembrei do dia em que nevou e papai nos levou lá embaixo. Eu havia tirado neve das janelas do carro com as mãos, enquanto mamãe batia fotos lá da varanda. Eu me lembrava de soltar o cinto de segurança e sair correndo do carro, e de o papai sair correndo para me pegar, gritando. Chorei tanto que Alison gritou com ele, em francês.

Aquele mesmo estacionamento era bem menor do que eu me lembrava. Só seis vagas, com algumas árvores em volta. O prédio tinha cinco andares e era de tijolinhos alaranjados. A porta da frente tinha uma maçaneta de ferro que era pesada demais para eu puxar sozinha. Meu pai abria a porta comigo, nossas quatro mãos segurando firme.

Pressionei as têmporas.

— Como eu nunca estive aqui?

Alison sentou no meio-fio.

— Porque é depressivo.

— É surreal — eu disse. — E não é nada parecido com o que me lembro. Onde está o restaurante tailandês do outro lado da rua?

Alinson baixou a cabeça e me olhou confusa por cima dos óculos de sol.

— O restaurante tailandês? Você quer dizer o que tinha as luminárias?

Assenti.

Ela empurrou os óculos de volta para cima.

— Isso era em Nova Jersey. Em frente à nossa primeira casa alugada.

— É mesmo? Sentei ao lado dela e alisei uma casquinha no meu joelho com o polegar. Tudo isso parecia bem estranho. E errado, como tentar vestir uma jaqueta que eu não usava desde o jardim de infância.

— Então eu provavelmente devo mencionar que você estava certa — disparei.

— Sobre o restaurante?

— Não. — Prendi o cabelo atrás das orelhas. — Sobre o papai. Eu liguei pra ele ontem, para perguntar se deveria ir para Paris, e ele reagiu... exatamente como você disse que ele faria.

Uma ruga interrogativa surgiu na testa de Alison. Esperei para ver o que ela faria. Talvez se vangloriar. Ou me dar um sermão. Sobre traição e infância perdida e Sylvia Plath ou algo assim. Fiquei preparada.

— Sabe a garota que terminou comigo ano passado? — ela perguntou.

— Não — eu disse, surpresa. — Claro que não sei. Você nunca fala dela.

— Bem, cala a boca, então. Porque estou falando dela agora. — Ela jogou a cabeça para trás e suspirou. Seu cabelo era tão comprido que arrastava na calçada. — A garota em questão se chamava Cate. Ela terminou comigo porque tinha outra namorada. Uma *ex*-namorada numa universidade de Indiana.

Tirei os óculos de sol e fiquei brincando com as hastes dele. Havia uma música estrondando de uma janela aberta acima de nós, algo gritado em francês.

— Portanto, elas não tinham de fato terminado, então?

— Oficialmente — disse ela. — *Oficialmente*, elas tinham terminado. Mas passavam o ano todo conversando uma com a outra, pensando uma na outra, e estavam apaixonadas. Foi assim que a Cate explicou... Elas estavam muito *apaixonadas*.

Eu queria abraçar minha irmã, mas sabia que ela me mataria. Então só pousei a mão no espaço da calçada entre nós.

— Quer que eu dê uma surra nela pra você?

Alison deu uma gargalhada.

— É. Por favor. — Ela pegou uma pedrinha no chão e ficou rolando entre as mãos. — Mas sabe de uma coisa? Eu sabia que ela me dispensaria. Não sabia quando exatamente, mas era inevitável. Deixar que as pessoas se aproximem de você é uma merda. Por isso fiquei na minha, o ano todo. Porque dói bem menos do que tentar manter contato.

— Eu entendo — falei com cuidado. — Sempre me sinto assim.

O canto da boca da minha irmã se curvou ligeiramente.

— Bela tentativa, irmãzinha, mas você não é assim. Você dá uma chance às pessoas.

Ela me cutucou. Foi quase como no tempo em que só tínhamos uma à outra. Ela era o ombro onde eu dormia, em incontáveis voos internacionais. Ela era a pessoa com quem me escondi na recepção do casamento do papai, comendo queijo roubado em guardanapos e reclamando porque todo mundo chamava a gente de *les petites Américaines*.

— Eis a verdade — disse ela bruscamente. — Não era bobagem você querer ir para Paris.

— Não me sacaneia. Eu ainda sinto que minha cabeça pode explodir.

— Isso não é uma piada. Não suporto o que ele te disse e ainda acho que ele é um idiota egocêntrico, mas entendo o motivo de você ter desejado estar lá. Entendo a razão de você querer ter aquela vida.

Estendi os pés no cimento. Depois de tudo que tinha acontecido naquela noite, o negócio com o papai parecia melhor, de alguma forma. Administrável.

— Talvez tenha que ser desse jeito. Eu ainda não quero deixar a mamãe. Não tenho certeza se posso perdê-la também.

— Eu não o *odeio* — disse ela. — Mas detesto a sensação que isso dá. Detesto que a gente não seja boa o suficiente pra ele. — Ela ainda parecia zangada, porém menos. Como se estivesse cedendo em alguma coisa. Alison deu uma olhada para o prédio. — E, quer dizer, não que nossas vidas seriam perfeitas se ele tivesse ficado.

— Você também estava certa sobre isso — eu disse, seguindo seu olhar. — Era um apartamento bem fuleiro.

— Que bom — disse ela. — Fico contente por concordarmos. Porque, se tudo for mandado direto pro inferno, você é a única pessoa que eu... Você é a minha única pessoa. Sabe disso?

Ela estava de óculos escuros, portanto não dava para ver seus olhos. Mas eu podia vê-la.

Alison tinha quase sete anos quando papai foi embora. Ele costumava pegá-la e segurá-la de cabeça para baixo, pelos tornozelos. Costumava chamá-la de Christopher Robin. Depois que ele foi embora, Alison vinha para minha cama toda noite, por dois anos.

— Meu Deus, Alison — eu disse —, você também é a minha pessoa. Você sempre foi.

Ela bufou. Não dava para ver por causa dos óculos, mas eu sabia que ela estava revirando os olhos.

— Obviamente.

Capítulo 32
SÁBADO
00 : 12 : 40 : 51
DIAS HORAS MIN. S

Minha mãe estava em nosso quarto quando voltamos.

Levei aproximadamente vinte segundos antes de desabar e lhe contar toda a história infame do meu abuso de álcool. Eu detestava fazer isso. Desiludi-la. Fazê-la perceber que eu era igual às outras Más Adolescentes por aí. Não que ela já não tivesse percebido.

— Você parece estar com intoxicação alimentar e doente — disse ela, esfregando a testa. — Isso é culpa minha? Tem a ver com Paris?

Isso me fez chorar. Não, eu disse a ela, isso não tinha nada a ver com Paris. Mas também não queria ir. Mesmo que meu pai me dissesse para me mudar para lá, não seria meu lar. Não do jeito que sempre havia imaginado. E eu não podia deixá-la para trás... simplesmente não podia.

Ela estava aborrecida. Mais porque eu estava de ressaca. Mais porque achava que me mudar para longe dos meus amigos, no começo do meu último ano do ensino médio, era uma punição cruel e incomum. Ela disse que nem podia me pôr de castigo, porque a mudança em si era basicamente uma forma extrema de castigo. Sentei na cama e chorei, e disse que ela podia me deixar de castigo até eu fazer quarenta anos, porque merecia ficar trancafiada e distante da humanidade. Ela me abraçou, e Alison sentou ao nosso lado e recostou a cabeça nas costas da minha mãe. Estávamos desalinhadas e emotivas, e isso era maravilhoso. Era nosso lar.

— Esta semana foi uma loucura — disse minha mãe, prendendo meu cabelo atrás das orelhas.

— É. — Eu funguei. — Nem fala.

Na última noite do último dia da minha última semana em Tóquio, minha mãe nos levou para comer sushi. Fomos a um restaurante com um balcão lotado e comemos vieiras carnudas e ovas brilhantes de peixe em cima de arroz, e tigelas de missô cheias de tofu e algas marinhas.

De volta ao hotel, Alison e eu assistimos pela TV aos fogos anuais da baía de Tóquio. Naquela semana, havia *hanabi* acontecendo por toda parte no Japão. Pelo país inteiro, os espectadores vestiam *yukata* e se reuniam para observar o céu.

— Não dá pra ver da porcaria da janela — disse Alison. — Tem um monte de prédios.

Então fui tomar um banho. Vesti a calça do pijama e uma camiseta de um show da Regina Spektor e fui para a cama do hotel. As cortinas tinham uma abertura suficiente para me mostrar um pedaço da noite cintilante. A cidade estava dolorosamente linda, uma queima de fogos que nunca se apagava. Virei de lado e afastei o cabelo molhado do pescoço.

Então me ocorreu que eu não tivera mais notícias de David desde ontem à noite, mas não estava nem aí. Não por achá-lo mau, nada disso. Era mais porque eu não tinha nada a dizer a ele. Ele não era a pessoa que eu sempre esperei que fosse, e, justiça seja feita, eu também não era.

Também não tive notícias de Jamie... Isso, sim, importava. Embora pensar nele fosse doloroso. Nós dois ficamos zangados, e ambos dissemos coisas horríveis, mas fui eu que me afastei primeiro. Eu que tinha acendido o fósforo que destruiu esta semana.

Ainda assim, algo em mim ainda queria vê-lo. Gostaria de poder lhe pedir desculpas e dizer que era uma droga, mas, de qualquer forma, não podíamos durar além de amanhã. Sempre estaríamos diante da despedida.

Que outra escolha teríamos? Um relacionamento a longa distância? Isso implicava namorar, e Jamie e eu decididamente não éramos namorados. Eu não era expert em romance, mas não achava que beijar alguém, recusar-se a responder suas mensagens e depois beijar outra pessoa, na frente do primeiro, constituía um "relacionamento".

Ou poderíamos ser amigos. Trocar e-mails e mensagens de texto até que um dia nos afastássemos, até que ele começasse a namorar outra pessoa. Não queria que isso acontecesse. Não queria vivenciar esse inevitável rompimento de nossa ligação, então eu seria feliz com esta semana. Esta semana que eu passei me agarrando a Tóquio com toda a força que pude. Esta semana que havia sido feita da contagem dos segundos, esperando que tudo à minha volta finalmente desaparecesse.

Porém. Talvez não precisasse terminar desse jeito. Porque talvez Mika estivesse certa... talvez eu amasse, sim, Jamie. Mesmo que ele não me amasse. Mesmo que ele nunca tivesse amado. Eu devo tê-lo amado, porque estar com ele era como acordar no fim de uma longa viagem de avião. Era como olhar as luzinhas piscantes em forma de estrelas, espalhadas no meu teto. Eu pensava nas estrelas e em como a luz que elas possuem dura muito tempo depois que a estrela em si já se apagou. Pensei em como o nosso lar ainda é um lar, mesmo quando está a milhares de quilômetros de distância.

Isso foi esta semana. Isso era Jamie.

Ouvi Alison desligar o laptop.

— Você vai dormir? — ela sussurrou.

— Mais ou menos — sussurrei de volta.

— E ainda nem é o horário melodramático de duas da manhã. Como você está crescida.

— Olha quem fala.

Ela fez um som divertido que não foi bem uma risada.

— Você colocou o despertador?

Meu relógio estava em cima da mesinha de cabeceira.

— A mamãe ligou para a recepção — eu disse. — Vamos receber uma ligação às sete horas.

— Ótimo. — Alison suspirou. — *Bon voyage* para nós.

Ela apagou o abajur ao lado da cama, e a escuridão do quarto fez a cidade reluzir ainda mais. Um flash de raio, congelado.

É meu aniversário. E manhã do meu último dia do ensino fundamental, último dia do meu primeiro ano da Academia Internacional de Tóquio...

E Jamie está esperando perto do portão, olhando a multidão, procurando por mim. Eu passo por um grupo de garotos assinando os anuários.

— *Feliz último dia na escola — digo.*

— *Feliz aniversário, Sophia! — diz ele, saltitando.*

— *Blá — respondo.*

E, embora fique nervosa, dou uma olhada para a entrada da escola do ensino médio. Os garotos mais velhos passam rapidamente pela porta. Garotos com os braços ao redor das meninas, todos parecendo adultos.

— *Não posso acreditar que vou estar lá no ano que vem — sussurro.*

— *Eu não vou — diz Jamie, com a fisionomia retraída e ansiosa. — Ei, este é meu último dia. Temos que dizer tchau em aproximadamente algumas horas. — Ele enfia a mão na frente da mochila e tira alguma coisa e põe na minha mão.*

Ergo o bottom do Totoro.

— *Não! Este é o* MAIS *incrível de todos.*

— *Foi muito legal ficar este ano com você — diz ele, como se estivesse tudo numa só palavra. — Eu vou, hã... sentir sua falta.*

Reviro os olhos.

— *Jamie, não tem nada de mais. Nós ainda seremos amigos. Vamos nos falar todos os dias.*

— *É mesmo? Porque eu não tenho ideia se meus pais vão me deixar visitá-la, e você estará ocupada, e isso pode realmente ser um adeus. Você sabe, para sempre.*

Fecho a mão com o bottom.

— *Só se você deixar que seja.*

Capítulo 33
DOMINGO
```
00 : 00 : 00 : 00
DIAS  HORAS  MIN.   S
```

O alarme de incêndio havia disparado.

Sentei na cama, ofegante, incerta de onde ficava a saída de emergência mais próxima, incerta de onde eu estava. Tóquio? Nova Jersey? Paris? Não me lembrava de ter ido para o aeroporto, nem de ter me despedido de ninguém. Mas aquilo que eu lembrava era inconsistente, como um sonho. A T-Cad, à noite, uma avenida com luzes esfumadas, o reflexo de Jamie sobrepondo-se à cidade inteira.

Levei um segundo, mas depois notei as cortinas parcialmente abertas. O sol estava começando a nascer, e o céu estava roxo e azul, com faixas alaranjadas que lembravam rastros de avião.

Certo! É claro. O hotel. E... o alarme de incêndio havia disparado?

— Diga-me que som é esse! — Alison gritou. — Vou tacar fogo nisso!

— É...

Meu relógio.

— É o meu relógio — disse.

— Você é demente? — ela rosnou. — Você programou o relógio para as cinco horas da manhã?!

Não. Meu relógio ainda estava na mesinha de cabeceira, onde o vira antes de ir dormir. Ele estava apitando que nem maluco, e a tela estava piscando:

󰞸󰞸 : 󰞸󰞸 : 󰞸󰞸 : 󰞸󰞸

Eu o peguei e apertei o botão na lateral. O alarme parou.

— Está tudo bem — anunciei. — O som não está mais tocando.

— Ai, meu Deus! — Alison também estava sentada. Seu queixo estava projetado, apontado para mim. — Mas que droga! Nosso voo só decola quase ao meio-dia. Eu não quero estar consciente neste momento!

— Desculpe — eu disse, apertando mais alguns botões, buscando uma explicação. — Isso não deveria ter acontecido. Eu o programei para quando entrássemos no avião.

— Você e suas contagens regressivas metafísicas! Sempre com as malditas contagens regressivas metafísicas!

— Não são metafísicas. — Bati na tela. — São apenas contagens regressivas.

A única explicação possível era que eu havia errado no cálculo do tempo. Mas isso nunca havia acontecido comigo. Tipo, realmente nunca. Eu sabia calcular uma contagem regressiva. Poderia fazer isso profissionalmente se quisesse. O relógio ainda estava em minhas mãos. Passei o dedo por cima das flores bordadas. Eram um pequeno relevo, especialmente onde a linha rosa estava começando a descosturar. Eu meio que esperava que o relógio me dissesse o que estava acontecendo. Meio que esperava que ele tocasse de novo.

Meio que queria.

Alison deitou outra vez e deu um puxão no edredom, cobrindo a cabeça. Dorothea Brooks pousou a cabeça no meu antebraço, parecendo tão desperta quanto eu.

Tentei repensar isso. A última vez que eu tinha conferido a contagem regressiva foi em Shibuya, no restaurante de lámen, com Jamie. Eu havia tirado o relógio na manhã seguinte e não o tocara até ontem à noite, quando Jamie e eu estávamos arrumando as malas. Depois que terminamos, Jamie me entregara o relógio. Ele me falara para não esquecê-lo. E, antes disso, eu tinha saído do quarto para levar as canecas de chá lá para baixo. O que significa que ele pode ter pegado meu relógio e...

Ai.

Ai, meu Deus.

Agarrei as roupas que eu tinha deixado prontas na noite anterior. Calça verde de moletom, regata amarela, calcinha, meias. Corri até o banheiro pare ver o resto da minha tralha. Meus objetos de banheiro estavam espalhados pela pia, e minha roupa de ontem estava embolada no chão. Escovei os dentes e enfiei elásticos de cabelo e sabonete facial dentro do meu nécessaire com estampa de sushi. Enquanto eu fazia isso tudo, repetia a mim mesma: *Não tenha tanta esperança, não tenha tanta esperança, não tenha tanta esperança.*

Juntei os fragmentos da minha existência, coloquei-os na minha mala e fechei o zíper. Meu laptop, meu passaporte e o resto do meu dinheiro, enfiei-os na minha mochila.

— Explique-se — disse Alison. Ela estava sentada de novo e não parecia nada impressionada com tudo que eu estava fazendo.

— Não posso explicar — falei, pendurando a mochila nos ombros. — Agora, não. Diga à mamãe que vou encontrar vocês na estação Tóquio, na plataforma do Expresso Narita, às nove horas.

— Negativo — disse Alison. — De jeito nenhum neste mundo vou deixá-la sair.

Meus chinelos de dedo estavam perto do armário. Eu sentia uma onda irrepreensível de otimismo. A contagem regressiva antes da hora não foi acidental. Tinha acontecido por um motivo. Calcei os chinelos e inclinei a mala nas rodinhas traseiras. Estava pesada, mas dava para levar.

Eu podia encarar essa.

— Por favor — implorei à minha irmã. — Depois disso, juro, nunca mais farei nada divertido nem maluco. Nada. Eu simplesmente vou para a escola e vou estudar e, mesmo que eu tire uma carteira de motorista e tenha um carro, vou usar esses poderes para o bem, não para o mal. Tipo, vou fazer compras no mercado para a mamãe e visitar nossos avós todas as tardes. Serei a adolescente mais entediante e bem-comportada do mundo inteiro, começando às nove horas desta manhã, se você só me deixar ir *agora*.

Ela ia me derrubar, dava para notar. Ou ligar para a mamãe. Ia me trancar no banheiro e dizer que eu só sairia do quarto por cima de seu cadáver.

Mas Alison não fez nenhuma dessas coisas.

Ela levantou, agarrou sua bolsa e tirou um bolo de notas de mil ienes.

— São meus últimos ienes — disse ela, enfiando o bolo na minha mão. — Pegue um táxi se você estiver atrasada.

Fechei o bolo na mão. Ela era a melhor pessoa do universo, e eu estava prestes a lhe dizer isso quando ela ergueu a mão para me impedir.

— Sério. Agora vá. Porque eu ainda estou meio dormindo e, quando acordar, vou começar um longo processo de arrependimento, pelo resto da minha vida.

Abri a porta do quarto do hotel.

Todos em Shibuya tinham um guarda-chuva.

Todo mundo, menos eu, é claro.

Coloquei minha mala de pé, girei minha mochila e peguei meu suéter da T-Cad, que tinha enfiado ali, caso sentisse frio no voo.

Eram seis e meia da manhã, num domingo, mas ainda havia gente na praça ao redor da estação. O pessoal das boates cambaleando para casa, de braço dado, mulheres com roupas de ginástica cor-de-rosa fazendo marcha acelerada, em círculos. Alguns jovens turistas australianos perto das entradas da estação. Eles estavam usando jeans rasgados e bandanas amarradas na cabeça. Um deles se inclinou para trás, para fotografar o alto dos prédios.

Do outro lado da praça estava o Hachiko. O leal Hachiko com seu focinho em pé, ainda esperando alguém. Passei por ele arrastando a minha mala, uma vez, mas resolvi passar de novo. Mesmo antes de chegar até ele, eu sabia, de fato, que não haveria ninguém ali. Hachiko era um lugar aonde as pessoas iam se encontrar, e ninguém devia ter alguém para encontrar às seis e meia da manhã de um domingo. Apesar disso, caminhei em direção a ele e pensei: *Não tenha tanta esperança, não tenha tanta esperança, não tenha tanta esperança*. Porém, a cada passo, eu tinha mais esperança, desafiando a lógica do meu cérebro.

Não havia ninguém ali.

Exceto eu, é claro. Porque eu era uma idiota. Uma idiota que foi até ali por um punhado de motivos cuidadosamente deduzidos.

Eles eram:

Se Jamie tivesse reprogramado meu relógio, era porque ele queria me ver antes que eu partisse. Se tivesse reprogramado meu relógio, era porque queria que eu acordasse cedo e fosse a algum lugar encontrá-lo. E o único lugar que eu podia pensar era Shibuya. Foi onde o encontrei pela primeira vez, uma semana inteira atrás. Onde passara a noite toda com ele, cada segundo se desenrolando e nos mantendo em seu âmbar. Antes daquela noite terrível, em Roppongi, eu deveria ter encontrado Jamie em Shibuya, no Hachiko.

Então fui para lá. Eu, minha mala e minha imensa e patética esperança.

Deitei a mala no chão e sentei em cima, puxando o capuz para cobrir a cabeça. As gotas de chuva caíam nas costas das minhas mãos e nos meus pés nus. Remexi os dedos dos pés. A adrenalina da corrida até Shibuya começava a desacelerar. E fiquei com a certeza de que era o fim. Que em breve eu estaria num avião, me distanciando desta semana e deste lugar e desta vida.

Mas, estranhamente, não estava entrando em pânico. Era como se eu tivesse passado a linha do horizonte e estivesse sendo absorvida por um buraco negro e eu tivesse desistido de lutar com ele. Olhei para cima. Os prédios se estendiam na direção do céu como se fossem dedos esticados, e o som do tráfego aumentava e irrompia sobre mim.

Quando meus pensamentos foram se acalmando, fiquei surpresa por descobrir que eles se acomodavam no poema que Alison mantinha na porta do quarto. Chama-se "Despedida", e é de Emily Dickinson, e tem tudo a ver com a perda. É sobre como pode parecer com a morte quando certas coisas se vão. Algo súbito, violento e final.

O fim.

Porém, depois que a poeira assenta, há possibilidades. Agora eu via isso. As contagens regressivas podem ser reprogramadas. No rastro do fim, outros começos podem surgir. Eu não tinha ideia de como seria meu começo, mas achei que podia estar lá. Esperando por mim.

Mas, primeiro, eu precisava dizer adeus a Tóquio. Hachiko estava sentado estoicamente na chuva, então estendi a mão para afagá-lo, antes de arrastar minha mala na direção do cruzamento. Era confortante fazer parte da multidão matinal. As pessoas me cercavam, todas seguindo em frente, indo para algum lugar. O céu estava cinzento, mas, de alguma forma, isso deixava a cidade ainda mais brilhante. Todas essas cores pulsando nos sinais luminosos e telas de TV acima de mim.

O sinal do cruzamento ficou verde, e hordas de guarda-chuvas começaram a se mover, atravessando a rua ao mesmo tempo, como se fizessem parte de uma coreografia.

Mas eu não os seguia.

Fechei os olhos e ouvi o retumbar dos passos, o eco das vozes vindas de telas gigantes e o zunir dos trens, indo e vindo. A chuva continuava a cair sobre mim, me lembrando que isso era real, e eu era real, e por um segundo inteiro essa era a única coisa do mundo que importava.

Quando abri os olhos, a luz ainda estava verde e Jamie estava atravessando a rua, vindo em minha direção.

Capítulo 34
DOMINGO

Assim que Jamie me viu, começou a correr. Ele só parou quando estava de pé, na minha frente.

Contive uma risada de surpresa. Agarrei a alça da minha mala como se estivesse preocupada que ela fosse sair voando.

— Como? — perguntou ele. — Como é que você está aqui?

Ele estava maravilhoso. Tipo, tão maravilhoso que doía. Seu sorriso era perfeito. Olhei para os seus dentes, para seus lábios, que eram da cor de morangos claros.

— Você reprogramou meu relógio — eu disse.

Embora estivesse me esforçando, eu não conseguia encará-lo. Meu olhar desviou para os pés dele. Jamie estava de tênis com listras brancas.

— Você não respondeu nenhum dos meus e-mails — ele disse. — Imaginei que tivesse desistido da bobeira do relógio e programado de volta.

— Por favor, deixe-me dizer que sinto muito. — Minha voz falhou. — Por favor.

— Tudo bem — ele disse baixinho. — Pode dizer. Mas, só pra você saber, eu também sinto muito.

Eu me recusava a me concentrar em qualquer outra coisa além de seus cadarços acinzentados. Minha visão estava embaçando com as lágrimas.

— Não seja tolo, o.k.? — Esfreguei os olhos na manga da blusa de moletom. — Eu que sou a cagona daqui. Não tente me tirar isso, porque eu conquistei.

Ele enroscou o dedo num dos cordões da minha blusa e o puxou.

— Ei — ele sussurrou.

Não ergui o olhar. Ele puxou de novo.

— Ei. Sophia.

Meus olhos encontraram os dele.

Ele estava bem desperto. Ele me lembrava a manhã. Não esta manhã cinza, especificamente, mas a manhã em geral. Algo claro e esperançoso. Agora eu podia realmente ver seus olhos verdes. Eram tão verdes quanto a sua camisa, tão verdes quanto as extensões de terra que eu vira pelas janelas de aviões. Um verde vivo. Verde resplandecente.

O sinal ficou vermelho. As pessoas se aglomeravam no meio-fio do cruzamento, enquanto os carros preenchiam a rua larga. O guarda-chuva de alguém cobriu parcialmente as nossas cabeças, mas ninguém estava prestando atenção em nós. Todos olhavam para a frente. E nós olhávamos um para o outro.

— Pergunte-me de novo — sussurrei.

Ele mordeu o lábio e franziu o cenho.

— Perguntar o quê?

— Pergunte do que vou sentir falta em Tóquio.

Ele enroscou os dedos da outra mão no outro cordão do meu moletom.

— Sophia Wachowski — ele disse, pronunciando meu nome devagar. — O que mais te fará falta em Tóquio?

Segurei a frente de sua camiseta.

— Você, Jamie. Toda vez que você me perguntou, eu quis dizer "você".

Ele me puxou pelos cordões do moletom e me beijou bem na hora em que o sinal ficou verde. A multidão seguiu em frente, ao nosso redor, do jeito que uma onda do mar bate e contorna uma rocha, rumo à praia.

Jamie arrastava minha mala para mim. Fomos até o Starbucks. Ele segurou minha mão enquanto esperávamos na fila e pediu um café com chá verde, e saímos novamente pela porta. Não havia nenhum lugar para irmos, nenhuma loja aberta nem nada. As ruas eram pequenas e sinuosas e desertas. Não estávamos conversando, então eu só ouvia a chuva batendo no asfalto.

Entramos num beco ainda mais estreito e deserto que as ruas anteriores. Ainda sem conversar, ainda de mãos dadas. Andamos e andamos, até chegarmos a um caramanchão com uma máquina de petiscos. Não havia mais ninguém na rua.

Joguei o copo vazio numa lata de lixo e soltei minha mochila na calçada. Jamie largou a mala e me espremeu no caramanchão, entre uma parede de tijolos e a máquina. A máquina emitia um ronco contínuo, e eu ouvia os carros nas ruas principais próximas. Havia uma porção de lembretes de que estávamos na rua, *em público*, mas parecia que estávamos sozinhos.

Eu o puxava para mim, nossos corpos colados, quadris juntos. E nos beijávamos como deveríamos, como se fosse a última vez. E claro que era. Talvez por isso eu não questionei minhas mãos quando elas deslizaram por baixo da camiseta dele. Ou a minha perna, ao enlaçar suas duas pernas e puxá-lo para mais perto ainda. Ele se afastou por um segundo e aproveitou a chance para arrancar a minha blusa de moletom pela cabeça e jogar no chão.

Ai. Meu. Bom. Deus. Eu estava fora de controle! Estava fazendo exatamente o que não se deve fazer. Você não deve *se atirar* em alguém. Isso eu tinha aprendido em filmes e programas de TV: se você se atira em alguém, a pessoa pensa que você está triste e desesperado. Mas acho que não estava ligando para essas convenções sociais dos filmes, porque eu estava literalmente me *jogando* nele.

Não... não nele. Para dentro dele. Para dentro de seus braços e peito e ombros. Quando ele se mexeu, minha camiseta regata ergueu, e minha barriga tocou a camiseta dele, e foi perfeito, isso era perfeito.

— Sophia — disse ele, recuando um pouquinho, com a voz mais baixa que o habitual. Rouca. Esfreguei meu rosto no dele, me concentrando no calor de sua pele.

E era isso, não? O que acontecesse agora era tudo que podia acontecer, e, embora eu não me cansasse de dizer como não ligo para poesia, comecei a pensar num outro poema que tínhamos lido para a aula de inglês, chamado "To His Coy Mistress". É sobre a forma como todos nós ficaremos velhos e morreremos, portanto é melhor *fazer sexo*, ou algo aproximado, enquanto ainda podemos. Uma lógica terrível; e se não fosse a última vez?

E se fosse?

Meu cotovelo esbarrou na lateral da máquina.

— Ai! Merda!

— Merda. — Jamie se afastou. Havia um lindo rubor descendo por seu pescoço. — Merda. Você está bem?

— A-hã. — Esfreguei o cotovelo. — Estou bem.

Ele deu um passo para trás. Jamie estava me olhando, cada emoção da última semana estampada em sua fisionomia.

— Talvez a gente deva parar? — eu disse, como se fosse uma pergunta.

— Sim — falou ele. — Eu não sei. Sim?

— Acho que estou fazendo papel de boba.

— O quê? — Ele sacudiu o cabelo com a mão. — Está maluca? Não posso pensar em nada mais não bobo que você.

Ri um pouquinho, porque não pude evitar.

— Essas palavras não têm sentido.

— Sério — disse ele, parecendo menos agitado. — Não há nada que você tenha dito ou feito hoje que eu não vá pensar por muito, muito tempo. Nada de besteira. Tudo perfeito.

Ele ergueu a minha mão, e eu acariciei os nós de seus dedos com meus lábios. Juntos, escondidos assim, a manhã ficou calma. Algo seguro. E eu estava contente de estar simplesmente ali em pé, fingindo que tínhamos mais tempo.

— Podemos caminhar? — perguntei.

Seus olhos olharam os meus, e seu sorriso foi tão confiante e sexy que eu quase morri.

— Você leu meus pensamentos.

Ele me ajudou a ajeitar novamente a mochila no ombro, e eu vi o que havia do outro lado da rua.

— Jamie — eu disse. — Oh, Deus, Jamie, você sabe onde estamos?

Estávamos na frente de um motel, diante da fachada apagada e de um coração vermelho piscando, pendurado na lateral do prédio. Havia uma placa na frente com a lista dos preços por hora de cada quarto, e uma placa amarela acima da porta com uma flecha e uma única palavra: ENTRADA.

Cobri a boca com uma das mãos e ri. Jamie também começou a rir.

— Merda, ai, puta merda.

Agora nós dois estávamos rindo. Não dando risadinhas. Risadinhas histéricas. Jamie pegou a minha mala e saímos correndo, ainda rindo, ainda de mãos dadas.

Capítulo 35
DOMINGO

Caminhávamos e nos beijávamos. Com menos desespero, mas ainda aflitos. De vez em quando, ele parava para beijar minhas bochechas, meu nariz e meus lábios. Vesti de novo minha blusa de moletom e puxei o capuz, cobrindo a cabeça. Ele deslizou a mão para dentro do capuz e correu os dedos pelo meu rabo de cavalo.

— Podemos ir a algum lugar para conversar? — perguntou ele. Suas bochechas estavam vermelhas e eu as beijava, uma após a outra. Estávamos perto de uma padaria e de uma loja de roupas com as persianas fechadas.

— Aqui é algum lugar — eu disse.

— Certo — respondeu ele, sorrindo.

Tinha parado de chover, e seus cabelos molhados estavam novamente penteados para trás. Puxei algumas mechas para baixo, por cima de suas orelhas, momentaneamente arrumando seus cachos. Então deslizei as mãos por seu peito. Eu tinha um pensamento maluco de que, se eu parasse de tocá-lo, ele iria desaparecer completamente.

— Você nunca mais vai usar um gorro? — perguntei. — Por minha causa?

— Usei um gorro em Roppongi.

— É. Porque estava zangado comigo. Só fez isso por vingança de gorro.

Ele estufou o peito, ofendido.

— Não foi vingança de gorro.

Belisquei uma de suas bochechas.

— Você é tão mentiroso!

Seu peito murchou.

— Certo, tudo bem, foi vingança de gorro. Mas, ei, falando *naquela noite*...

— Ah, não! — tapei os ouvidos. — Temos que falar disso? Não podemos fazer um juramento de sangue de jamais falar novamente sobre *aquela noite*? Sob pena de morte?

Ele mordeu o lábio inferior.

— Por que você ficou tão zangada comigo?

Jamie parecia cauteloso, como se estivesse com medo do que eu pudesse dizer. Como se a qualquer momento pudéssemos voltar àquele ponto e não conseguíssemos depois sair.

— Eu não estava zangada com você. Eu só estava...

— *Muito* zangada comigo?

— Não. — Puxei um dos seus cachos. — Eu estava zangada... por causa de Paris. Alison disse que meu pai não queria que eu me mudasse para lá. Disse que ele nunca me quis lá, na verdade. Então liguei para ele, e, para minha grande surpresa, ele realmente não queria.

— Ele lhe disse isso?

— Não. — Suspirei. — Mas poderia até ter dito. Acho que ele não me vê como da família. Não como sua *verdadeira* família.

Minha voz enfraqueceu. Estava tentando me ver em Paris agora, mas a visão era mais confusa do que nunca. Eu via uma criancinha assustada agarrando a mão da irmã mais velha enquanto o pai das duas as conduzia até um táxi para levá-las ao aeroporto. Vi todos aqueles anos de reprogramação da contagem regressiva, da reprogramação de mim mesma para uma nova queda.

Jamie colocou as duas mãos nos bolsos do meu moletom e encostou a cabeça na minha. Seus cílios captaram a luz matinal.

— Você poderia ter falado comigo sobre isso.

— Mas não queria falar. Sei que parece idiota, mas não queria me preocupar com nada, sabendo que isso tudo iria acabar. — Assim que respondi, percebi que era verdade... eu o magoei porque fiquei com medo de lidar com uma nova decepção. De novo, não. Não por alguém em quem confiava. Pressionei meu pé junto ao dele. — Eu não conseguia — sussurrei.

— Porque você vai embora?

— Sim. E porque provavelmente nunca mais te veria, e porque eu amava você...

Ele recuou a cabeça, mas mergulhou as mãos mais fundo nos meus bolsos.

— Eu te amo.

Pousei o rosto em seu pescoço. Honestamente, isso me apavorava um pouquinho... dizer isso, ouvir isso dele. Talvez estivéssemos sendo afoitos. Talvez fosse melhor se guardássemos isso para nós.

Por que tornar isso mais difícil do que já é?

— Bem, eu não devia ter explodido com você — disse ele. — Não devia ter simplesmente ido embora.

— Mas eu não devia ter ficado bêbada. Nem beijado o David.

— Sim. Vou concordar com você nesse ponto.

Ri em seu pescoço. Uma campainha de bicicleta soou atrás de nós, e Jamie nos levou para mais perto das fachadas das lojas, minha mala batendo atrás.

— Vamos falar de outra coisa. De alguma coisa que *não* seja eu. Como está indo com seus pais?

Jamie franziu o cenho.

— Meus pais?

— É — eu disse, hesitante. — Mika mencionou que tinha ouvido os dois brigando outro dia. Sobre... a sua mãe biológica?

Ele se afastou.

— Ela disse isso?

Comecei a entrar em pânico. Ai, Deus, eu não fazia ideia de por que tinha escolhido esse assunto. Foi claramente um erro.

— Mais ou menos. Na verdade, não. Ela disse que os entreouviu no lobby, mas não entrou em detalhes nem nada.

— Certo — disse ele, com os olhos distantes. Perdidos na névoa.

— Certo — respondi, agora agoniada. — Mas tudo bem. Vamos mudar de assunto.

Do outro lado da rua havia um anúncio de um filme de super-herói pintado numa imensa parede branca. Fiquei olhando os borrões coloridos de vermelho enquanto brincava com os cordões do meu capuz.

— Nesse momento está tudo bem bagunçado — disse ele. — Meus pais ficam brigando porque não querem que minha mãe biológica me veja, depois da última vez que ela não apareceu, no último Dia de Ação de Graças, e eles não conseguem decidir o que vão fazer se ela tentar. E esta é a questão: se eles dizem que ela não pode, ela não pode. Até que eu faça dezoito anos, não tenho escolha.

— Jamie — falei. — Tudo isso é uma droga.

Ele deu de ombros.

— Não que exista alguma resposta óbvia. Não que eu me sinta à vontade com qualquer um deles.

Dei um passinho para trás. E pensei na primeira vez em que havia deixado Tóquio. Como aquele momento sempre pareceu como o instante em que eu tinha perdido meu lar... minha família.

Então pensei no que Jamie dissera quando sentamos acima do cruzamento de Shibuya. Sobre fazer parte. Como você ainda pode escolher a qual lugar pertencer.

Segurei as alças da minha mochila.

— Acho que não funciona desse jeito.

— Como assim?

— Quer dizer, só porque você não tem um lugar perfeito para ir, isso não significa que não tenha um *lar*. Isso pode estar em todo lugar... onde você quiser. — Pressionei as mãos no peito dele. — Isto pode ser seu lar.

A distância sumiu de seus olhos, e ele enlaçou as mãos às minhas.

— Sabe qual é a coisa mais estranha desta semana? É que, na maior parte do tempo, é como se eu não tivesse voltado realmente. Você é a única pessoa que faz com que me sinta eu mesmo. Você faz com que sinta que estou *realmente aqui*.

— É por isso que você me ama? — sussurrei.

— Não. — Ele colocou a mão dentro do capuz do meu moletom e tocou meu rosto com o polegar. — Acho que sou eu te amando. Acho que todos aqueles sentimentos são de amor.

— Nesse caso — respirei fundo —, eu também te amo.

Capítulo 36
DOMINGO

Só me restam duas horas com Jamie.

Só me resta uma.

Não tenho mais nenhuma.

Capítulo 37
DOMINGO

O Expresso Narita é o trem que me conduzirá até o aeroporto de Narita, onde vou embarcar no avião que me levará para Newark, Nova Jersey.

— Certo. — eu digo.

Jamie e eu estamos na estação Tóquio, do lado de fora das catracas do Expresso Narita. Estou segurando meu bilhete com uma das mãos e a mão dele com a outra.

— Certo — digo de novo. — Meu trem parte em quinze minutos, mas não vamos ficar em pé aqui. Se minha mãe e minha irmã ainda não estiverem na plataforma, elas logo estarão, e eu não vou poder me despedir de você na frente delas.

— Não fique chateada — diz Jamie. — Não há com que se chatear. Vamos apenas nos despedir de um jeito casual.

— Essa afirmação é tão idiota que nem tenho palavras para responder. Não vou te dar um soquinho no braço e dizer: "Até mais, bro".

Ele sorri.

— A questão não é essa. O que eu quis dizer é que não tem nada de mais, porque vamos nos ver em breve.

A mala de alguém tromba com a minha. Este é o lugar mais movimentado em que estivemos esta manhã. Cheio de gente com malas e expressões pesadas, determinadas.

— Venha — digo. — Vamos apenas... Venha.

Nós nos afastamos, mas não há nenhum lugar suficientemente privativo para ficarmos. Esta é uma das maiores e mais movimentadas estações de trem de Tóquio. Encostamos na parede de um corredor fluorescente fervilhando de gente e seguramos os cotovelos um do outro. Sei que minhas mãos estão tremendo, mas não estou mortificada, porque as dele também estão.

— Como assim, em breve? — pergunto. — Como iremos nos ver em breve?

— Quero dizer ano que vem.

Embora eu deva achar esse sentimento meigo, não acho. É ilógico demais.

— Hã... não. Não tem ano que vem, Jamie.

— Você pode voltar para a formatura.

— Não — respondo, mais séria do que pretendia. — É que meus pais já gastam muito dinheiro com voos para Paris, para mim e para Alison. Eles não podem me mandar para Tóquio para a formatura. E, de qualquer maneira, é só uma formatura. É um dia.

— São vinte e quatro horas inteiras! — diz ele. — Aproximadamente um milhão de segundos! Certo?

— Nem brinque.

Agora ele parece preocupado. A ruga entre suas sobrancelhas está de volta.

— Eu vou arranjar um emprego de meio período. Vou guardar dinheiro para pagar um voo para você. Assim, você pode guardar seu dinheiro para o MIT.

Estou tentando memorizar seu rosto, de perto. Suas sardas e o verde e o dourado em seus olhos. E embora esteja tentando não pensar no tempo, ainda há uma contagem regressiva em minha cabeça. Daqui a dez minutos, terei partido. Daqui a dez minutos, ele não estará mais comigo. Algo dentro de mim ameaça se quebrar... Eu esfrego o polegar no braço dele para me lembrar que Jamie ainda está ali.

— Não vamos fingir que isso vai dar certo. Você tem dois anos na T-Cad, e eu vou para a faculdade no ano que vem; não dá pra gente namorar, porque isso seria maluquice. A coisa mais semiadulta a fazer é abrir mão um do outro. Se nos encontrarmos de novo, então tudo bem.

Ele faz uma careta.

— Eu realmente detesto o som dessa coisa de semiadulto.

Eu me lembro quanto fiquei aborrecida ao vê-lo na estação Shibuya no começo da semana, todos aqueles milênios atrás. Muita coisa mudou. Agora não há como voltar atrás.

— Quer saber uma coisa sobre buracos negros? — digo, apressada.

— Hum... — Ele estreita os olhos, intrigado. — Tudo bem.

— Eu sei, eu sei. Só cale a boca por um segundo. Então, o negócio é que o tempo se move mais lentamente ao redor deles. Ou é o que parece. Portanto, se você estivesse olhando a distância, vendo um relógio funcionando ao lado de um buraco negro, os ponteiros andariam mais devagar.

— Certo — diz ele. — Esse foi um bom fato científico. Vai ter teste mais tarde?

— O que quero dizer é que... — seguro seus cotovelos com mais força — isto é um buraco negro. Ou esta semana foi. Cada segundo foi mais longo que apenas um segundo, sabe? E eu quero dizer isso num sentido muito bom, porque adoro a ideia de buracos negros. A ideia de que todo este espaço e este tempo não são realmente fixos, que podemos modificar isso.

Ele acaricia meu rosto com o nariz, e sua voz é um murmúrio em meu ouvido.

— Talvez estejamos presos aqui. Flutuando no espaço. Isso não seria tão ruim.

— Isso foi tão importante para mim, Jamie — sussurro —, e eu te amo, e você é tudo que mais gosto em Tóquio, e você *é* Tóquio, e vou sentir muito a sua falta.

Ele solta os meus cotovelos e me puxa para si. Agora estou tentando memorizar seu cheiro. Gostaria de poder levá-lo comigo.

— Isto é uma droga — ele sussurra. — Esta é a pior coisa que já aconteceu com um ser humano.

Reviro os olhos, o que me impede de chorar.

— Você é bem equilibrado e nada dramático quanto a isso.

Ele continua me abraçando, mas afasta um pouquinho o rosto.

— Eu serei otimista e vou dizer: "Te vejo ano que vem", porque vou para a Carolina do Norte no próximo verão e vou tirar minha carteira de motorista e depois vou dirigir até você.

— É isso, Jamie. Mesmo que eu nunca mais te veja, o que importa é agora.

— Ai, porra. — Ele ri. — Você realmente não é otimista, hein?

— Ah, eu sou, totalmente.

Eu o beijo pela última vez e tento saborear cada pedacinho dele. Chá verde, menta, Jamie. Pressiono meu nariz entre seu pescoço e a clavícula e me solto, antes que chegue a um ponto em que fique fisicamente impossível suportar largá-lo.

A caminho da catraca, digo a mim mesma que isso não é tão ruim. Que estou contente por ele não estar correndo atrás de mim. Na estação, a vida segue. A manhã segue em frente. E ele ainda não parece tão longe assim, embora eu talvez nunca mais o veja.

O que me faz pensar que talvez não seja a distância, ou o tempo que te afaste das pessoas. Talvez você decida quando abre mão delas.

Mas não posso abrir mão ainda.

Chego à catraca e me viro... e o encontro de pé, bem atrás de mim.

— Desculpe! — Ele ergue as mãos. — Eu totalmente te segui! De novo!

Eu lhe dou um beijo com os braços enlaçados em seu pescoço. Beijo e ignoro o aviso acima, dizendo que meu trem parte em cinco minutos. (Mamãe e Alison provavelmente já estão em seus assentos e devem estar tendo um troço.)

Solto Jamie, ponho meu bilhete na catraca e passo a roleta. Tem gente esperando atrás dele. As pessoas pensam que ele também vai.

— Você é muito melhor nisso do que eu — ele diz, a ansiedade estampada em seu rosto, com o pequeno portão plástico fechado entre nós.

— Esta é a coisa mais errada que você já disse. — Sinto o tremor em minha voz. Ele toca meu punho, logo acima do meu relógio. É só um relógio, mas, durante anos, ele teve tanto controle sobre a minha vida, sobre todos os meus finais. Mas esse controle era uma mentira... meus finais me pertencem. Arranco o relógio e o enfio na mão dele. Jamie pega, surpreso. — Eu te vejo ano que vem — digo.

Ele tira sua pulseira de couro e põe na palma da minha mão, depois me beija, e eu o beijo, e agora estou chorando. Chorando de verdade.

Tem um condutor perto da bilheteria que acena para que a gente saia do caminho. Eu pego a minha mala e dou alguns passos para trás, e Jamie faz o mesmo. Outras pessoas começam a passar pela catraca. Elas vão me empurrando para longe, cada vez mais longe dele.

Estou segurando a alça da minha mala com uma das mãos e a pulseira de couro com a outra, junto ao peito, e fico completamente imóvel. Até que muita gente se aglomera entre nós. Até não conseguir mais vê-lo.

Retrocedo, e tudo dentro de mim está partindo. É só um momento, mas agora ele se foi.

O fim veio, e eu ainda estou ali, parada.

Minha mãe e Alison estão me esperando na plataforma do trem.

— Ah, que bom — diz Alison enquanto chego arrastando a minha mala em sua direção. — Você está viva.

Minha mãe segura meus ombros com as duas mãos.

— Meu Deus. Onde você estava? Não podíamos nem ligar.

— Eu consegui — digo. — Estou aqui.

Olho em volta. Outros viajantes seguem rumo à faixa amarela da plataforma, observando o nariz esnobe do trem deslizando em nossa direção. Os segundos giram à nossa volta, como se fossem teias de aranha.

Alison desfaz seu rabo de cavalo, sacode o cabelo e aponta para minha mão.

— O que *é* essa coisa?

Abro a mão, e ali está. Amassada e frágil, como uma folha caída.

— Nada — digo, mas ela franze o cenho, e eu acrescento: — Só peguei emprestado.

O trem para, e as portas se abrem. Minha mãe começa a levar nossas coisas para o trem, e por alguns segundos, antes de ir atrás dela, coloco a pulseira de couro. É grande demais e leve demais, pendendo do meu pulso. Não se parece em nada com o relógio, mas muito com a despedida. Mesmo assim, sinto-a quase pulsando, quase respirando junto a mim. A brasa quente e viva de uma estrela.

Agradecimentos

Se este livro é uma carta de amor a Tóquio, esta parte é uma carta de amor a todas as pessoas que me incentivaram a prosseguir, que foram me buscar, me levaram ao computador, me deram bolo enquanto eu escrevia. Sem vocês todos, eu ainda estaria comendo biscoitos e evitando meu doc do Word.

Obrigada, Molly Ker Hawn, por ser mil vezes mais maravilhosa do que eu sonhava que uma agente poderia ser. Você é uma força editorial, uma fonte de conhecimento de torta de maçã e a dose de energia e riso que geralmente (*sempre*) preciso. Tenho sorte por ter encontrado você no meu caminho, no meu trabalho.

Sempre me surpreendo com meus editores sábios e caprichosos: Bethany Strout, que me deixou de queixo caído a primeira vez que li sua carta editorial. Você *pegou* este livro e me incentivou — consistente e pacientemente — para melhorá-lo. Estou cantando músicas de Tori Amos em sua homenagem. Karen Ball, obrigada por conduzir incansavelmente minha linguagem e por me ajudar a desenterrar preciosidades escondidas na jornada de Sophia e Jamie. A história deles não poderia estar em melhores mãos. Um enorme e afetuoso agradecimento a Farrin Jacobs, Pam Gruber e Leslie Shumate, por seu carinho e seu incessante apoio.

Eu poderia preencher página após página com uma lista de pessoas da Little, Brown, nos Estados Unidos e no Reino Unido, que mudaram a minha vida (e este livro) para melhor. Obrigada por ser o meu primeiro lar editorial, em tantos sentidos. Infinitos agradecimentos, adesivos cintilantes e *mochi* de morango para *todos* vocês — e *mochi* de morango extra aos meus destemidos defensores e queridos amigos. Vocês sabem quem são.

Aos meus pais: vocês são as pessoas mais brilhantes que conheço. Obrigada por serem meu lar, independentemente do lugar do mundo onde vocês estejam, e por me darem os anos de viagem e aventuras de onde tirar inspiração. Reclamei (muito) à época, mas agradeço todos os dias desde então.

Lesley Glaister, este livro jamais teria sido escrito sem você. Obrigada por me acompanhar nas primeiras quinze mil palavras e por dizer: "Você está no caminho certo. Continue em frente". Agradeço a John Burnside, por acreditar que esta ideia prometia, e aos meus colegas de escrita da St. Andrews, por me deixar bombardeá-los com a mesma história por um ano inteiro.

Susan Manly e Angus Stewart, *arigatou gozaimashita*, por lerem este manuscrito com olhos generosos. Agradecimentos extras pelos jantares vegetarianos e pelas taças de champanhe. Eles ajudaram muito.

Sou grata à equipe de Coleções Especiais da Universidade de St. Andrews por não dizer nada quando eu estava tão perdida numa névoa literária que apareci para trabalhar de pijama e batom roxo.

Obrigada, Jessica, por ser a Sophia de minha Alison.

Obrigada, Julie Haack, por ser minha cidade de Nova York.

Obrigada, Jennifer, Laura e Lindsay, por tornarem suportável a minha própria história de jovem adulta.

À minha Escola Americana no Japão e à equipe Sapporo: nunca quis deixá-los para trás. Obrigada por todas as noites de caraoquê e pelos piqueniques das *konbinis*. Foram muito importantes para mim... e *ainda* são.

E, finalmente, obrigada, Rachel Holmes. Por me fortalecer com aquele xarope de bordo e aqueles bolos de limão. Por dizer, sem reservas, "Você vai", quando eu lhe disse que queria escrever um romance. Por sempre ler, sempre ouvir, sempre pensar, sempre revirar os olhos, sempre rir, sempre delicadamente me tirar o manuscrito quando eu precisava de uma folga mas não percebia isso. Você foi um sopro de vida em cada palavra que veio parar neste livro. Com todo o meu coração verde e cintilante de néon, obrigada.

Este livro, composto na fonte Fairfield,
foi impresso em papel pólen soft 70 g/m² na gráfica RR Donnelley.
São Paulo, Brasil, abril de 2017.